U0514241

稀見筆記叢刊

# 翼駉稗編

〔清〕湯用中 著
〔清〕徐廷華 評

欒保群 點校

文物出版社

**圖書在版編目（CIP）數據**

翼駉稗編／欒保群點校．—北京：文物出版社，2017.2（2021.2 重印）

（稀見筆記叢刊）

ISBN 978－7－5010－4854－0

Ⅰ.①翼…　Ⅱ.①欒…　Ⅲ.①筆記小説－小説集－中國－清代　Ⅳ.①I242.1

中國版本圖書館 CIP 數據核字（2017）第 013518 號

**翼駉稗編**　［清］湯用中　著

**點　　校：** 欒保群
**責任編輯：** 李缙雲　劉永海
**封面設計：** 程星濤
**責任印製：** 張　麗
**出版發行：** 文物出版社
地址：北京市東直門内北小街 2 號樓　郵編：100007
網站：http://www.wenwu.com　郵箱：web@wenwu.com
**印　　刷：** 北京京都六環印刷廠
**經　　銷：** 新華書店
**開　　本：** 880×1230 毫米　1/32
**印　　張：** 15
**版　　次：** 2017 年 2 月第 1 版
2021 年 2 月第 2 次印刷
**書　　號：** ISBN 978－7－5010－4854－0
**定　　價：** 60.00 圓

# 出版説明

「翼駉稗編」這書名，在今天看來起得實在不怎麼樣。首先是不好懂。這書過去我讀過兩遍，始終也没弄明白「翼駉」是什麼意思。現在整理完畢，要寫前言了，不搞清楚些便交待不過去，請教詞典，詞典没這個詞兒，檢索四庫，「翼」、「駉」二字從來就没有連在一起用過。於是便從字面上猜測，倘把「翼駉稗編」譯成今天的白話，竟成了「有助於馴化草民的雜故事集」。讓閱讀者居於被馴教餵養的位置，肯定不會很舒暢，即使把「馴化草民」改成「教育人民」，那效果也不會有什麼改變。那麼這書還會有人買來看麼？其實是不妨事的。因爲誰都知道，書名的名與實本來不必相符，即使全然顛倒也不稀罕。正如現在有的書名很是香豔或血腥，内容卻往往讓尋香嗜血者失望一樣，古代也另有一種相反的做法，把子不語的怪力亂神硬生生貼上修齊治平的標籤。這本《翼駉稗編》就屬於這類。

作者這樣做的動機似也没必要去費心猜測。也許他是擔心自己寫的那些恐怖怪異、稍涉黄及暴力的故事會受到某類「聖人之徒」的指責，所以來個「此地無銀三百兩」。

這且不去管它，衹要這書中的故事能讓我們草民開心就好，而「翼駉」云云，還是讓它「毋溷乃公事」吧。

全書約五百則左右，談鬼説怪的占一半以上，基本上是採於民間傳聞。其中的鬼故事，承續了民間傳統的幽冥觀念，極少爲了炫奇而信口胡編，所以此書對瞭解和研究中國的幽冥文化頗有參考價值。談回煞、旱魃、倀鬼之類，有引用價值的故事很不少，此處衹以説僵屍爲例。中國對僵屍作怪，即所謂「屍變」或俗稱「詐屍」者，一向的態度是「屍歸屍，人歸人」，作起怪的僵屍哪怕害了多條人命，也不影響輿論對屍主本人的高度評價；但另一方面，如果好好躺著的屍首突然乍起來，哪怕是達官貴人、至親眷屬，人們也會不講情面地把他做掉，因爲你不做掉它，它就要做掉你。在本書卷八「潘媪」一條中，我們可以看到，如果死者突然「屍變」了，哪怕衹是打個哈欠，伸個懶腰，守靈的兒女也會毫不客氣地把大棒子掄過去。而同卷「僵屍許女」條中，鬼魂附著自己的屍首來看朋友，各述離情，歡若平生，乃至攀成了兒女親家，但一旦鬼魂離開了屍身，留下的就是一具僵屍，窮兇極惡，必置對方於死地不可。這當然是傳統的「魂善魄惡」觀念的一以貫之，但卻絶非僅爲中國所特有。西方的吸血鬼與中國的僵屍頗爲相近。在吸血鬼電影和小説中，自己的朋友或親人被吸血鬼咬住的那一瞬間，他們就不再是自己的親友，而成了兇殘的吸血鬼，儘管還保留著親友的外貌，也要毫不留情地立刻把它毀滅。

此書對民間信仰的記録也很新奇。像卷二「扒手」條中説竊賊以臘乾人手，書符於掌上，即可盜取鎖在錢櫃中的銀兩，這頗類於西方巫術的「榮光之手」；卷三的「聞太師申公豹」條中説貝加爾湖居民祭祀申公豹以爲北海之神，中國小説中的神明能紮根開花於萬里之外的西伯利亞冰原上，真是難以想象；還有卷五「陸大相公」條所記擬神的問答語，正是中國民間把神明又當祖宗又當傻瓜的活劇。這些都爲他書所未載，應該是很珍貴的民俗學材料。

至於書中的世俗故事，引人注目的很有一些，不再列舉，衹説一點。劍俠擊技、公案疑讞，自《聊齋志異》面世以來，一直是志異小説中比較討好的兩個題目，此書自然也不能免俗，但兩篇紀實性較強的故事卻打破了理想化的俗套。卷一「徐青天」一則，疑案破了，真兇找到了，但官場上下相賄相護，明知是冤案也不准洗雪。而卷二「安徽李二榮子一案」條，則給我們還原了一個血腥飆烈的江湖，現實社會中武林毫無浪漫可言。

作者湯用中，字芷卿，蘇州府常州人，寄籍順天府宛平，所以此書署爲「北平湯用中芷卿著」。家爲常州世族，其外祖父即名詩人、史學家趙翼，而詩人兼畫家的湯貽汾則是他的族叔。據黄山學院張振國教授考證，湯用中大約出生於嘉慶六年（一八〇一年）。道光十九年（一八三九年）舉人。此前一直爲人作幕，奔波于河南、河北、山東、安徽等地。中舉後候補兩淮鹽運大使，但直到道光二十八年尚未得到實授，也就是説，此間過的仍然是幕客生涯。（見《湯用中〈翼駉稗編〉考論》）從本書卷四「長春邱真人救荒三策」、卷五「幕友阻撓善舉」等條可以看出，湯用中即便身爲官府幕僚，但實心爲民，體察切至，是官場中難得的好人。他對官場中的貪酷黑暗體會深，揭露得也不客氣，這在很多篇章中都可以看到。

本書中有些篇襲用前人小説的情節，孫楷第、戴不凡、蔣瑞藻諸前輩均已指出，詳見張振國《湯用中〈翼駉稗編〉考論》一文。但也未必盡如孫楷第先生説的「此殆文人狡獪，聊依舊事爲文而諱其出處」。比如卷四「姦殺詐幻二案」，並不是對馮夢龍《警世通言》「三現身包龍圖斷冤」的改寫。比湯用中稍早的蘇州吴縣人朱海在《妄妄録》卷十一「鬼乞申冤」中已經有同樣的故事，而且比《翼駉稗編》更詳細，應是湯氏所本。但朱海也未必是從馮夢龍那裏偷過來的，他甚至可能連《警世通言》都没有見過，所以在篇末特别提到「仁和姚蔗田茂才師韓爲余言」。這兩本筆記的作者都是蘇州府人，但他們竟然對明末風行江南的《警世通言》若無所知，可見屢經禁毁，到了清代中葉之後，馮氏的幾部白話小説已存世極少，不爲人所經見了。

本書另署「武進徐廷華子楞評」，徐廷華是湯用中的朋友，據説精詩古文辭，但本書的評語多酸腐語，場面語，似乎衹有卷七「賢母」一條的長評可看。

我們這次整理用的底本是道光己酉（一八四九年）新鎸本。此本錯字較多，而前一年刻印的戊申（一八四八年）巾箱本又遍覓不得，幸好找到了民國四年國學維持社的鉛排本，用以對校，己酉刻本的錯誤基本上得到糾正。這個鉛排本也很怪異，它的第二卷是刻本的第三卷，此後類推。至第八卷則爲刻本的第二卷，卻比刻本少了多半卷，「花神殉節」以前的近五十則全缺，但在卷末「嗜殺變畜」條後又多出「徐元直」等十餘條。經查，這十多條都是從樂鈞的《耳食録》中抄來，與原書無關。除以上所述之外，這個本子相對於己酉刻本來説，錯字還是少多了。其間異同，大多鉛排本較好，如「慘阻」

爲「慘沮」，「顧盼自務」爲「顧盼自矜」，「病喘泄」爲「病痢泄」，「宣明向人」爲「反面向人」，但有些似乎是糾得偏了，如「通判山盱」改爲「盱眙」，「犬吠聲猶牢牢」改爲「狺狺」，就未必合適。所以我們這次整理，對這鉛排本，也衹能擇其善者而從之。其他不當之處，還望指正。

欒保群

二〇一七年一月

# 湯芷卿翼駉稗編序

《翼駉稗編》八卷，吾友湯芷卿述其生平聞見，筆之於書，以備觀覽者也。嘗聞玄鳥降生，詩人形諸歌詠；蒼龍入夢，史氏據爲嘉祥。是則語類無稽，效東方之譎諫；言真有物，助北海之清談，意在斯乎，良足尚已！夫荳棚考古，籬落徵文，具有勸懲，皆堪垂戒。偶繙《楚杌》，亦自成騷；但託《齊諧》，何妨誌怪？鏡中得月，本是前因；胎裏藏花，無非後果。喻中之喻，味之而弥新；聲外之聲，聽之而益遠。況乎韓蘇小品，屈宋大家，或美人香草，別寄遐思，或棨戟雕甍，流連陳跡。或朋樽促席，各宣父老之傳聞；或旅館寒檠，獨摘娜嬛之秘旨。要皆事多紀實，信而可徵，足開士女之心胸，藉啟顓蒙之錮蔽。則斯編之餉遺於斯世者，其裨益豈可更僕數耶？嗟乎，芷卿以肫摯之性，具淵雅之才，上之既不能揮魯戈，廻羲馭，留庭陰於廣厦，奉鼎養於中年；次之又不能趋玉局，步木天，執簡螭頭，颺言鳳苑。而乃僕馬蹭蹬，風塵激昂，皖麓看山，梁園折柳，崎嶇抑塞，蓋二十年於茲矣。歲在己亥，始以乙榜出爲鹺曹，訪勝竹西，採風淮左，借秋燈之叢話，寫宦海之羈愁，追溯當年，能無感喟！然而登元龍之樓，尚多豪氣；乘宗慤之浪，猶有壯心。拜真之期既近於眉睫，買山之願可補於將來。抑且進擁專城，大申夙抱，厝閭閻於衽席，同黼黻於太平。然後歸話桑麻，寄懷詩酒，招釣游之舊侶，檢囊昔之奚囊，出斯編而重訂之，豈不快哉！豈不快哉！道光戊申九月叔程周儀顥序於真州旅寓。

# 序

粤自孟堅編史，裨官列於九流；劉勰論文，諧隱次於稗體。蟹筐貍首，登諸曲臺之篇；龍尾羊裘，輯於中壘之簡。不特妄言妄聽爲蒙莊之寓言，説山説林徵鴻烈之善喻也。然著録既繁，蘭艾紛雜。雕飾三五，如王嘉之《拾遺》；搜剔仙靈，如敬叔之《異苑》。葉紹翁之録見聞，誣枉曩哲；梅聖俞之《碧雲騢》，矯立異同。有乖風教，識者鄙之。蓋緣秉筆乏澹雅之才，著書挾孤憤之念，秋士多感，冬心不平，有觸於懷，以文爲戲。逞淳于之譎詭，侈方叔之廋詞。螟巢睫而目論多，鼷入角而咫聞陋。遂使蛙鼠徒工夫稗販，狙玃空假於冠裳。以燈取影，蕪累或甚於祕辛；幻雪成山，雜俎難陳夫二酉。貽譏大雅，職此故也。若同年芷卿先生《翼駉稗編》一書，覈而有則，婉且多風，因物騁詞，如鏡察貌，借奇喻理，同月印川。其託興也遠，其儲思也深，而裨世教以益性天也，爲功甚鉅。蓋其不可及者有數端焉。先生生於鼎族，早飫庭聞，當勝衣之年，值娛親之暇，徵軼事於梓鄉，侑循陔之蘭膳。涼生瓜架，手捧筍輿，騎竹馬而敷陳，博扶鳩之一笑。東坡説鬼，潞國掀髯。尺人寸馬，《宣室》縋幽；獺埒狸孃，《齊諧》誌怪。探雀巢而取履，記仁凱之舊聞；烹羊胛而封殘，寫歸登之素嗜。以廣微之養志，效干寶而搜奇。舌可粲花，事皆徵實，此其不可及者一也。迨夫壯歲，挾策倦游，踪跡極乎燕齊，測交遍於沈宋。江山恣其模範，烟雨助其靈襟。周歷有年，搜羅益廣。剔蘚而石徵啟母，射蓬而柳幻元戎。訪碑嵩少，衣蘿之山鬼吹燈；弭棹洛川，解珮而水仙抗袂。聯吟石鼎，偏遇彌明；學劍荒巖，曾師猿叟。言雖有託，境實親嘗。此其不可及者二也。今者一官禺筴，近宦竹西，論鹽鐵於桓寬，佐轉輸於劉晏。廑念民俗，益寓勸懲。置鞍認騎，録聰察於河陽；舉笏擊蛇，證剛方於道輔。驗杏核而還宵杼，可雪奇冤；誦枯樹而易漢陰，早知才彥。此則讀晝簾之《緒論》，可作官箴；閱北夢之《瑣言》，每通治術。非特書叢之菅蒯，實爲史乘之權輿。其不可及者三也。矧乎拔幟名場，久都文譽，學通五際，才擅九能。雖敬禮之小文，具長卿之逸氣。尋李叟青羊之肆，句好如仙；應張鷟赤鳳之祥，丹能換骨。鼎堪鑄物，如披伯翳之《山經》；壁可成圖，似誦靈均之《天問》。神勝怪牒，筆之口若懸河；書雋言鯖，閱者各驚異味。此則披稚川之《雜記》，别具偉才；録沈括之《筆談》，妙參醫律。詎等黄車使者，説著《虞初》；實同赤水玄珠，智周學海。其不可及者四也。力祛流弊，淹有衆長；文託稗編，義堪醒世。洵乎覩鳳片羽，已覽德輝；見豹一斑，能審全體者乎？余目炫寶山，心欽慈筏，用抒臆論，俾付手民。自愧薪傳，未繼夷堅而輯録；君真作者，能紹玉茗之風流。聊矢一言，證之同志，覽者幸不以余爲阿好也夫。

道光戊申九秋朔日年愚弟洪鹼孫拜序。

# 目録

卷二……五三

## 卷三

卷五

卷六

卷七

## 卷八

# 卷一

## 貓異

金陵馬姓畜一貓，色純黑，狀極神駿而甚馴。有蜀客過門，向貓諦審良久，謂肯鬻否。馬曰：「畜以自玩，不覓售也。」客許以重值，馬漫應曰：「必欲得，非百金不可。」客欣然攜百金來，抱貓而去。馬挽問曰：「勉徇客意，貓果何異而出此重價？」客曰：「必欲實告，當無悔。」時觀者如堵，馬對眾自矢。客乃指貓曰：「是神物也，所在十里內鼠皆死。余素業機，遭惡鼠之耗，數年中織成輒毀，遍覓善撲，皆反被嚙死，含恨久矣。今得此，醜類可以盡殲，故不惜重酬耳。」馬試發閣板驗之，果有死鼠數斗，大者重二十斤。

## 鱉怪

吾鄉貢進士青選未第時，館蘇氏後圃，齋臨大池，池東有樓三楹，四面紅窗，不時啟閉，疑居停內眷所居。一日薄暮，有美人雲髻，憑窗睨貢而笑。駭其非時世裝，私問生徒，始知空樓扃鐍已久。貢益駭。閱日又見，乃潛詣樓下，攝梯以窺，一怪獨立，上人而下鱉也。回顧見人，砰然投池中。急白居停，涸池覓之，不得，後亦無他異。

## 婢拒僵屍

昌化令沈君接眷到任。縣故僻小，山逕崎嶇，遄行不易。時方隆冬，日暮，暫憩山腰古寺，夫人挈公子宿殿側耳房，一婢名喜紅，年十六，即襆被與夫人對榻臥。三更許，聞房左板壁砉然有聲，一僵屍推壁入，深目碧睛，遍身白毛毿毿然，向燈噓氣，燈滅，撲夫人床。婢赤身起，從後抱之。屍怒，擘婢手，肉盡見骨，婢持之愈堅。夫人驚醒，大號，家人奔集，以帚拂屍，始倒地。婢今年三十餘，尚未爲婚嫁云。

## 狐燈

揚州白翁，賣酒天寧門側，每夜輒聞啟罈盜酒聲，遂坐守之。室中忽有光起暗陬，見白髮叟攜一燈，偕兩少年，發罌傾酒。白操杖大呼，皆倒地没，遺燈在几，光焰逾恒，雞鳴即黯。至夕復明，燈四圍白紗，中置燈草一莖，焰由草起，熒熒如螢而明照一室，終夜不息。櫝而藏之。來春上元，挑之入市，意在衒奇。出門數武，一人從後伸手攫去，即囊叟也，追之已杳。

## 披麻煞

吾鄉趙恭毅公未遇時，偶文會夜歸，過元豐橋。月色甚明，見少婦麻衣曳杖而來，見公，避橋側不敢進。公以夜深少婦獨行，意必鬼魅，立而阻之。婦曰：「深宵相值，瓜李之嫌不可畏耶？」公曰：「汝誰家婦，衰絰夜行何爲？」婦無以應。相持將雞鳴，婦跽懇曰：「我披麻煞也。今夕某姓娶婦，應我值日，不赴，恐獲天譴。」公曰：「果爾，我愈不讓汝矣。」至明，瞥然不見。亟赴娶家，問日者爲三知堂孟姓，遂詣孟詰責。孟曰：「固知之，有文昌化解，可無虞也。」孟聲譽由此起，今子孫尚世其業。

## 館師被嫁

朱少芝秀才，姑蘇人。年十七八，姿容柔麗。家貧，訓蒙村塾。有湖州筆客鄭某，往還甚昵。一日謂朱曰：「有小事奉求，未知允否？」問：「何事？」曰：「息女行年二十矣，某日遣嫁，願求文星照臨草舍，祓除不祥。」朱欣然諾之。至期，操舟來迎，朱即與偕。中流，鄭忽變色，抽刀擬朱，言曰：「實告君，吾女已允鬻洞庭孫某爲妾，期今日過門，忽病不起，欲借子代行耳。」朱駭絶，聽其所爲，即有女子奉巾幗爲之改粧。俄岸上鼓樂來迎，衆擁朱登輿去。入門却扇，儀態萬方，比初見時尤艷絶也。比夜分，孫爲代緩妝束，朱大聲呼曰：「我吴縣生員朱某，豈爲人作妾！」孫大驚，訊得實，亟控官追捕，而鄭已杳。

## 惡僧淫報

灤州尤生，幼聘同里許翁女。尤十餘歲，隨父出外遠商，久不通耗。許女及笄，有艷名，里豪謝某爲其子强委禽焉。娶有期矣，生忽歸，聞許别字，憤往哭諸門。許曰：「余固非所願，第謝某勢力，我非其敵。今子既歸，能偕女遁乎？」遂出兩健騾，令生與女各跨其一。疾馳一晝夜，抵通州。謝亦集數百人急追。生憶姑家在近城里餘，竭力竄至，叩門告以故。姑曰：「謝之虐孰不懼，敢留汝以速禍耶？」堅不納。而追者已逼，乃棄騾伏叢薄間。謝見騾繫於門，意尤必在，破扉入，見榻上有臥人，并衾褥捲之歸。抵家衾解，則赤身少年和尚也。謝大怒，立斃之。蓋姑所以堅不肯納者，此也。惡僧宣淫，竟作李代，孰謂冥冥中無使之者哉！

## 劍仙

黄明府謙六，攝篆東阿，延紹興錢君主刑名。對房柳姓，陝人，極樸誠，每夜静即閉門坐。錢以其木訥，試窺之，見柳背燈面壁，手一篋，語喃喃不可聞，次夕亦然。異之，伺柳出，潛往啟篋，但見白光丈餘，衝屋飛去。駭甚，亟掩篋出。柳歸，大聲嗺曰：「孽矣，誰開視此者，禍且立至！」錢駭絶自承。柳曰：「余劍客也，有讐家在此，將甘心焉，不意爲君所窺。劍既出匣，必傷數十人而後已，首將在子。」錢伏地求救，謝不能。錢哀不已，乃曰：「速備巨缸七口，白雄雞六隻來！」於是疊缸爲七層，層置一雞而覆錢於底。四更許，忽霹靂一聲，柳呼曰：「大難已過，可出矣！」起視則六缸皆碎，雞悉無首，方詣柳謝，已不知何往。

## 婁法官

先叔祖矩方公，曾叔祖筲山公長子，少聰慧，過目成誦。年十八，赴城北青山莊遊眺，遇一人頭懸腰間，拍之曰：「汝在此乎？」遂暈絶。扶歸，譫語不絶，見筲山公至，即抽刃向之。鎖閉數年，延婁法官劾治，婁謝不能。懇之，乃設壇禮斗七日。時盛夏，婁法衣十餘重，熾炭一盆，四圍密排小醆，擎之入病者房，琅琅誦咒，向空擲醆。

每擲間啾然一聲，罋即落地碎，至第七罋完好，而鬼覆其中矣。取置罈中，符咒封理，病遂愈。閲一年，余家畜一孔雀死，令廚夫阿洪持鋤瘞之，適當罈處，鋤落罈破，有黑氣衝出。洪歸，過筲山公門，則叔祖已病發如前，卒年八十餘，終未能愈。

## 前生妻索命

吴少府夫人，年三十餘，忽臥病，喃喃如與人語。扣之，不肯言。堅問之，乃曰：「此事甚可駭。頃見一藍衣少婦呼我爲夫，自言我前生妻也。我前生縫衣爲業，每出外，恒經月不返。一日歸，見枕旁有男子小帽，疑其有私。渠言季弟遺此。余時已被酒，苦致盤詰，不承，撻之，遂憤極赴井死。意在索命，恐病不能愈也。」由是入夜即聞鬼聲，乃集親串十數人守之。數夕後，守者皆倦，自起投井中，比覺已絶。

## 二 李

雲間李某觀察，粤東歸，囊頗裕。兩公子均入貲爲太守，徙居吴門。有梅煉師者善黄白術，召置門下。梅曰：「余術必視人夙根厚薄，實不能妄福人。」李曰：「若僕兄弟者何如？」梅乃熾炭一鑪，索銀爲母，啟囊下藥，須臾傾出，得五十金，視原金倍蓰。試持入肆，得錢與他銀符。李因萌侈念。梅有難色，曰：「二公福固厚，究未知合得若干。天下財禄，掌自水官，須占之，方敢如命。」於是書二李生造姓名，用二碗對合，外固以漆。夜操舟至石湖，披髮仗劍，禹步作法，投之湖心。頃之，風浪大作，一神奉碗出水，具書李應得黄金五萬、白金三十萬，其弟應得黄金二萬、白金三十萬。二李大喜，懇速煉。梅曰：「每鑪白金三萬，至七七日可得黄金一萬。」於是擇期齋沐，購藥置鼎，至期啟視，金液溶溶，傾之，燦然成錠，堆累滿屋，益信不疑。一日曉起，失梅所在，視所傾，皆鉛胎而鍍黄者也。

## 晁彭年

與二李同時在吴門者，又有晁彭年貳尹，洞庭舊族也。性豪宕揮霍，家不中資，遍貸戚友，得數萬金，攜之赴蘇。慕銅商之富，心竊豔羡，苦無階以進。一日，有虞叟者來謁，僕從甚都，展詢邦族，則籍上海，諸銅商之經紀也。晁大喜，周旋日稔，挽其居間。虞往復向諸商關説，乃許合夥，每股二十分之一，計成本須四十餘萬金，議定立約，先兑二萬金壓券。晁資不足，招二李共事，合付如數，皆虞爲之調停，晁甚德之。數日，虞家人驟奔至，云虞暴疾死旅寓。晁亟往，枕屍痛哭，出資具殮。遂親赴上海，叩諸商，備述前事，商皆愕眙。探其家，則舉室遠遁矣。有識者謂叟專以此術誑人資財，其死蓋服茉莉根，數日復甦云。

## 相馬

乾隆時西域貢馬，上命來文端公保相之。有一馬高八尺，最中相法，未與選。故事，挑剩之馬，准貢使即於京師變價。有頭等侍衛禄興者，素有馬癖，出千金購之，閑以新房，豢以細芻，馬皆不食，惟日飲清泉數斗，夜則仰天長嘯。禄籌思乏術，伺文端退朝，敬請曰：「某日公挑剩之某馬，似頗神駿，無疾而不食，何耶？」公笑曰：「汝識此馬，可謂有眼。此房星之精也，偶遊塵世，斷不能久在人間，故不敢進御。汝何人，妄欲乘之耶？某日夜，月色大明，當仍返天上矣。」已而果然。

## 鬼燈

孫子瀟先生未遇時，偶於城外夜行，地甚幽僻。見一女郎，紅衣白裙，手擕一燈，在前緩行。孫乃就其火吸烟，屢吸而烟不燃。逼視女郎，面如紙灰，慘澹模糊，不類人狀，遽直前，攫其燈亟行。女呼曰：「孫秀才將何往？」孫益懼，向人多處竭力竄去，燈遽滅。至肆就火視，所持人指骨一節而已。

# 妓俠

保定繩妓定兒，貌美技精，名噪一時。有富户張翁子悦之，欲以爲妾，重金啖之。父曰：「我輩遊歷江湖，鬻藝不辱身也。」張意不能捨，跋涉隨之。一日復見奏技，變幻疊出，倍極妖冶，益迷悶如木偶。其父憐而謂之曰：「子誠鍾情者矣，能隨我歸，當即奉贅。」張欣然從之。既諏吉成禮，每欲與女狎，輒遍體痛楚不可言，故月餘猶未嘗一臠也。張無怨色，情好彌摯。定兒之嫂憐之，私語之曰：「君誠君子，然知吾翁之意乎？誘子來，非真爲壻，例於歲除殺人祀神。」張駭極求救。嫂曰：「無難。但密除睡褥下符及枕中針，即可無楚。定兒既委身於君，彼自有以脱子禍也。」張如其教，魚水極歡。定兒歎曰：「身已屬君，當隨君去。」乃縛雞傘頂，授張：「張之速行，戒勿回顧，聞雞號則難過時也。妾即隨來，君勿念。」又出一紅球，令懷之。張狂奔百餘里，雞鳴去傘，則雞首已失。抵家，懷中球忽墮地，盤旋騰擲，劃然中分，定兒躍出，屬曰：「我父明日必來追，宜預爲計。」乃脱裙衫，嚙指血書符於上，令張持至路歧懸之，伏莽以俟。父果操刃至，見女衣，痛哭持去。遂偕老焉。

## 鬼必附人爲祟

張問槎明府任懷慶經歷時，娶一妾。當未嫁時，與鄰女爲閨中交，誓同生死。既嫁而鄰女亡，一日附魂於妾，以手批頰，責其負約。張怒曰：「修短有數，汝死於病，渠豈能殉汝乎？」鬼語塞，但守之不去。張偶近妾，即作色曰：「我閨中處女，汝何犯我！」擾將半年，百方遣之不應。郡中有余姓者，善治鬼，延之。余曰：「易耳。」入房持咒，妾即竦懼變色，涕泣求去。余覆以缽，持之出，妾神氣頓清。越數日，又張目大呼曰：「某女至汝家，並未有所損，乃招惡人殺之！我等均爲不平！」聲嘈嘈如數十人，室中器物無故自毀。再延余至，持劍與鬭，劍爲群鬼奪插土中，余倉皇遁。其夜益鬨。次早，余請其師至，謂張曰：「此野鬼作祟，無恐。」索鐵屑、菉豆，合盛於盤，向之誦咒一時許，命持入房，於鬨處拈擲，群鬼轟然散去，從此而安。逾年，妾生子，眉目如畫。張長子小槎年已弱冠，忽病熱，瞠目囈語。張往視，遽呼曰：「問槎，別八年矣。」辨其聲，前妻秦也。張曰：「卿胡自祟其子？」秦曰：「我隨影像來，日坐龕中，悶甚，聞妾生子極佳，特來一看耳。」抱出拜之，秦撫弄良久，嘆曰：「果極端好，我子皆不如。君暮年生此，可慰泉下矣。」遂寂然。初，張因宦遊，囑家人摹像寄署，藏之龕内，此前月事，鬼殆附之來也。吴旭峰孝廉爲余言。

## 貞婦索命

桂林陳文恭公巡撫某省時，幕客莊某，齒已周甲，二十餘年老友也，齋居近内室。一日忽欲辭去，公怪問之，囁嚅不對。固詰之，曰：「每夜有女子扣門，不敢納。下榻於此，實未穩便，故奉辭耳。」公忖鰥居已久，内署惟一寡媳，素守禮法，豈女僕輩有不檢者耶？爰與莊易榻覘之，三更許，果有女子扣扉。啟之，一淡粧婦，見公即欲引避。公呼問：「何人？」曰：「江西貞婦某氏，因請旌爲莊某所駁，數十年苦節一筆勾銷，憤訴嶽帝，准其報冤，特來索命。」公問：「何年？」曰：「乾隆某年」。公曰：「此余任内事，駁者莊，准其駁者我也。當尋我，不當尋莊。」婦曰：「公案牘如山，豈能逐件細檢？莊享人厚脩而遇事任意輕重，固不堪對居停，況此案實渠有心苛駁，遂致含寃莫伸。如不索命，何以示懲？」叩首而没。詰朝語莊，顔色慘沮，即日辭去，卒於途。

文恭每舉以告僚屬，惜忘婦之姓氏籍里。

## 陸鰲鰲

南陽楊彪，多力，精拳勇，遇糧艘擱淺，能肩負以行。鳳陽衛旗丁公延之爲通幫，保衛空運。既歸次，楊即登陸，於縣學場演技，拳法鎗法，無不精妙。授徒百人，皆少年無賴，恃楊橫行。一日在場戲演刀械，出所用鐵鎚，重五十餘斤，運之如彈丸，復演拳勇，著處輒碎。觀者且數千人，無不叫絶。有白髮叟，身不滿三尺，傴僂而前，痰嗽咯咯，略一睨視，似不許可。楊怒曰：「爾薄吾技，敢當場一相角子，打死勿悔。」叟邀衆署券訖，曰：「我今自縛於樹，飽君老拳，何如？」乃解衣袒腹，令人縛之樹。楊於數十步外取勢，向腹奮拳，拳入腹不能出，乃跪乞哀。叟曰：「技止此乎？」鼓腹縱之，顛出三丈許。叟徐欠伸，縛寸寸斷，從容著衣入小巷去。有識之者曰：「此城西陸鰲鰲也，王征南之甥，盡得外家傳，甘鳳池且以兄事，君胡爲？」楊慚，自是避居山。

# 喬三秀

温縣喬三秀，以拳勇名，善蹤跳，捷如猿猱，袖箭三十步内無虛發。受陜客聘，護送三十萬金赴西安。行至臨潼，日未晡，遇一媪率垂髫女郎，青紗蒙面，跨雙衛至。喬頗佻撻，疾馳迎之，將揭其障面。女一足起，喬離鞍仰跌三丈外。方欲騰起與角，而媪已舍騎突至，踏以足，如山壓，曰：「老娘洗手三十年，不犯行客，何處齷齪男子，敢白晝戲人婦女！觀汝技藝，不屑飽老拳，當使少受磨折。」乃於腰間解一緣，縛喬掛樹杪。俄女郎引數十騎，盡縛其從人，驅車入林去。喬視綠緣粗不逾指，運力斷之，極掙不能脱。日將落，有行人過，始得解。既失重資，衣裝並盡，嗒然若喪，擬赴省尋其親舊。行未二日，抵一村，有大莊院，詢之爲巨紳宅。念乘夜往劫，可少潤行囊。漏三下，聳身入，歷廣廈數重，後至一樓，燈光四射，一髯丈夫與中年婦人方對飲，壁上懸弓刀數事。喬忖不如先發制之，隔窗向髯袖發一箭，髯接置几，飲如故。再發擬婦，婦以兩箸夾之，視髯微笑。喬知有異，度不能脱，乃破窗入，長跪請死。髯問何人，喬以姓名對。問居何里，曰温縣。問何師，曰王征南。髯駭然曰：「吾與汝同師，識甘鳳池否?」曰:「向與同師且親串也。」拉之同坐,問何落拓至此。喬緬述遇嫗狀,曰:「此非妄取人財者,僕與有葭莩親,當作函爲君緩頰。」遂於案間取紙筆作書。留飲畢,取一小尖角旗并銀一封付喬,麾之出。喬至失銀處,方欲訪嫗所在,道旁一叟問曰:「客得勿喬姓?」曰:「是也。」叟喜曰:「待君久矣。」偕行至一巨宅,叟引入廳事階下,曰:「止此,白郡君來。」須臾,婢僕數十人擁一人至,嫗也。喬再拜出髯書。嫗曰:「寒家尚可温飽,豈利人財!向怒君無禮,原金具在也。」命叟列筵款客。天未明,叟來,促喬同行,所經皆重山疊巘。數日,至原處,則僕從車馬并原金已先在焉,叟始辭去。

## 重瞳

詩人黄仲則先生之孫,生而重瞳。余時八歲,曾往觀之,雙眸炯射,諦視眶中有兩瞳神。時方周晬,狀極魁偉,鄉里咸許其不凡。至七齡,家人抱往武廟,覩帝君像,忽然盛怒,戟手大罵。家人駭甚,抱歸,是夜即殤。或曰吴下阿蒙後身也。

## 緑毛人

蘇州吴太史廷珍，少時讀書廣福山頂僧寺。夏日偶歸，行至半山，遇緑毛人長丈許，駭仆。緑毛人以手掖起，慰之曰：「勿懼，予非噬人者。雷雨將至，可速行，遲則霑濕矣。」吴亟下山，霹靂一聲，響震山谷，迴視半山皆火光。次日上山，緑毛人已震死，旁有緑血，莫名其怪。

## 安慶寓怪

二客投安慶臬司前旅寓。夜卧，尚未息燈，見二美人冉冉至，並坐榻上。客心知非人，推之墮地，變爲二小兒，紅衣丱角，向客嘻笑。寓中人奔集，又化爲流螢，星星滿地。客不敢卧，秉燭守之。隣雞既唱，倦而假寐。忽壁上畢剥有聲，一巨黑手出攫客頭。客驚醒大呼，其一客在睡中應聲而踣，扶救已絶。

## 玉搬指

澄江繆孝廉曾館於真人府，主賓相得。臨别，乞一符辟不祥，天師脱白玉搬指以贈，曰：「即此亦足鎮壓妖魅。」受而著之指，數年不之異也。庚申科赴金陵，道出句容，旅店已滿，有空樓。店主問客願暫居否，繆以舍此無托足所，且月色甚佳，欣然攜僕往。甫交睫，聞樓梯閣閣聲，如有登者，須臾，樓門豁開，兩男女裸身紐結，似相撲戲，倏東倏西，漸將近榻。繆駭極，脱搬指擲之，物轟然下樓，搬指亦隨之下，已而寂然。天明呼僕起，踪跡搬指所在，至後圃，見土堆墳起，搬指在焉。問之店主，曰：「前年有貴官寓此，妾與僕通，夜半爲所執，活埋後圃，不意其能爲祟也。」掘之，貌如生，畀出火之，怪遂絶。繆自是益寶愛，凡病魅者，以搬指置枕畔，即愈。

## 訟師

嘉興倪某，積年訟師也，傾陷無慮數十百家，一郡畏之如虎。有土棍劉某獨心輕之，因微嫌登門，指倪罵詈，且弛下衣遺溺辱之。倪拈髭微笑而已。劉謂倪亦懾其威，益自得，無顧忌。隣某紳有胞姪烝其寡嬸，身姙將産，族鳴於官。姪窘甚，夜扣倪門，長跪乞救。倪辭以無能。固哀之，倪曰：「必不得已，須千金乃能活汝。」如言賂之，乃呼姦婦，密受教曰：「明日到堂，直供身孕，但姦夫非姪，乃劉某。劉必不伏，堅指其陰頭赤痣爲憑，則得矣。」如言赴審，劉無以自明，加以巨杖，遂誣伏。事平，劉終不解其相誣之由。一日，有青衣來，云倪某相邀，劉隨往。倪笑謂曰：「打得好否？」劉始大悟，伏地請罪。倪曰：「汝雖稍吃寃苦，救人兩命，不爲無功。今爲汝留得千金在此，速將去，勿再作無賴也。」劉由是改行。

## 竊兒驅鬼

金陵鄧氏婦，年少孀居，頗足自給。小叔某嗜博，錢到手輒盡，每向婦挪借。初尚隨多寡應之，久益無厭，遂拒不與。叔思明乞不能，不如暗竊，乘婦廚下，潛入房，伏床頂，屏息以俟。見少年衣帽甚華，來坐粧臺側，意必姦夫，掩之亦可挾制嫂。至少年偎傍，以手摩其胸腹，嫂即悲不自勝，旋取帶繫床間，作欲縊狀。駭絶大呼，鄰右奔集，少年已失所在，後婦亦無恙。

## 戲臺

少時在蘇州官司馬懋斌座中，閽人入白魏貳尹至，俄一人縹緲急裝入，相揖就座。官喜曰：「君至，我等又可看戲矣。」魏遜謝。官命從人預備，時方未初，乃以厚氈蒙廳側一室，拉魏及座客同入。魏向壁喃喃持咒，須臾，壁上現白光如鏡，旋轉數周，鏡中一小戲臺，臺上懸燈千百盞，拳如橘如，累累相貫，一室通明若晝。旋見鬼門内人影往來甚夥，魏請客點戲訖，上臺開場，生丑净旦，各盡其妙。至十六七齣，魏曰：「夜深矣。」向臺上吩咐撤鑼，燈燭盡熄，戲臺亦隱，惟白光旋轉壁上，移時始滅。

# 聞妙庵尼

洞庭女冠極多，皆山居饒沃。聞妙庵尼尤善居積，年八十餘卒，積金數十巨萬。其徒静香繼爲住持，年二十餘，意態嫻雅，解書算，熟經咒，頗守清規，踵門者尋常不能識其面。每歲大士誕辰，士女赴庵燒香者甚衆，貿販雲集，皆賃寓庵中房舍，往往有賣小説唱本者，静亦購數種以備觀覽，武后稱帝，楊妃爲女道士等事，固平時習見者也。一日有羽士過房，以其方外，出見之。道士踈髯廣顙，飄飄然具出塵之概，所談玄妙，多不可解。忽屏人請間，長跪曰：「娘娘他日國母。道人修煉五百年未得封號，不能成真，求娘娘他日得志，賜封真人，獲証正果，必當啣結。」静面赬允之，道士叩謝，飄然而去。静疑信參半，然從此禪誦之志爲之稍懈。一日有貴客來，覓静室數間養痾，闢除西院居焉。客年三十餘，長身玉立，貌甚修偉，遣蒼頭魄伽楠、龍涎、安息諸香，火浣布等物，皆海外奇珍也。静親詣謝，拒不見。兩月餘，絶不與群尼通，莫測其爲何如人。一日鍵户攜僕從下山去，静私啟鐍入室，以覘其異，陳設皆珊瑚木難，金碧輝映。案頭一小匣，發之，中有奏章「臣某跪奏，現在島中大兵已集竚，發餉銀二十萬，即可擇日揚帆，逕奔彼國，乘其不備」云云。静駭絶，正遲疑間，客突至，駭曰：「吾機爲汝覷破，不得不殺汝以滅口。」抽壁上劍揮之。静叩頭求免，客俯首似有所思，徐曰：「余日本國王也，啟行時國師爲余占卦，謂此行可得一國母，豈應在汝耶？果能從我，即貸汝命。」静欣然願從。枕蓆間私問所奏云何，客曰：「余來時，見暹羅國之羅華島方廣數千里，其中生齒甚繁，物産饒沃，擬奪之以廣國土，調兵四集。以距國遥遠，軍餉不能即至，昨接來奏，欲連夜返國，又恐風色不順，以故躊躇未發。」静問需餉幾何，曰：「得二十萬金亦可應急需矣。」静曰：「若爾甚易，但何以運往？」客曰：「余自有術。」次日，悉發藏金，以厚氊裹之，令蒼頭至山下一呼，椎髻窄衣白足者數百人飛集，負銀魚貫而去。閲兩月餘，又接一奏云：「羅華島已不血刃而下，請旋蹕駐島鎮撫。」客喜甚，將行，囑静安心静待，歸國後遣重臣求迎，當册立爲正妃。静又奉犒師銀五萬兩，遂去，自是竟不至。

# 科場隱事

庚申科，蘇州某生方入號舍，號軍問爺姓，曰姓張。軍喜賀曰：「然則爺今科必中矣。昨夜夢一女郎坐此號，手撚桂花一枝。我問：『何爲？』曰：『待張郎。』今爺姓適符，又坐此號，必中無疑。」張聞言色變，惶遽出號去，叩之不答。

橫林趙秀才言：戊辰科入闈，隔號鎮江蘇生，年四十許，共談甚洽。夜半，聞蘇夢中囈語，以爲被魘，呼之。蘇以手自批，如有物憑，謂趙曰：「我自報寃，勿强預人事。」問：「何寃？」，曰：「妾，蘇之姊也，臨死以家業約直數千金及二子託之。渠占我産，二子不令讀書，役同奴隸。我憤控帝君，前來索命。」趙問：「蘇有子乎？」曰：「無。」「有女乎？」曰：「有二。」「年幾何矣？」曰：「與吾子相若。」趙曰：「蘇誠負心，然究係骨肉，寃讐宜解不宜結。今姑令甦，我爲勸之，令其以産業還汝子，即將二女配二子，可輸服否？」鬼曰：「果能如此，何憾？但吾弟小人，恐其反覆。」趙曰：「當責其署券，倘敢爽約，鳴官究治。」鬼曰：「此事已稟白帝君，須往覆訴，方可從君。」鬼去而蘇醒。趙責之，蘇惶愧自撾，矢願改悔，即折紙署券，挽趙作中。須臾鬼至，曰：「帝君嘉君調停甚好。君命中本無功名，今科吾弟應中第二十八名，已削之，改注君名。此後勉力行善，不可懈也。」趙出闈，即偕蘇赴鎮，親視其二子與蘇女成婚始歸。是科趙果獲雋。

## 還金得子

陽湖壯役陸大聰，家頗饒裕。十二月初旬，有同班友商貸錢百千度歲，允之，約祀竈日辰刻在武廟旁茶館交與。望後，其長子忽患痘，甚危，至二十四日五更死。陸俟天明，出門市棺，尚早，路無行人，經葛仙橋，拾一紅紙包裹，發視有百千錢票一張。自忖似此殘年，莫不家有急需，盍待而還之？須臾，一老媪哭而至，四下尋矚。問之，曰：「某宅僕婦也。主婦令我持票支錢，票遺失，歸無以見主婦，惟有一死而已。」言畢，欲投於河。陸亟止之，問錢數相符，取出付還。急詣武廟，友已在座。陸曰：「所約應踐，奈犬子痘殤，不能如願，奈何？」友曰：「君尚未回家耶？令郎已復生矣。頃在此久待不至，因往尋君，見門前置一棺，駭甚，入門晤令弟，方知病者復蘇，遍處遣人覓君。君乃尚未歸耶？」陸大喜，與友偕歸，子果起坐。問何能活，曰：「死後被二役牽去，置船頭內。正迷悶間，聞岸上馬蹄聲甚急，大呼：『痘神船且慢開，內有陸某，因其父新行一大善事，城隍已爲申詳天曹，准放還陽，速將生魂付我。』於是數人啟艙板，提余出，交騎馬者飛馳至家，躍然而醒。」陸大驚吐舌，取衣質錢，如數付友去。

## 暴穀慘報

胡嫂嫂，余家繡娘也，在余家四十餘年，年七十病篤回家，自言冥司因其一生蹧蹋五穀，命截去十指，呼號而卒。胡早寡，每飯輒遺米顆在地，又往往抛棄食物於污穢中，故受冥責甚慘。一日適汪氏從姊家放焰口，從姊忽見胡伸手招姊曰：「六小姐多時不見。」姊憶其已死，大驚暈仆，家人婦扶救回房，即病臥不起。延巫視之，曰：「一白髮嫗，十指童然，視其手所指，指頭則頭痛，指心則心痛。」亟招其妹來，妹亦余家女僕也，祝曰：「自己上人，豈可作祟？」鬼附魂於巫，連呼不敢：「我實窮極，向六小姐求冥資耳。」具資鑼漿酒送之，病即愈。

## 討債鬼

屠育仁，余家收租友也。年三十餘，生子一，極聰俊，鍾愛之，所需無不曲順其意。素羸多疾，破産療治，家爲之貧。年十四，病不起，忽呼屠名曰：「我非若子，我乃江陰王二，來問汝索五百千。今已收清，尚剩十五千八百文，可將十二千爲我市佳木，餘三千做新衣殮我。」其八百文，則曰「市鏹可也」。向其母謝曰：「娘恩未報，願矢來生。」言訖而逝。

## 冥中回禄最重

丁大令未遇時，設帳郡中。某氏從學三人，其長者十一齡耳。丁夜夢多神群集廳事，若會議者。一紅袍神曰：「合與絕嗣報。」一神曰：「太輕。」紅袍神曰：「回禄何如？」一神曰：「太重。」紅袍神曰：「然則以二娼妓敗其門風。」議遂定。丁醒，筆之於書。後某氏家日落，丁亦出仕，久不通問。及解組歸，年六十餘矣。某氏二女相繼落平康，即十一齡童子女也。事隔四十年而冥罰昭昭不爽，吁，可懼哉！

## 曹寅谷先生爲城隍

蕭山曹寅谷先生官蒲城令，有政聲。卒數年，同年卓君攝蒲城篆。幕中諸友爲扶鸞戲，卓適至，叩問何神，乩書「年愚弟曹之升頓首拜」。卓曰：「是寅谷先生耶？現於冥中何所事？」乩曰：「忝爲本縣城隍。」問：「冥中公事繁簡若何？」曰：「冥缺遠不如陽世，終日僕僕，幾無暇晷。」問：「何事繁苦若此？」曰：「地當四達之衝，時有天符往來，每仙佛過，即須迎送，叩拜匍匐，膝爲之疲。」問：「仙佛何狀？」曰：「但覺往來空際，光有金紫紅黄之别，未嘗得見也。諸君夙根素厚，宜可致真仙。如得真仙降壇，尚祈代弟力求一見。」一日復設乩，判云：「我旌陽真人也。」衆問事畢，因致曹意。乩曰：「城隍小神，何敢見我！」擲乩而去。須臾曹至，曰：「今日幾獲大咎，幸大仙仁慈，否則落職矣。」衆問：「城隍職分何如是之小？」曰：「區區冥職，安敢仰攀天上諸真？前舉本弟冒昧不自量也。」閲日又來，曰：「今且與諸君長别。湯溪缺出，已蒙都城隍保舉轉調，離鄉較近，且事簡民醇，勝此間萬萬也。」判畢，乩遂不動。

## 年大將軍始生

年大將軍之父遐齡，總兵近畿，生平有季常之懼。夫人某氏偶歸寧，年竊與侍婢通。夫人返署，覺之，時婢已有娠七月，鞭撻交下，胎崩，産一兒，啼聲甚鉅。夫人大怒，立鬻其婢，見兒呱呱然，益怒，呼閽人活埋之。閽人持兒出至後圃，委豬圈旁而去。閲半月，閽人適至後圃，聞兒啼聲出圈中，往視，一牝豬伏地乳兒。大駭異，抱歸，傴嫗乳之，以爲己子，即大將軍也。數年，年夫人生希堯。年內擢都統。有史瞎子者，揣骨多奇驗，召之令相。史曰：「公大封翁，貴不過下人主一等。」出希堯令相，曰：「亦一品官，然不足當此。」年曰：「余僅此，别無他兒，先生誤耶？」史曰：「頃在門房內相一兒，位極人臣，年三十即掌大權，貴出諸侯王上，疑係公子。」呼閽人攜兒至，極雄偉。問兒何來，閽人伏地請死，緬述前事。夫人亦感悟，撫爲子，取名羹堯。讀書聰穎，兩年盡十三經，與塾師問難，師輒窘，求去。屢易師皆然。乃令習武，與師相角，師輒敗，亦辭去。年無如何。一日，西山來一老僧，踵門求見，曰：「郎君才器天成，豈常師所能授學？盍付老僧？」年不肯，乃留教之。搆静室，攜入静坐，數月後乃授以孫吴兵法及天文地理陰陽術數之學。臨行囑曰：「子藝已成，他日得志，勿任意恣殺，方可望令終也。」遂去。將軍十八入詞林，年未四十掌大將軍印，平青海，立大功，事具國史。

## 寶坻李翁

寶坻李翁，御車爲業，人極醇謹。偶由王家營載布客赴陝，客售貨畢，欲回江南，察李樸誠，仍僱車載資二萬以行。至河南，客暴疾死。李忘問其里居，籌思無策，乃具資厚殯之。自思窮人驟得多金不祥，憶來時道經山東某地大荒，人相食，遂逕赴朱仙鎮，悉出銀買粟，運赴某所賑焉。仍操故業，而所至輒大獲。數年後益加營運，田連阡陌矣。長子年二十，在田操作，忽棄鋤歸，欲讀書。翁笑曰：「汝童年失學，今長成如許，恐讀亦無益。」固請，許之。過目成誦，數年補博士弟子員，以廩貢入成均。繼生三子，兩甲榜，一鄉科。孫十餘人，六成進士，餘皆高第，稱巨族焉。其孫蘅，余己亥同榜也。

## 兩世無異

吾常吳太守龍見贈公，與蘇州吳太守龍見交至契。一夜夢蘇州吳翁見訪，曰：「相別幾時，已成異物，與其往生他處，不如仍依故人。」贈公夢醒而太守生，故亦名龍見。生三日而蘇州訃至，考其卒時，即此間生時也。後由兩榜分部，仕至太守，年七十三而卒。兩世姓名科目官階皆同，亦奇。其孫笛江明府親爲余言。

## 小童入井

劉秀才翰甫云：渠小時讀書，有館童頗巧黠。一夜，劉夢偕至後院，窺井中別有天地，繁華異常。童呼劉共入，劉不肯，童即奮身躍下。劉驚寤，方疑幻夢，比明，家人報小童夜來一臥不醒，撫之已冰。

## 樹腹人物

山東平原縣，南北孔道，道旁老柳數株，大可合抱。一日樹裂，迸出小人物數斗，爲牧童競取。吾鄉人適至其地，見人僅寸餘，色微黄白，有冠冕者，有小帽者，老少不一，纖毫無異。間有婦人，裝束全似江南。驢騾牛馬，無不宛轉如生。

## 人面豆

道光廿三年，邳州生人面豆，男婦老少，無不絶肖。余親見之。

## 城突

揚州天寧門内城根下忽冒黑烟，旬餘不止。時方隆冬，獨是地雪至立消。當事者恐蛟伏其下，集衆掘之，至十餘丈，得二鐵鍋，發視並無他物，烟亦頓滅。或曰此爲「城突」，主兵火。明年春，轅門橋、新盛街先後被災。

## 牡猿化牝

粵西橫州山中猿皆雄而黑色，老即轉黄，化爲牝，與黑牡者交，輒復孕。閱數百年，更化爲白，爲牡爲牝，不可得而知矣。

## 奇疾

粵東潮州瀕海，有翁額左生瘤，奇癢，久之漸鉅，下垂如瓠。憤甚，以刀截之，脆然而落，一小鳥踡伏其中。

又蘇州人由京邸南返，行抵山東腰站夜宿，聞驢鐸聲琅琅然自耳中出。嗣是更聞輪蹄蹴踏聲，百計治之不愈。一日五更，覺駕車駝載聲出門去，由是遂絶。

浙江義烏縣署三堂前大樹一株，枝幹槎枒，因礙行路，令命伐之。方縱斧斤，樹腹中竄出一蛇，蜿蜒鑽入令鼻，因發狂，棄官歸。蛇出入鼻孔日數次，羽流劾治，百無一效。一日早起，有青衣女子排闥入，躍登几上，旋縮小如指許，逕入鼻，曰：「娘舊居修葺完善，盍去休？」漸覺鼻中奇癢，連嚏而愈。起病仍作宦八年而歸。此皆事理所不可解者，殆亦如刁俊朝妻項下瘤耶？

## 周次立邑侯爲丹徒城隍

周次立邑侯以勳，審斷敏決，歷江南各州縣，有神君之目。其政績美不勝書，今録數則，以紀其實。宰丹陽時，初下車，明察若神，一邑震悚。有客販草紙一船，至西門外纜舟柳樹，登岸如廁。及返，船貨俱杳。周籤差立拿柳樹，明日早堂聽審。次日，聚觀者幾萬人。周升堂，眾舁柳樹至，命予杖，笞朴交下，觀者哄笑。周怒曰：「本縣審事，爾等敢從旁喧笑乎？」命闔門，凡笑者皆執捁之。眾求願罰，命各出草紙一刀，遣役隨往，並令記明買紙店號，紙各具罰者姓名。須臾，堆積滿堂，令失主自認所失紙戳記，由此根究，遂獲真賊。

宰宜興，有生員某武斷一鄉，人人切齒。妻與某寺僧通，衆伺其晚宿姦所，排闥入，即以被褥裹姦夫淫婦解送。周略詢端緒，即令舁至，正欲解驗，吏白某大僚過，遂升輿出接，命扃諸門房，回署再詢。及解縛，則一少年尼僧與某生婦也。怒詰衆曰：「汝等皆非應行捉姦之人，而又誤尼爲僧，壞人名節。」各予重杖逐去。呼某生至，責以不能約束婦女，尼僧同宿，治家不嚴，亦夏楚之。尋以他事褫僧杖下。

宰丹徒，牙儈某負巨紳金無償，巨紳遣奴逼索，辱之，牙氣憤，子慫恿其死，爲行詐地，遂引繩自縊，繩斷，痛極不能起，其子重爲理繩抱持之，遂就縊，而以威逼控。周詣驗，問子：「汝父項上經痕淺深有二，且衣履臂膝皆有塵土，是必初縊未絶墜地，既跌復縊，誰爲之繫繩乎？」子推不知。瞬旁觀者一人點首，乃罷審。及夕，呼問曰：「汝係死者何人？」曰：「比鄰。」「吾方鞫其子，汝從旁點首，何也？」其人惶遽曰：「日間紳僕閧散後，其子喃喃詈父不休。三更時，聞有聲，似物從高墜下者，旋又聞攀緣支格聲，須臾其子啟户哭，謂父死矣。」呼子研問得實，置之法。周之斷獄明決詳愼多此類。其殁之前夕，有鎮江士人過丹徒，見鹵簿煊赫，云是迎新城隍履任者，視輿中，則周也。

## 微行摘印

長牧庵相國麟，巡撫浙江時，訪聞某邑令有貪墨聲。一夕微行，遇令於道，公直衝其鹵簿，隸行呼叱。公問令將安往。令急降輿，以巡夜對。公曰：「時方二鼓，巡夜毋乃太早？且巡夜所以察姦，今汝盛陳儀衛，姦方避之不暇，何察爲？無已，其從我行。」乃悉屏從者，笑談徐步數里，過一酒肆，謂令曰：「得無勞乎？與子且飲。」遂入據坐，問酒家邇來得利何如。對曰：「利甚微，重以官司科派，動多虧本。」公曰：「汝細民，何科派之有？」曰：「父母官愛財如命，不論茶坊酒肆，每月徵常例錢。蠹役假虎威，加倍勒索。小民殊不聊生。」縷述某令害民者十餘事，不知即座上客也。公曰：「據汝言，上司獨無覺察乎？」曰：「新巡撫首稱愛民，然一時不能盡悉，小民何敢控訴？」公笑飲數杯，付錢而出，謂令曰：「小人言多已甚，我不輕聽，汝亦勿怒也。」復行數里，曰：「爾我今夕正好夜巡，盍分兩路？」令去，公復回至酒肆，叩門求宿。對以非寓客處，公曰：「我此來非爲止宿，蓋護汝也。」酒家異其言，留之。夜半，聞剥啄聲甚急，則里胥縣役持朱簽拘賣酒者。公出應曰：「我店主也，有犯我自當之，與某無涉。」里胥不識公，叱之曰：「本官指名索某，汝何爲者？」公强與俱至署。令升座，首喚酒家，公以氈帽蒙首，並綰登堂。令一見大駭，免冠叩頭。公升座，索其印去，曰：「省得一員摘印官也。」

## 醜女變美

杭州程明經佐幕維揚榷署，與某翁同事。中年家僅一子，欲納妾以廣似續，聞同鄉某京官之僑寓揚者家有侍婢，頗端麗，知翁與至戚，囑介紹。而京官以彼此鄉誼，不受值，飾婢贈焉。程心不自安，即慫翁於場下買一幼婢，贈京官以供伺應。此婢貌既不揚，髮復種種，上下厭憎，苦於無從返璧。未幾，隨眷屬入都，年已及笄，有某太史無子，欲買妾，一見即许爲宜男。京官薄其值遣之。逾年，生一子，嫡夫人谢世，遂爲正室。太史洊歷清要，已晉尚書。夫人偶過京官，則紺鬢雲垂，花容玉映，舊主人亦不復識也。醴泉芝草，豈擇地而生哉？

## 婦智擒盜

徽州胡某在常州某紳質庫中，數年回家，腰纏廿餘金，徒步負包，而行經一嶺。時已迫暮，嶺頭有賣漿餅者，一婦當罏。胡求止宿，婦以家無男子辭，並囑下山過放鴨户，斷不可宿，須遠行二三里，至村落人烟多處，庶無意外虞，胡遂行。須臾夫歸，婦告之故，正話間，聞山下呼救命聲甚慘，倏而寂然。婦曰：「頃所言客必遭毒手矣，若不亟除，將爲行旅大害。」夫曰：「彼衆我寡，奈何？」婦曰：「速於柴堆放火，山下諸村必来撲救，乘衆往搜，可立執也。」夫如言，衆至，告以故。群往搜驗，則胡客已被斷數截。送官究治，置鴨户於法。

## 儀真阮氏積累之厚

阮芸臺相國之祖名玉堂，字琢庵，以武進士起家，侍衛内廷。乾隆初，任湖北苗疆九溪營游擊，領九溪、豊州、洞庭、常德等四營兵，隨征湖南叛苗，身先士卒，轉戰皆捷。會總督張廣泗檄公進勦南山大箐屯賊，公以正兵佯攻於外，而自率奇兵，由間道攀藤越嶺而入，遂大捷。餘黨八百户退據南嶺，糧絶出降。總督慮賊詐，不允，公力辯其誠，以死保之。後又進勦黄坡，獲男婦數千人，督欲盡誅，公再四諫，不從，不得已，乃請婦女及十六歲以下者悉從宥免，全活無算。九溪有北山，周數十里，向爲兵民所仰給。有明季指揮豪姓子孫訟爲祖傳舊地，公入省力陳大府，謂地果屬豪姓，亦前代事，數十年來久爲生聚樵牧邱隴之地，今奪之以歸一姓，如數萬姓何？大府乃省悟。此非武弁分内事，而公挺身争之，仁言仁政，其積累者深矣。

## 肅寧令

孫蘭皋翹江，貴州黄平人，乙未進士，癸卯選授直隸肅寧縣。視事甫三日，覩一白衣女子相隨不離，暈仆於地。久之始甦，泣而言曰：「是夙業也。女子阜城人，許聘某家，病瘩，婿家疑为孕，女遂自經，父母訟於官。余前生姓黄，亦爲肅寧令，竟以孕斷。貞魂含冤，相尋五十餘年矣。」幕友勸孫訴諸城隍。焚牒後，又暈仆如前，蓋女鬼被牒，訴之府城隍，攝孫生魂對質。神言孫過出無心，前世做官甚好，今生事親甚孝，不犯淫戒，未便索命；且查禄籍，官至四品，今將所得官禄全行削抵，姑準改教，以奉雙親餘年。女鬼不得已，始允。孫醒，即詣本府呈請改教。時河間守爲熊虚谷守謙，江西新建人，丙戌進士。孫以情告，熊曰：「渠不過欲表揚名節，我輩爲之銘誌，傳諸不朽，以此勸之，或可解釋。」孫商之鬼，鬼不允。熊復面爲勸解，鬼曰：「雖爲無心之過，倘非神斷，豈肯相饒！請問大人陽律失入，應得何罪？豈改教可了乎？」熊語塞，即日轉詳。

## 徐青天

徐惕庵太守，武進人，由部曹出守山東萊州府，剛毅不阿。到任時，所屬平度州有蔑倫案。民人羅有良與其姊夫張子布素不睦，羅兇悍多詐，布出外，密鬻其姊。布歸，索婦不得，鬨焉。母趨勸，有良毆子布，仆地悶絶，懼殺人罪，蹴母腹斃之，大呼曰：「布殺吾母！」鄰人至而布甦，恍惚不能記憶。羅先赴州呈告子布毆死其母，平度州某以毆死妻母論罪。徐覆鞫曰：「吾訊子布，鬭時方跣足，而有良納鐵裹鞋，今伊母腹有鐵器傷，是有良蹴也。」以蔑倫覆詳。徐素戇直，官部曹時，中丞亦京秩，與徐有隙，謂其有意見長，故翻成案，大怒，仍照州詳定案，而以徐固執己見，失入蔑倫重罪，特參革職拿問。徐聞信，星夜赴州私訪，實係有良踢死，州士子及羅、張左右鄰亦具切實甘結，保案無枉。不三日，委員摘印至，置徐濟南獄。徐遣子培京控，而以州衆切結附入。特差大司寇吴季堂、侍郎美晟赴東鞫治。抵省，中丞、臬司實告案誠如徐，第平反則通省承審官皆須反坐。星使不得已，婉言於徐，許案結後，令諸君集資捐復原官，仍照原擬定讞，而有良出獄矣。甫出時，方晴晝無纖雲，忽空中雷聲隱隱，良仰視若有所見，回身欲入，門者阻之。有良曰：「尚有所白。」於是入供殺母狀，歷歷如繪。乃繫羅釋徐，既出，軍民觀者數萬，遽呼曰「徐青天」，擁之去。

徐子楞曰：族父惕庵太守遺事嘖嘖人口，蓋倜儻非常人也。此敘平反一事，神似柳州《段太尉狀》。

## 曹大

曹大，郡城觀子巷人，以南貨爲業，家可中貲。好拳勇，兩手能舉千斤。有游僧過，聞其名，詣曹買胡桃，以二指搦碎，皆云不佳。曹乃出胡桃斗許，略拂以手，箇箇皆碎，僧點首，遂去。郡中每至九月，各商詣靈觀廟報賽，演劇無虚日。曹往觀，立臺前，千人推挽，屹然不動，歲以爲常。一日有矮人，長不過三尺，微鬚窄面，逕立曹前，以背貼曹腹。曹推之，不覺，又力推之，仍不動。其人回首顧曹曰：「何爲？」駢二指捺曹肋，從人叢中去。曹急以手按肋，面色如紙，口不能言。鄰人見之，扶歸，嘔血數升死，死後左肋青黑，按之，骨條條斷，而矮人不知所往。

## 朱道人

海州有朱道人，居如意山，貌似七十叟。自言宋太祖時蜘蛛，修煉千年，得寶珠，可証仙班。平時不飲不食，往往出遊，恒經年累月，歸必述所遇之人而評隲之，謂「閻百詩可與談道，毛西河堅僻自是，所學不純；吾家石君嗜古好道，淹貫不及竹垞，惟道氣差勝人」。與往還，問以休咎，不答。一日謂居人曰：「我未曾傷犯生靈，而惡龍輒思攖我珠，不能不與鬬。」越日，果有龍來，大戰三日，龍敗遁去。又謂居人曰：「龍敗後必邀其黨類報復，居此恐傷禾稼，將以某日往雲臺空曠處俟之。」堅囑山下人各閉户無恐。至期，狂風驟起，飛沙走石，雷電交作，道人吐赤珠，光耀閃爍，明於白晝。兩龍又敗，墮山澗中，爲絲所縛。越日有火龍至，燒其絲，始得逸。道人嘆曰：「海濱多怪，不可久居。」遂隱去。時余鄉李洊庭侍讀課讀海分司署，聞其異，得蛛絲一莖，歸以示人，粗逾拇指，中空外堅，腥不可聞。

## 故祖首逆

湖州戴氏子，自幼失歡於父，被逐爲傭，小有貲蓄，逾冠，營生娶妻。父窮老無依，聞之，來探其子，以被逐故，頗作白眼。父喪氣垂涕歸。一日，其子忽往省父，叩首謝罪，泣請歸養，歷久無稍懈，始逆終順，若出兩人。有知之者言：其父歸後，適邑人奉城隍神出巡，子方倚門，蹶然倒地，口喃喃作官話，繼復呼痛乞恩，了了可辨，似其已故之祖以忤逆乃父訴諸冥司者，知其悔悟有因矣。

## 仙畫

道光初，常州楊姓母子二人，母衰老，子擔賣鮮果爲生，奉養無缺。母疾篤，侍養不離，生計益絀。一日，持方向肆貰藥，肆中人辭以所負已多，窘甚。適一藍縷道人過，詢狀，向肆中乞素紙，長三尺許，就借筆墨作疏柳數行，一叟坐船頭垂釣，一手把卷，下筆如飛，須臾畫迄，題「雪舟漁唱」四字，付其子曰：「持此赴西門外三洞橋，坐橋石上，張畫索價，可得萬錢，觳汝醫藥費矣。」如言往，良久無遇，懊喪欲歸。忽遠遠聞鳴鑼聲，三四大舸順流東下，過橋卸帆停泊。一貴官上岸閒眺，覩畫，把玩不能釋，問：「欲售耶？」曰：「然。」問價幾何，曰：「十貫。」遽攜畫入艙，呈一老婦，婦捧卷若甚喜，招楊至船，問何自得，以實對，嘆爲仙畫，如數贈之。蓋貴官係遺腹生，未嘗見父，屢懸擬，終苦不似，視畫上叟神態儼然，老婦乃太夫人也。孝念所感，仙乎仙乎！

# 金陵陶翁

金陵陶翁，往來南北販雜貨爲業，與西賈某遇於姑蘇，一見投合，同客吴楚間，十餘年蹤跡不離，遂成莫逆。一年，賈販紅花至，方待價，急事促歸，臨行以貨付陶，曰：「余往來吴會，遇人多矣，然諾不欺，始終如一，無若君者。今以此委君，計成本五萬餘金，得價即爲售出。相知有素，亦無須立券也。」遂行，抵家即病不起，瀕死，謂其婦曰：「我有貨貲五萬金，寄交江南陶友，其人信義士，我死，待兒成立，可往索之。」遂卒。婦誤陶爲饒，守待十年，攜子至姑蘇某行訪之，並無饒姓。一店友曰：「賈在時與金陵陶某最契，或知其人。」乃詢明陶居址往訪。陶詳問里居姓氏及賈遺言，知不謬，乃另宅膳給，謂母子曰：「尊君病中所述未明，貲本五萬金實在我處，别後十年，久不見來，屢信敦促，亦無覆音，心甚疑駭。前貲代爲營運，子母共得二十六萬。」因出簿籍，并銀授之。母子曰：「先人遺言，止須收回原數。今蒙高義，眷念存歿，已感淪肌髓，何敢倍遺命而多取乎？」陶乃交還原金，而受其子金之半，以其半於吴門代購腴産，爲立印契券據，親送其母子回家。陶還，有族人祖遺屋三百餘間，以鄉僻求售，居間者謂陶：「此屋原價三千金，君私於我五百金，而以五百金立契，屋可盡有。」陶頷之，召族子至，曰：「汝因家貧，遽棄先業，我豈忍虧汝？」仍以三千金署券，族子感涕。於是鳩工庀材，大興工作。一日掘地得窖金二十餘萬，陶謂族子：「汝祖所遺。」分半與之。族子喜甚，往取，悉化爲水，知非己有，仍以歸陶，悉成巨鏹。陶曰：「是易處置。」乃舉所有置義莊，以贍族焉。

## 閻羅不能制厲鬼

貴州威寧州司刺史，生爲閻羅，夜即赴冥斷獄。與威寧鎮總戎善公同城，交最密。善公夫人，某郡王女也，疽發於背，甚危。忽瞑然若死，半日許復甦，曰：「我事大虧司君。喚至案前，親訊數次，並未難爲，可速備禮貽之。」少刻司至，善稱謝。司曰：「叨在至契，無不照拂，第此事甚難調停，恐終不能爲力耳。」善叩所事，曰：「郡主未出閣前，以事積忤某王。既出閣，未嘗歸省。某王臨薨，呼郡主與夬，遲至次日始歸，而某王已薨，以此抱恨，屢控陰司。前閻羅已準其詞，罰令先發背瘡。余以與公夙好，向某王諄勸，王終不允。倫紀攸關，恐終不能爲力耳。」未幾，郡主果不起。一日，司赴省，各寓已滿，不得已，止某氏廢園。園向多怪異，三更餘，諸奴惶遽入白，曰：「奴等與吏役輿夫等共二十餘人住外廂，甫臥，即有鬼將各人臥榻抬起，或舉置房屋，或舁棄溷厠假山旁。二婦手托白練套人，池邊有三僧鼓掌大笑。」司急命移出。或笑問何以轉避？曰：「此等强魂厲魄，皆由横死，不歸陰司，須行文天師府遣神將戮之。倉猝相值，不避何爲？」後訪此園，向係僧寮，所見三僧二婦，皆因姦敗露死法，廟以是廢爲園。乾隆間擒獲鹽匪四十餘名，縣獄不能容，幽死於此，爲厲已久，故猝遇閻羅亦毫無忌憚也。

## 焦山水怪

鎮江士人某避暑焦山，夜飲薄醉，月色甚朗。某故善舞銅鞭，乃潛啟山門出，對月舞鞭，盤旋往復，意甚自得。忽江中跳出一物，魚首人身，長丈餘，掌如蒲扇，臂短而腿粗，幾如楹柱，跳躍而來。某駭絶，急避入，物已躍至。計不如先發制之，遂以銅鞭迎擊其首，中鼻，怪吱吱作聲，似益怒，舒臂來攫，不能及身，視其腿，亦不能伸屈。乃伏身猱進，連以鞭擊其腰胯，物怒益烈，往來騰踔。某喘汗交作，力將不支，避入御碑亭。物身長不得進，攫亭上瓦擲亭中，兩手撼亭，岌岌欲壓。雞鳴一聲，怪忽驚竦，已而群雞疊唱，慌遽跳入江，某始得脱。從此山門夜不敢啟。

徐子楞曰：銅鞭絶技，不如雞鳴一聲，此光天化日中所以不逢不若也。今之少年顧喜晝伏夜動，何耶？

## 袁江黄氏園狐

黄葵雲都閫，僑袁江，宅後園一區，久爲狐據。黄戚馬千總某，自矜膽力，以爲世烏得有鬼魅，皆家人輩過怯，自相驚擾耳。衆慫恿之，謂能宿園中一夕無事，當醵筵爲賀。馬欣然至園下榻焉，甫欲就枕，忽一叟出，叱曰：「何處狂奴，入人閨闥？」即有數人持械歷階而升。叟曰：「恕渠初犯，且勿用武。」聲遂寂。馬放膽熟眠至曉，諸人入，不見馬，偏尋，得之廁，赤身臥糞穢中，慚而逸。黄弟某素頑劣，聞之欲覘其異，移席往宿。叟復出呵逐，黄曰：「此固我家房舍，我自居之，汝欲逐誰耶？」叟前諦視，改容揖謝曰：「不知主人辱臨，有失遠迓。園誠屬主人，第賤眷借住多年，即欲入居，亦宜先遣人相聞，何遽臥人帷闥？」黄曰：「今夕園門已扃，明日奉讓何如？」叟唯唯去。黄輾轉不寐，忽枕邊似有物擊其額，握之，纖足一鈎。方欲致詰，叟已至窗外。呼曰：「黄先生，小兒女輩無知相擾，願勿與較。」黄手一鬆，足已褪去，暗中吃吃笑不休。叟叱曰：「快上樓去！」由是寂然。葵雲恐其滋擾，扃閉焉。此狐頗近情理，輕重因人而施，殆深於閱歷者。

## 穢褻字紙被焚

揚州徐凝門外王彬，本赤貧，多製篋筐，檢拾字紙，於三六九日向二郎廟惜字局秤賣，斤值五文，家漸温飽。後將字紙滌去墨跡，售各紙局更造，獲利較豐。一日方燃燈細檢，燈倒紙著，彬焚死，餘屋悉燬。又溧陽富室娶媳，亦富家女，奩資既豐，人亦淑婉，過門未旬日，一家皆稱其賢。一日爲暴雷震死，莫解其故，而雷聲隱隱，仍繞臥房，忽霹靂一聲，將箱籠擊碎，檢視則鞋底皆字紙鋪襯也。

徐子楞曰：世有造淫書穢史者，孽當百倍。

## 逆婦活埋

桐鄉村農某，娶妻悍惡，役其姑如奴隸，少不愜意，即横肆撻楚。一日方詬詈，姑逃出，逐之，地忽坼，陷半身焉。其夫持鋤出之，痛激心骨，日止食粥一甌，如是三年始没入土。邑中不順之婦多感化焉。道光二十三年事。

## 劫盜爲妻償債

同安劉某，娶妻周，甚婉順，劉遇之暴戾，動加撻詈。周操作益勤，連舉四子，未嘗少有怨言。劉聞人言海外貿販之利，悉罄所有，結伴浮海去，由是周益大困。舍後有破屋數椽，適富鄰欲購之廣其園囿，得價百金，藉此小作經營，銖積寸累，漸就充裕。

諸子以次長成，各習貿易，次第爲之授室。故居改造一新，居然巨室矣。劉浮海落潦，數年始得出，流轉諸國又數年，少有蓄積，歸途遇颶風，貲貨悉付洪流，懊喪而返。至家，見門閭華煥，逡巡不敢入。鄰人告諸其子，迎歸。時周已死。諸子泣訴母困苦及起家故，劉悔極而悲，聞張天師有召亡術，具重貲往求。届期導入密室，見一黑面大漢持刀相擬。劉出，以爲誑。天師曰：「是真汝妻。前生爲盜，殺汝而劫其貲，此生爲妻償負，今已了却，殊多此一見也。」劉憮然，神傷頓減。

## 劍術

歙吴豐南，奇傑士也，富而任俠，工擊刺，尤深劍術。客游楚南，一日，有翁偕少女造門。女年可十四五，儀態萬方，温柔中凛若霜雪，具述來意，求較劍術。吴欣然期會於郎官湖上。吴往，女已先在。兩劍相躍，上下盤拏，雌霓雄風，倏離倏合，觀者爲之目眩。良久，吴遽跳出圈地，呼曰：「止止！」女乃斂劍微笑曰：「君亦大不易，毋怪吾師嘖嘖不置也。」吴詰蹤跡，與女同師，固邀過寓。詰姓名，不言，賮之金，亦不受，遂别去。後吴傳藝甚廣，獨不言劍法，恥作第二流矣。

徐子楞曰：向疑黑白衛、紅綫諸人尚在人間，讀此益信。獨怪慷慨如吴生，材藝如吴生，得壻若此，亦殊不惡，而翁曾不爲愛惜少作商量，突如其來，戛然以去，茫茫世界，磨鏡何人，又爲千古留一不了恨也。吁！雖侍盥櫛，所欣慕矣。

# 卷二

## 回回異術

自唐時回鶻入中國，分地占籍，各省皆遍，乃入中華幾千餘年而國俗不變，遵其教維謹，亦他外夷所不能及。金陵劉孝廉，有文名，爲金陵回教各寺主，彼教奉爲阿渾，猶華言眾人之師。江寧令某公欲另建書院，旁有清真寺妨其營造，特過訪劉，囑其向諸回關説。劉曰：「公欲闢地建書院，事屬因公。第回教雖微，寺中亦有神靈，恐未便即毀。」令方欲有言，忽一豬首人身者長丈餘，以硃盤捧茶二甌自空下。令大驚去，寺遂獲全。有蔡某者，其家三世皆以失血亡。一日其母忽吐血數斗，蔡與劉同教至戚，令子往延。劉已知之，謂子先歸，速備香燈。劉隨至，撮米咒許久，令蔡執燭前導，以米撒地，琅琅作金鐵聲。至後院樓梯下，劉曰：「止，祟在是矣。」就地掘之，得一竹片，上畫一人，口中紅點纍纍至地，蓋匠人所爲，大抵魘鎮者也。火之，啾唧作聲。蔡母病遂愈，血症亦從此絶。劉年七十，無疾而逝。有人在漢陽晤之，出扇一柄，託寄其家。其人歸，方知遇劉之日即劉死日也，意其成真矣。

## 收神

世俗遇小兒驚嚇，夜臥不安，即以小兒貼身衣置斗中，炷香竈前，拜祝畢，一人抱斗，呼其名招之歸，一人應曰「來矣」。越俗謂之「收魂」，楚俗謂之「叫魂」，吾常則謂之「收神」，往往奇驗。余三歲，偶受驚恐，遂壯熱，昏仆數日不醒，亦不食。先恭人憂之，爲之收神。衣甫披身，即連嚏而醒，開目向先恭人曰：「兒歸矣。」問何以得歸，曰：「數日徬徨一室，迷悶不得出。頃一偉丈夫多髯，身著重孝，抱兒置斗中，兒遂得歸。」先祖刺史公，因先曾祖母楊太夫人卒時方患傷寒，甚危，聞信躍起，赴靈前一慟而絶，故以麻衣殮。余時方周晬，不能識也，既覩遺像，與夢中所見同。

## 鬼避貞婦

桐城方大令寅之，寄居金陵。弱冠赴府試，次日偕同人看案，忽驚呼倒地。家人扶歸，移時始蘇，云赴府署前，見無數無頭人坐府門階石上，不覺驚倒。由此遂病，時而譫語，如有鬼物凴者。延僧道醮禳不應，綿延月餘，醫禱並窮。一日，方之乳媪楊來探，聞人言房中有鬼，大怒，折桃枝一束，曰：「待我進房打之！」鬼附方大懼曰：「節婦來矣！」病頓愈。

徐子楞曰：無頭鬼能敬畏節婦，大奇。

## 鼈寶

亡荆劉孺人之胞嬸陳夫人，嘗謂余曰：少時見比鄰烹一巨鼈，忽聞釜中呼號聲甚慘，啟視寂然。及熟剖之，腹中得一小人，長三寸餘，厖眉白鬚，已被煮爛，乃鼈寶也。生得之可以致富，惜已無及。鄰人悔恨欲死。

## 黿異

某觀察攜妾赴湖南，渡鄱陽湖，守風夜泊，月明甚朗。妾啟窗觀之，水波澄鮮，方凝神獨坐，一巨黿躍水出，攫妾去。觀察望湖長慟，審知黿將軍香火最盛，頗著靈異，爲文檄之。次夜，夢一人戎服帶劍，高冠峩峩，揖而入座，謂觀察曰：「頃得檄，遍查諸部，皆未傷人。吞君妾者，乃外江闌入蠢類，已戮之，在某處湖灘。」言畢而去。明早蹤跡之，果一巨黿死焉，剖其腹，則妾之釵珥俱未化。自此黿將軍香火益盛。

## 温州異災

温州地氣本暖，忽嚴冬驟熱，重綿盡脱，尚覺炎蒸。須臾，天半漸有紅氣上衝，人益燥熱。遥望海島踞一奇獸，類世俗所畫貪婪狀，遍身皆赤，仰首吐火，竟天皆紅。無何，滿城房屋悉起烟焰，合郡呼號。忽海中二龍飛出，波濤震宕，城堞欲頽，與物鬬兩時許，轟雷掣電，大雨傾注，一晝夜方止。計城中房舍人畜燒斃震死者十之六七。似此奇災，真從古未見。越半月，有海船歸，云某島中二龍一犼死崖下，龍皆大數百丈，犼死，鱗中火焰猶熠熠也。

## 女盜認年伯

湖州武孝廉沈金彪，善騎射，精拳勇，能挾兩碌碡躍三丈許溪河。嘗赴河南訪親，入都會試，道出陳州。忽一騎馬少年橫刀阻其去路。沈欣然下車與鬭，少年辟易去。仍驅車前行，未二里，道旁一女郎跨青驄馬，以紅綃束額，貌極娟麗。方審諦間，一鎚飛至，沈以刀格之，刀折爲兩。乃抽鐵鞭躍下敵之，未及數合，鞭又折，棄車而逃。林中二女婢跨健騾出，盡發其行李去。沈屏息急奔十里外，喘甫定，見道旁有空舍，憩焉，視兩手虎口已震裂。方嗟訝間，見女從二婢押行李飛騎至，向沈下騎叩首伏罪，曰：「適發行篋，見文書，乃知是年伯，特來送還，并致贐百金。」問其父何姓名，曰：「年伯到京相晤自知。」致聲孟浪，霍然上馬逕去。沈抵京，向河南同年中細訪其父，不得，女亦不知所終。

徐子楞曰：我遇此女，當死生事之，訪其父何爲？

## 梁垛場樹神

梁垛場署紫藤一株，在客廳院中。藤粗如楹，蔭可一畝，花時香聞數里。廳事禁施刑杖，犯則神立現，朱衣白髯，長尺許，立樹杪。朔望展禮。相傳范文正公手植云。

## 無頭人能搓草繩

陽湖西鄉一農家子，患腦疽，潰爛經年，一日，首忽墜地而身不仆，以手指其心，並指其頸。其婦憫之，以小竹筒盛飲食，轉輸食管，稍稍能受。久之，頸上痂脱，飲啖如常，日搓草繩數丈。越八年而死，與頭並葬焉。

## 馬千總遇僵屍

金陵馬千總化龍，在督轅効力。制府赴靖江閱河，馬與雲騎尉馮某前驅。至行館，是夜月色甚皎，馬早就榻卧，馮獨玩月庭中。忽牆外跳進一物，高冠短衣，緑睛敗面，聳躍至。馮駭絶，伏門後覘之。物突入室，壓馬身上。馬起，直立榻前，與物對面似相持狀。馮大呼從人持兵入，物始跳去。視馬，則口中血湧如潮，已不省人事。營救中夜始醒，云：「睡中似有物以口接其吻，力吸之，遂被吸起，不自知其身離榻也。」馬素壯偉，自此尫羸骨立，半年死。所遇乃僵屍也。

## 桐城張翁

桐城張翁，明季人。年三十餘，偶於後圃鋤地，見一罈，白鏹滿中，四面共得二十餘罈。翁即祝之曰：「某窮儒也，當此亂世，驟得多金，恐轉速禍，願留此爲闔境賑饑之用。」立掩之。入國朝，以訓蒙終其身。臨卒，呼二子至榻前，告之曰：「我有遺志未償。後圃埋金若干，欲留以賑濟，遭際聖朝，桐城數十年風雨和甘，竟無歉歲。我死，汝二人當守我志，如敢妄動毫釐，非吾子也。」囑畢而逝。二子殯殮畢，相與同至後圃，發視良信，遂泣誓必繼父志，雖妻子前未嘗少露。又堅守二十餘年，桐城大荒，兄弟赴縣擊鼓，白前人意。令親至發出，兑之得十四萬餘兩。令即囑教官趙公經理其事。趙故常熟巨族，性方剛，自查災以至散賑發銀，皆親手自兑，無一絲苟且，桐人感頌焉。一夜，趙夢有人推手車數輛，車上悉載紅藍水晶硨磲等珠如核桃大者以數千計。問何往，曰「送張氏」，後另有一車，曰「送與趙者」。夢醒不解所謂，至雍正十年，始加頂戴，趙始悟所送者此也。後張翁孫八人皆八座，文和公最著名。人祇羨張氏功名之盛，不知所以積累者固有在也。

徐子楞曰：此翁是何氣度，是何識見，臨終數語，卓然名臣，已安排三十年宰相科矣。

# 熊經略

明熊經略廷弼，萬曆間督學南都，按臨常州。盧忠烈公方以附生歲試，題爲「憂心悄悄，慍於群小」二句。盧文悲壯淋漓，可歌可泣，閲者以爲必得優列。案發，竟列七等，且示期另日發落。衆大駭，盧公處之泊然。至期，群赴學院，看其作何舉動。忽中門大開，熊至堂廡下，攜盧手入曰：「吾觀公文，乃當代旋乾轉坤第一手，因六等内不能位置，故列之七等，以示超越凡流。公大賢也，時事日非，手扶天步，爲有明一代偉人，願以功名自勉。廷弼運蹇，才踈性剛，他日必不爲小人所容，忝有一日之知，願以妻子爲托。」盧默然而出。吁！若忠烈公者，真能不負所知，而經略之賞鑒又豈易及哉！

徐子楞曰：有屢考一等第一者，視此何如？

# 壽州文童報冤

壽州李翁，家頗小康。長子甲貿販濠泗間，次乙讀書，令赴郡就童子試。甲、乙出門，翁囑之曰：「汝等赴郡，乙留就試，甲往正陽關，向某行中取銀一千兩，事畢至郡，攜弟歸。」甲如教，回至臨淮下船。弟覺船有異，欲另易，兄恃有備且密邇鄉里，不之懼。夜半，舟子放船至人静處，踞船頭大呼「有盜」。甲挺刃出，船婦啟後艙，舉刀從後斫之，舟人子自前入砍，甲乙皆死，遂以巨石縛兩屍沈之淮流，泯然無蹟。李翁待子久不歸，入郡蹤跡，遇其里人云：「親見某日乙與兄偕行。」尋至正陽關，行主曰：「甲已於某日收銀歸矣。」翁正絮絮盤詰，行主之弟忽頓足抱翁大哭曰：「兒等死得好慘！」翁細辨，乙也，亟問云何。鬼曰：「哥哥不聽兒言，遂遭毒手。」緬述被殺狀并盜姓名。翁悲憤不勝，即欲赴郡申理。鬼曰：「無益，郡縣官皆非治盜才，可往宿州控之。」其時周敬修漕帥方陞宿州，到任未半年。翁如言往控，周以非轄境事，欲不準理。翁哀控不已，并述鬼言，乃遣健役往拿。盜夫婦贓証並獲，移交鳳陽，置盜於法。

## 湖州水怪

嘉慶九年春末，湖州山中大水驟至，有物如牛一角，踏波而行甚駛。某千總勇而善泅，急操刀赴水與鬬。物張口噴火，千總已成飛灰。火所至處，凡樹木樓閣之矗立水上者皆爞。忽雷雨交作，湖中飛出一龍，徑前抱物。物似欲掙脱狀，龍急持之，將尾一揮，沿湖數百家悉没水中，竟捽物入湖去，水始退，數百里内淹斃人民無算。尤奇者，棺中屍皆被攝去，辮髮絲絲，分粘樹枝，解之不脱，不知何怪也。

## 扒手

蘇州上津橋有錢鋪，每閉户後，輪一人臥銀櫃上，以防不測。一夜，聞櫃中窸窣有聲，初以爲鼠，既而格格碌碌聲不已，疑有異，急起燭之，所藏銀悉出包外，旋轉不已。大駭，密呼同夥共視，銀皆作外向勢。急至門縫覘之，見一人炷香，手持一物，向門内作攫拏狀，遂操杖啟户逐之。其人倉皇竄去，遺物於地，檢視，乃一腊乾人手，掌書符印，蓋竹山邪術也。

## 棋　癖 二則

蘇州閶門外下津橋有汪氏典舖，每夜輪二人支更，夜長苦寂，以象棋消遣。一夕，偷兒入室，見二人對局，恰投所好，從後諦觀。見黑棋將敗，技癢不可忍，突出指示，遂被執。

辛巳秋，余赴浙道，出鶯脰湖暫泊。舟人在船頭象棋，忽來一擔水夫，就舟坐觀。須臾風利開帆，擔水夫注視局中，不知也，俟終局，忽回顧曰：「我擔桶何在？」則已離湖口五十里矣。余慰遣之，另附舟以歸。隨園詩云「有好都能累此身」，旨哉言乎！

## 召　亡

俗傳召亡術，或童子，或女巫，必鬼有所憑始能言，未有見其形聞其聲，若余所聞蔣法官者。常熟一富紳死，有巨券值數萬緡，忽失之，紳子昆弟涉訟經年，事不得白。一日遇蔣，蔣曰：「此非召亡不可。」因延至家，禮斗七日，蔣禹步作法，以大鏡置水盆，覆以巾，須臾，聞鏡中微嗽聲，宛然紳也。去巾，則二牛頭鬼執銅叉，以鐵索牽某紳立鏡中，謂二子曰：「我生前爲子孫計，居官不檢，所獲皆非義財，死受冥罰甚慘。今幸法師力行文地府，得暫歸。汝等以我故削禄命殆盡，忍尚爲區區遺券涉訟耶？」子言非券則訟不得解。紳曰：「可於室内複壁中求之。汝等速改行爲善，尚可延一綫，否則不血食矣。」子問可禳乎，紳曰：「苟得高僧超度，能釋些小罪孽，若事關重大，仙佛不能懺也。」言畢，鏡影遂滅。啟壁視之，券宛然在焉，訟解而二子皆不振。

## 某宫詹

某宫詹，彭城巨族也，承父兄餘蔭，早年科第，三次督學，受賕枉法，不飭廉隅，擁厚資返里，甲第樓臺，清歌妙舞，安享垂三十年，諸子次第出仕，幾以爲施報無憑矣。某死未一月，有女巫能圓光召亡，可覘其身後。某家人延婦試其術，乃虛懸白紙一幅於壁，向之書符誦咒畢，令童子視之，即有白光旋轉如篩。須臾光定，見某朝服乘輿至土地祠，土地出迎，禮甚恭，遂與偕赴城隍廟。城隍亦降階迎之，批二役送赴冥司。初入第一殿，冥王見之色尚和，至第二殿，則囚服出矣。至第三殿，但聞呼號拷掠聲甚慘。俄頃，見某以鐵練密縛，渾身血污，二鬼卒以杠穿其手足，荷之而出，如豚豕然。某家人聞之不能忍，縱聲痛哭，光遂隱。子孫亦零替。

## 某廉訪

無錫某觀察，官粵以能稱，方擢署轉運，超遷粵東臬司，卒於署。二子及孫相繼死。死後有村人殷某之子，年二十餘，忽患病，群鬼附之，作鬧不休。聞郡中都城隍素著靈異，遂命舟，攜其子投呈。焚之已，住廟側以俟命。忽病者暈絶一晝夜，躍然起，謂父曰：「我前生某觀察也。死後本不許轉生，適有族人爲陰司主案，更因閻羅新舊交代，朦混得轉生汝家。因前生妄殺七盜，至陰司控我，兩覆並發，今不能復活矣。現發都城隍審辦，當即赴審。」殷趨伏殿下，見其子作人世罪囚種種對案狀，忽喝曰「弔起」，則辮髮直豎，兩手反接，足已離地。時某尚有一孫，以聾廢在家，聞其事，親至焚冥資。毆曰：「無益也，汝且不能自保，救我何爲？孽非一世所能償，此時悔已晚矣。」遂持刀躍登戲臺，碎割而死。其孫驚悸，歸家即病顛三月，自沉於河，某氏遂絶。

## 張月樵

張月樵赴京兆試，寓内城蘇州衚衕之白衣庵。庵故多狐，然不爲祟，每月夕輒出，人立倚壁玩月，進止皆有常處。張窺見，以膠塗壁，當所倚處，俟狐出，故大聲以驚之，狐背毛爲膠所粘，極力始脱去。一日方飯，張忽不見，尋至後院，見方桌數十張，累疊而上，張踞其顛，摇摇欲傾。衆乃覆褥於地，接長梯引之，始下。問何以登此，曰：「頃往後院閒矚，忽二美人以手相招，遂隨之而登，不知其陟險也。」其桌爲備先蠶壇所用云。

## 肥城狐

山東運河安山閘于少府爲余言：肥城某村有狐在一媪家，與人言休咎。訪焉，至則堂中懸白鬚老人像。向之長揖，但聞壁上應曰：「不敢當，請坐。」命媪進茶，聲嚶嚶類鳥語，非諦聽不辨。數月後，肥城令少子病，夫人遣僕往問，狐曰：「可治。」并寫方付之，飲其藥，洞泄而卒。令大怒，命拘媪至，將治其罪，狐先期遁，媪亦遂死。

## 掩胔昌後

旗兵豐昇額，十餘齡即從龍入關，逆闖既殄，隨都統駐防西安。大難初平，戰骨翳莽，豐壯盛閒居，日以掩埋爲事。數年，遠近郊皆無暴露，猶未肯稍懈也。初，豐負陜客銀二十金不能償，時將裹糧入山盡埋遺骨，適客來索負，且肆辱之。豐曰：「勿輕視我，我縱貧，有四子在，勿憂也。」遂呼四子出拜，雖皆童穉，而魁梧奇偉，不類常童。客奇之，不索負，且勸令就塾而助膏火焉。豐遂入山，遇胔骼輒瘞。入山漸深，見一洞以石封口，試舉鍤撥之，石隨手落，黄白滿中。運歸，漸置田産，加以營運，不數年富甲秦中。四子以次入仕，皆成八座。豐年九十餘卒。後其季子總督某緣事籍没，舉家發黑龍江，凡三十年始釋回。其曾孫某老貢生，偕諸弟姪返西安，收拾餘燼，得五萬金。時豐出子姓共十三人，乃均分其資，諭之曰：「願留此駐防者，聽；願入都者，隨我行。」其姪玉公岱、玉公德並願隨，遂至都，入旗檔。玉昆弟四人並仕至督撫，今桂制府良、奇中丞成額兄弟十餘人，均以次顯達，簪纓葉奕，爲國懿親，皆豐之積累所基，故能蹶而復振也。

## 董文恭遇孛星

董文恭少時讀書富陽某寺，偶月下步歸，遠見一玉桂挺立田隅，逼視則被髮婦人，裸身赤立，長丈四尺，口銜利刃，見董至，背而東去，旋見白氣衝霄而滅。董大驚，明日遍以詢人，無知者。一道流曰：「此孛星也，是日下降，遇之者必死。公得無恙，後必大貴。」公果入閣，秉政幾二十年。

## 曲報

鎮洋某公，弱冠游庠，忽一夜夢二青衣持柬叩床平曰：「冥王相召。」公曰：「我豈數盡耶？」曰：「非也，有案欲相質耳。」遂隨往，至一殿，王降階迎揖，分賓主坐。王曰：「公有宿冤，須作兩種報。公前世致人死，今世償之，此爲直報；託生公家，破公之產，敗公之名，冤盡乃解，此爲曲報。公將何從？」公沉思曰：「願得曲報。」王即傳呼，令上一女子，浴血伏階下。王謂公曰：「細識之，他日相逢，勿相拂也。」公遂醒。旋大魁，由文學侍從受封疆重寄，垂三十年。方撫陝時，太夫人攜一婢月兒至，即夢中人，遂納之，寵專房，惟意所欲。時幕中羅致海内知名士，月招之款昵，公亦不問。後隨某孝廉逸去，公悉發其衣飾并私蓄，資之令去。人皆服公大度，而不知其有宿因也。

徐子楞曰：此種曲報，修羅畢竟世情。

## 放生池

常郡北門內放生池僧房爲叢厝之所。有孟生者自詡膽力，讀書其中，夜輒留心察視，果有鬼影紛紛往來，久而習之，亦不爲怪。一夕月色如晝，見一女鬼紅衫綠裙，倚窗玩月，若有所待。更定，一少年鬼入，摇箑揚揚，偕女鬼攜手入室，憑棺擁抱，具諸狎褻狀；不覺失笑，鬼影即滅。孟忽仆地大呼，寺僧聞之，救蘇。孟以手自掐其眼曰：「我等偶爾幽歡，何干汝事？而强來窺覘，斷不饒汝！」舁歸其家，設牲醴祭之，大病匝月而安。從此放生池不復有借寓讀書者。

## 高癡

高生性極鈍滯，所爲多迂謬，群以高癡目之。獨與段生某爲莫逆交。段館郡城，薦高館於離城三里之白家橋。段偶涉水溺死，高入城哭之慟。返館後，一夜段忽至，高喜，與之談冥中事，段極言水死之樂。高之居停白某聞高與人語，呼童問之，童以段對。白知爲鬼，大驚，亟間壁呼曰：「先生所與談之客非人也，勿爲所惑！」段忽不見，高亦豁如夢醒。次日惘惘若有所失，至晚，持燈欲歸，白阻之。高曰：「家下遣奴來接，但去不妨。」至門，果有一人攜燈在前，若相俟者，遂聽之行。既終恐高著邪，令人尾之，視其入城乃返。次日，高竟溺於離家半里之荷花池。高没後半月，有泥水匠夜經池側，迷路不能行，忽有一人以燈相引，曰：「汝欲歸，可隨我來。」匠踵之行，即走入池，賴有種菜者經過救起。視其地，即高溺處也，蓋高又襲段故智云。

## 錢　二

盛夢岩方伯官陝時，居第留家人沈某看管，以田産託其妹丈黄君經理，沈之工食由黄給發。沈與比鄰錢二交最密。錢故以繅絲爲業，盛第後有廢園，錢每私入折花，爲黄所呵，并以責沈。沈故嗜酒無賴，黄又性慳，工食往往稽時，積憾已久。錢亦憤黄，與沈密謀殺之，而未得其間。黄居鄉，有事赴郡，輒止盛第。一日黄來，日未晡，沈醉歸，遇錢於門。錢笑謂曰：「汝妻在上房與黄某奸宿矣。」沈以爲戲，錢故莊其詞以實之。沈大怒，入廚抽刀，逕奔內室，則其妻方捧茶奉黄，遂直前殺黄並殺妻，攜首赴縣，以爲姦所並獲，冀得免罪。武進令詣驗，並無姦狀，以疑奸論抵，經部再駁，沈始伏法。錢恐株連，逃至宜興，夜出小竊，被執，以石灰泡其足，十指皆落，行乞於市。一日赴都城隍廟，伏地自批其頰，歷言因一人掉舌，致死三人，自拔其舌出，長尺餘，寸寸碎嚼死。

## 淫婦奇智 二則

揚州某紳家一僕婦，貌僅中人，搔頭弄姿，流目送笑，善伺人意。主翁悦之，少主亦通焉。一夜，少主方入室與狎，主翁忽至，急匿床下。主翁方欲解衣登床，而又聞僕至。主翁惶駭，婦徐曰：「無懼。」乃令一手執燭，一手執短棍，大聲叱罵而出。僕見主翁盛怒，不解何意，屏息竦避。及去，問：「主翁何爲？」曰：「尋郎君痛撻之耳。」乃向床下招手曰：「難星已過，郎君可出。」少主乃踉蹌而去。片刻脱二姦夫，泯然無跡，婦亦黠矣哉！

一木工出看戲，其婦白晝與人通姦。木工歸，叩門甚急，姦夫惶遽。婦徐起著褌，取藤斗持手中，啟户夫入，笑謂之曰：「你偏背我看得好戲！」乃以藤斗罩其首，曰：「叫爾亦謂箇大頭與我看！」其夫以爲戲，方去斗而姦夫已從腋下衝户而逸。方言「偏背」，猶獨得也。

## 凶宅 二則

京師有四凶宅，相傳多怪異，人不敢居。南城外粉坊琉璃街一宅尤凶，終年扃閉，無過問者。有山東賈利其值廉，僦之以開酒館。初時車馬填門，無甚異。一日有貴官攜兩小伶來，猜枚行令，飲興極豪。忽聞後院清歌婉轉，響遏行雲，非精於音律者不能。徐起探之，遥望燈燭輝煌，似有十餘客，分二席坐，趨近逼視，客皆無首。大驚仆地，兩伶繼至，亦仆。家人踵至，灌救移時，始蘇。從此酒肆收歇，宅仍封閉矣。

西河沿一宅，亦四凶宅之一。京官某自詡膽氣，闢居之。方就枕，壁廚忽開，有一騎躍下，人長三寸許，戎裝，腰弓矢執戈，環地而馳。須臾連躍下數十騎，裝束皆同。末後一人，紅袍騎馬出，狀稍偉，似領隊者，指揮衆騎攢射。其矢長寸許，著股痛入心腑，急蒙被以枕投之。家人聞聲奔集，諸騎皆杳，啟視射處，一箭洞入，拔之，小鐵針也。某遂移去。

## 馮藥畦

馮生藥畦，入都赴京兆試，道出阿城，止於旅舍。有老嫗持佛經一本，向生請曰：「君讀書人，求教誦數句，以便焚修。」生乃戲授以《中庸》「天命之謂性」三句，令虔心默念，當有奇驗。嫗拜謝去，馮匿笑之。及報罷出都，復經其地，遇前嫗。嫗喜曰：「活佛至矣。蒙授我靈咒，誦之一月後，夜中滿室光明，凡村中有鬼病者，我往密誦百遍，病輒愈。」生不信，嫗導生至家，出黄豆一升置几上，復以空升並之，炷香合掌，默念一遍，則一豆躍落空升中，連誦數十遍，豆躍過如撒珠然。余曰：此嫗積誠所致，然亦可見聖經勝於梵語也。

## 僵屍會親家

長隨朱某，以女嫁周嫗子，即出遊。十餘年，周嫗死，朱尚不知。一日歸，未抵家，先經女門，因入視女。周嫗出，延朱入門左室中，寒暄畢，即有小婢捧茶出餉客，嫗絮絮問朱出門後光景。朱女適自棺前過，見蓋倚壁立，棺空無屍，駭絶。尋至門側，見其父與姑對坐，大呼，屍蹶然仆地，視其婢，乃芻靈也。相與舁屍入棺，至郊外焚之，後亦無他異。

## 劉月塘

劉月塘鹺尹，向在京師，與友同住某供事家，極相契。無何，友暴病亡，劉爲經紀，歸其喪。越二年，劉復至京，仍寓故所。夜夢友來謝曰：「承君送我，感銜泉壤，奈旅魂尚滯留此室，日與生人逼處不安，願亟爲我覓路引。」劉諾之，至曉，以爲夢幻，不復置念。一日，劉與同人夜飲，忽陰風驟起，窗皆自開，燭盡滅，劉手中盃擲出窗外丈許，砰然落地碎。是夜又夢友厲聲責之曰：「所託伊何，君竟忘之耶？」劉驚寤，明日詣都城隍廟求路引焚之，後遂寂然。

## 薊州署狐

薊州署後有屋三楹，常封扃，云是仙人堂，狐所居也。余於乙酉冬赴薊署，親往啟視，見坑上施黃綾幔，室東隅一桌，文房茗具畢備，爲前任魯公所設。魯與狐善，每夜獨挑燈往，與狐談。狐亦時至魯所，乃一班白叟，往往告魯隱事，故魯發姦摘伏，有神明稱。魯去官，將移家都中，有米千餘石，難於搬運，欲糶之。狐曰：「我能爲君移往。」魯信之。狐取米一撮去，越日魯抵京，甫啟室，則米已滿貯一屋，不知何時運至也。

## 吴君遇盜

吾鄉吴君應庚，讀書外惟好槍棒，生有神力，百廿斤大刀能隻手擲空中，仍以隻手接之。嘗訪戚山西令某，道出太行，夜宿逆旅。是夜月甚皎，吴倚裝未寢，聞屋瓦格格聲。伏窗窺之，一人登屋旋舞，刀光射月如銀毬然。知係暴客，隨啟篋取刀，横膝以待。其人已破窗入，吴與角，一騰踔間，刀已爲盜刀格落。奮身猱进，踢盜臂，盜刀亦落。正相持間，榻後小門忽闢，一翁執燭出，見兩人相持不解，力擘之，連聲叱罵。盜起，垂手旁立，叟乃延吴上座，謂：「犬子屢戒不悛，今又冒犯壯士，若老夫來遲，斃拳下矣。願聞姓名。」吴告之。出酒款吴，并贐以金。天明，吴上車行早尖，解袱啟視，則銀五錠、拇指半截在焉。蓋倉猝夜鬬，爲盜所斷，並自忘其痛楚也。叟殆緑林之雄歟？

## 妖神

江西陳觀察有少妾，忽病魅，醫禱經年不愈，乃延天師治之。天師方入房，病者仰目視上，不作一語。噀水噴之，神氣稍定。設壇建醮，凡七日，每日有小鳥三隻飛集神座前。至日懸牌拏妖，天師仗劍，令人導至後門外一小廟前，廟故終年長扃，亦不知所祀何神。天師以劍三擊，聞廟内隱隱有雷聲，啟視，三泥神頭已落，病亦隨愈。其孫伯海鹺尹爲余言。

## 狐鬬五通

吾鄉劉翁家祀狐最虔，朔望必禮祭之。廚夫某，偶見一物入櫃竊物，以爲貓也，逐而擊之，墮水缸死。劉夜夢一叟謂曰：「吾孫竊食固有罪，然無死法。廚夫遽淹斃之，必有以報。」越日，廚夫生子方數月，臥置榻上，其母有事去，返則兒已倒植桶中死矣。翁家多畜雞鴨，每夜輒失去，群疑是狐而不敢聲。劉又夢叟來曰：「雞鴨乃五通神所盜，我欲拒之，奈其醜類繁多，力不能制。翁可剪紙爲刀械數十焚之。」劉如言，至夜，聞後圃金鐵戰鬬聲不絶，曉視血點滿地，有兩小狐身被數創，血殷毛革死。牆後遺一小兜鍪如核桃大，亦剪紙所爲。

## 焰口

釋氏施食，謂之放焰口。舅祖陸祁生先生家，遇中元節，召僧施食，明晨僧去，而經卷法具尚存廳事。時先生方弱齡，適館師他出，乃偕窗友取經卷陳設，効僧所爲，甫召鬼而師歸，遂亟取諸法器納箱中。是夜鬼聲大作，竟夕攪擾，人不得眠。太夫人詢知，復召僧，令施食一壇，乃静。蓋先生等召鬼而未及退也。

## 陳雨亭

陳雨亭，鎮江人，淮北場商也。工音律，善艷歌，攜妾寓板浦鎮。偶被酒，擊桌自歌。忽聞有和之者，其聲清脆，依腔按節，音欲繞梁。諦聽，乃出壁間。叩壁問爲何神，内應曰：「我仙也，因與子同嗜，故一呈其藝耳。」由是隔數日輒一歌。問：「善絲竹否？」曰：「笙笛素所習，箏琵亦略嫻之。子唱我和，何如？」陳如言，壁内即作箏聲，哀感激揚，蕩人心魄，迥異時手。陳祀之甚虔，屢請見，固辭不可。如此數年，忽一日，陳歸入室，一人在旁爲之除幘易衣。初以爲妾，至榻，則妾方晝臥，前所見乃狐也。明日聞壁内曰：「昨夜與君一面，緣盡矣。」從此寂然。

## 金剛脚下鬼

郡中正覺寺，明時大刹也，漸廢敗，金剛皆駁落，足踏泥鬼亦破碎。群兒往搜蟋蟀，見鬼腹中貯一瓦罐，符覆其上，破之，一朱衣小人出，長三寸許。甫及地，高與人齊，烏紗破碎，袍皆穿裂，向群兒拱手出寺去。寺東爲吴氏大族，有少婦方憑樓窗，紅袍人突從空而下，撲之，遂暈絶。家人灌救，移時始醒，大呼曰：「汝祖上太没良心，招惡道錮我罐中三百餘年，受盡饑寒之苦，今日得出，斷不與汝家干休！」由是擲盤碎碗，作鬧不已。吴族有老儒，年七十餘，聞之曰：「此鬼必從金剛脚下逃出。」問：「何以知？」曰：「少時嘗於故簏中翻出其九世祖日記，具載嘉靖某年姪婦某氏爲魅所憑，求治於婁真人，封之罐，埋金剛脚下，必此也。」乃延元妙觀道士徐浣梧來，示以天蓬尺，鬼泣曰：「法師勿禁我，但得少資衣食，當自去。」遂爲製冠袍，具漿酒奠送之，從此寂然。

## 白日闖

常俗，凡晝入人家攫物者，謂之「白日闖」。西營里劉翁晨起，瞥見一人狂奔而至，向劉口稱救命，躲入門側。俄數人追至，問劉曾見一白日闖否，劉詭對入左巷去。越年餘，劉赴馬洲收租，洲農争地械鬭，因劉係田主，操兵向劉。劉急奔至河干，無船可渡，追者將至，惶遽欲自沉。忽葦中一人操小舟出，覩劉欣然曰：「乃恩人耶？」載劉至家，呼妻出拜。劉謝曰：「承相救援，實切感涕，但素未謀面，何故以恩人呼我？」其人曰：「我即昔年被縱之人也。棄故業操小舟謀生，已有家室矣。」殺雞爲黍，款劉臻至，明日以舟送歸。

## 陳州考院怪

向聞《新齊諧》載陳州考院怪異。戊戌歲，余道出陳州，王松石太守留閲童試卷，同住考院月餘。一日，淮寧麥明府饋酒饌，余與諸同人食畢，斂具置窗外。忽聞琅琅若施鋸聲，亟趨視，則碗碟皆成菊花邊，若新出於鉶者。群知狐仙之戲，而服其術之神。

## 殺蠅報

錢文敏夫人性好潔，尤惡蠅，每至夏令，日課婢媪撲殺之，習慣已數十年。一日晨起，梳洗畢，方静坐，見梁間燈鈎上蠅集如毬，約數萬。正呼人登撲之，群蠅噭然飛集於面，鑽耳穴鼻皆滿。家人拂去，半日方净，從此殺機頓息。

## 城隍 三則

無錫華翁女，極婉麗，年十八偶入郡，見陽湖城隍賽會之盛，欣羨焉。歸後，華翁夢無錫城隍謂曰：「聞令媛賢淑，新任陽湖城隍某公正室新喪，欲求令媛，託余執柯。」翁固辭。神曰：「姻緣前定，翁即欲不允，恐不能也。」遂醒。次夕，翁夢其父責之曰：「城隍正神，今爲汝女作蹇修，奈何拂之？」翁大汗驚醒，而女已病。次日，遂親詣廟焚香敬諾。女忽謂母曰：「擲吉在出月某日，彼已先遣婢媪八人相伴矣，可速治奩具。」至期，居民皆夢陽湖縣城隍銜燈千百，鹵簿甚盛，神親迎，女華妝，以紅巾蒙首而逝。次日，華翁親送嫁裝赴廟宿，夢神偕女出，執子壻禮甚恭。至今寢宫鋪陳奩具，皆華贈嫁物也。

宜興吴某與劉文定公至交。文定奉諱回籍，吴入郡唁之。同巷有泥水匠能視鬼，詣吴曰：「貴府有何異事，三日前即見土地巡街，日來城隍親至前後門邏察，若有所俟者。」吴疑信參半。次日，文定來謝，匠曰：「遠見城隍土地迎之河干。」吴以語文定，乃親詣拈香。吴令匠往覘，曰：「公到廟，城隍已迎於門；及行禮，城隍但伏地不敢仰視。」位冠百僚，雖在幽冥亦尊禮乃爾耶！

宜興城隍有座船一隻，以索繫堂廡梁間，三年一修，費皆船行所捐。縣工房吏黄某經管其事，悉乾没之。道光二十一年夏，黄暴死，二日蘇，云：「神欲由水道入都，船不可用，查係黄某吞捐失修，重責三十板，罰令賠修。現在行期急迫，已附丹陽城隍船進京矣。」述畢呼痛，兩股腫起，血淋漓如新杖者。

# 何首烏功効各異

先外祖趙甌北先生觀察貴西，於署後掘得何首烏一枚，大如栲栳，剖之，中有漿黑如漆，遂以盎蒸爇而飲。時山癡舅氏方九齡，亦竊飲其冷者。後先生年至八十八，舅氏亦七十六。余家老僕尹福，年四十許時鬚髮漸白，羸弱不任操作。偶至野外，見土中露一紅皮箱角，以爲必有藏物，發之，則盛二小兒，乃成形首烏也。取歸蒸食，年至九十餘，耳聰目明，鬚鬢皆黑。余猶及見之。

吴江秀才某，見鄰翁鋤地，得二首烏如人形，以錢二千買之。用黑豆如法製，食未數口，腹瀉死。

歸安姚文傳公督學江蘇，於江陰院署後牆下掘得首烏二枚，分男女形。按法製之，與夫人共服，一年髮皆變黑。公入都後鬚髮仍白，而夫人如故。同一首烏而功効各殊，則視乎其人秉賦之强弱，心神之勞逸也。

## 洛陽疑案

魏太僕襄令洛陽時，有父控忤逆者。魏枷繫獄中，將置之死。既其父舐犢情殷，求從責釋。魏以父子至情，父既不願死其子，何必苛求，遂杖而逐之。子歸，行止中途，村人群至，相謂曰：「如此逆子，官不懲治，我等何不攢毆！」於是眾拳交下，子立斃，舁之樹林僻處瘞焉。月餘，其父待子不歸，來縣求釋。魏駭曰：「釋已久，何尚未歸？」遣人密訪，知爲眾所斃，拘村人訊之，俱伏，遂往瘞所，驗屍已腐，屍下忽有一女子腿，玉色如生，繡鞋尖如束笋。大驚，再四研訊，村人瀝血鳴冤，皆不知所自，亦無相認者。

## 萬荔門方伯前身爲陸以寧孝廉

萬封翁望，乾隆某科孝廉。嘗偕其友陸孝廉以寧赴禮部試，道出山東，陸病不能行，止於旅舍。萬亟爲覓醫藥。既而陸病益不支，恐萬久留誤試，促之行，萬不可。陸且死，泣曰：「受君之惠，今生已矣，願矢來世。」遂卒。萬貨裝爲治棺衾，攜其櫬歸，竟不赴試。時萬夫人年已望五，忽有娠，臨産夢陸入室而荔門方伯生。萬以故人轉生，不甚督責，而性絶慧，凡音律書畫以及彈棋六博，略試涉歷，無不精妙。年十六七，頗好遊蕩，萬心憂之，見於顔色。方伯心動，扣之夫人。夫人曰：「皆由子不肯嚮學故，兩大人深以爲憂耳。」方伯遂詣父自投，由是閉門攻苦。明年補博士弟子員，連掇科第，入值樞府。守開封日，始奉諱歸，時封翁及太夫人皆八十餘矣。余遊大梁時，舉此事以問方伯，方伯笑而不言。陸二孫皆在署，仍論世交，呼方伯爲世叔云。

## 花神殉節

定陶徐生，丰采麗都，言談騷雅，洒然裙屐少年也。比鄰晁氏齋中有夜香花一株，高與檐齊，亭亭植立，繁英玉蕊數千朵，大如盎盂，清香撲來，沁人心骨。生每俟花開，必往玩賞。一夕月色甚佳，見門側露翠袖一角，諦視則一女郎，縞衣緑裙，光豔奪目，吃吃笑不休。生倸問何來，曰：「東鄰晁氏素娟，愛君風雅，故不避瓜李之嫌。」遂與狎寢，竟體芬芳。囑生曰：「事宜慎密，人之多言，甚可畏也。」至曉別去，明夜復來。觀生案頭多置時藝，蹙然曰：「以君風雅士，故來相親，何乃置此溷人心目？如不燒却，妾不來矣。」生如言棄去。次夜，强生爲韻語，生初作苦不能工，素取漢魏六朝三唐詩數百篇，手丹黄評隲之，每夜課生讀，數月後，素與唱和，居然合拍。由是啜茗焚香，敲釵擊鉢，人生無此樂也。生本羸，自與素接，癯然骨立。素亦相對唏嘘，無可爲計。生父母憂之，一日入齋中，驟見素，駭絶，張皇間失所在。方知爲魅所憑，攜子入内，延醫診治。素頓絶，生亦遂死。時夜香盛開，晁戚許某適至，因置酒花下，時逼薄暮，許即止宿。夜分，見一衣白婦倚樹嗚咽，狀甚慘慟，微吟曰：「中道分離實可傷，海枯石爛恨茫茫。香消玉碎隨郎去，不向人間逞豔妝。」許疑主人眷屬，未便向詢，然那得吟苦如此，心甚疑異。次早，視昨夜飲處繁英滿地，葉萎枝垂，樹已枯矣。

徐子楞曰：秀色可餐。

## 銀走

郡中黄氏嫗，善居積，家頗饒。年七十餘，病將死，召諸孫男女謂曰：「家中田產，悉付汝父等，顧我尚有私蓄六百金置足鑪內，藏地板下，每人若干，我死可發出瓜分之。」嫗死，諸孫啟視，則鑪內空無所有。尋之，見銀密排牆根下作外向之狀，亟取秤之，已短三百餘兩。

## 暴富

吾鄉薛翁，白手致十數萬金。當少年困極時，祈夢于忠肅公祠，夢神怒其臥殿上，呼責二十板。醒而恚甚，遇一叟，告以夢。問何業，曰：「向販蔬果，作小負販。」叟曰：「然則神似令爾販笋乾耳。盍試爲之？」薛悟，竭資數千，赴蘇州某行販笋乾一簍，啟簍則中藏元寶四枚，蓋盜贓也。亟再往，盡市以歸，皆有銀如前數。由此居積，遂成富室。

# 淑　真

華亭嚴少陵秀才嗣光，名士青崖孝廉之子也。少負俊才，丰神秀朗，工吟詠，尤擅詞曲，一時有張三影之目。世家大族争婚之，嚴選擇甚苛。其姑丈袁侍郎招之入都，上元夜翔步街衢，遥見一健奴跨駿馬，導鈿車前行，一豔婢跨轅坐，輿四面皆琉璃，月光射入，照見中坐一女郎，年可十五六，暈頰山眉，神仙不啻。嚴驟如神奪，車行絕駛，竭力奔隨，顔汗珠下，女亦頻頻回顧。行至鬧市，瞥然而逝。嚴瞠目直視，癡若木雞。同鄉某遇之，喚車送歸，僵臥不起，亦不言，惟日飲粥一匙。如是數日，群醫莫識爲何病。初，生方注目急追，不覺魂已離殼，逕入輿中，與女並坐。須臾，抵女家，隨女入閨，伏夾幕間，見女卸妝畢，支頤默坐，若涉遐想。婢去，生出自投。女舉首見生，大駭欲號。生跪陳思慕，女顔始和，各問邦族，知爲陳部郎女淑真。女問深夜何得來，生具述所以，因求綏結束。女堅拒，生指矢天日，遂相繾綣。伏閨中五六日，人無知者。屢促生歸，速倩冰人。生出，一紅袍人蹀躞庭中，見生叱曰：「何物狂生，深夜入人閨闥！」方喧嚷間，婢白太夫人至。俄一老媪，朱衣珠冠出，問生何人。生曰：「華亭嚴某。」媪問：「嚴束之是汝何人？」曰：「祖父也。」媪曰：「然則是我彌甥，胡至此？」生備述不諱。媪即向朱衣耳畔私語，似爲緩頰，朱衣人隨令兩青衣送之。返至袁宅，青衣從後推之，翕然而蘇。其姑大喜，研問顛末，遂委禽焉。合巹之夕，述前日遇翁媪狀，則淑真之曾祖父母也。媪氏謝，爲嚴祖母之妹，故呼爲彌甥，殁已數十年矣。淑真性絶慧，能書善畫，妙解音律，取生所填詞曲製譜按歌，抑揚赴節，生樂之，有終焉之志。毋何，部郎出守滇南，以道遠不及隨往，生遂攜眷南歸。舟過金山，適當三五，江光月色，掩映澄鮮。淑真扣舷而歌，生倚玉笛和之。忽江水拍天，怪風暴作，舟遽覆。生遇救得活，而遍求女屍不可得，謂已葬魚腹，望江招魂，悼慟欲絶，有悼亡詩詞千餘首。其時袁已巡撫河南，招生赴署。生自經此變，萬念都灰，聞嵩高之勝，遂攜一僕，裹糧入山，遍探巖壑。忽見絶壁插天，中有鳥道一綫，屈曲螺旋，攀蘿聚足斂息，徐上至山腰，顛焉。僕號哭歸報其家，以爲必死。初生之墜也，賴藤掛而止。既醒，緣藤而下，適當崖洞，蛇行而入，徑甚紆曲。經數十折，豁然開朗，别有天地，溪廣數里，水聲潺潺。循溪而行，細草如罽，上綴朱實，不知何名，隨手摘食，頓忘饑餒。又行里許，翼然一亭，數女郎游詠其中，頳髻垂雲，並皆殊麗，内一人酷肖淑真。隱樹伏窺，略無疑似，遽前執手，備陳痛苦。真謂生曰：「妾本地仙淪謫，孽滿召歸，實托水阨以絶君望耳。」生乃伏地，泣請同歸。真曰：「須白本師，何能草草？」問本師爲誰，曰靈寶真人也。遂同行至洞門，有二女僮守之。真向稽首，求轉達。須臾僮出，宣真人旨曰：「十年後了却塵緣，再來堅持道念。」又謂嚴曰：「真人説汝有夙根，奈情障已深，如再迷戀，不從忠孝關頭立脚，永無出世時矣。勉之！」生竦然，偕真叩頭出。至洞門外，諸女伴競來相送，各有贈遺。尋路出山，遵道南返，抵家則門户蕭條，非復曩昔。生母已前二十餘年卒。生父八十餘，偕其少弟存。翁卒，送葬畢，其少弟率婦回家，則兄嫂俱杳，距歸時正十年云。

徐子楞曰：忽而雲垂海立，忽而花軃絲柔，其中萬緒千頭，一絲不亂。狀難狀之境，顯難顯之情，是真合群子書爲一手者，何止高出《聊齋》數倍？末後歸結忠孝，尤自占地步處。

## 前生爲城隍 二則

山東于蓮亭觀察之弟愛亭，縣佐，年十六患病卒，經夕復蘇，言前生爲臨海城隍，今仍故職，輿馬來迎。少頃復暈去。于太夫人喚之急，愛亭醒曰：「尚有公事，少料理即回。」復又暈去一時許，云已令土地代攝三十年矣。後愛亭終於山陽縣佐任，年三十六，距病僅二十年，不知何又減去十年也。

杭州陳寶齋，年二十六，患病愈後，自言城隍來拜，云：「我前生爲某縣城隍，有任內一案，須往會鞫。」案爲孀婦生有一子，家巨富，夫弟二人欲謀其産，詭稱婦不貞，例應斷離。控於縣令，訊無指實。夫弟許行賄五千金，令妻極力諫阻，令不聽，轉詈其妻，妻自經死。令受賄後，將婦斷離，婦憤懣卒，子亦爲其叔所害。案犯俱已歸冥，奉帝命會鞫，令與婦之夫弟俱論斬。

## 侮狐被弄

安徽石埭縣署後有樓五楹，終年扃閉，時有麗人憑樓凝眺。有紹興友桂某戲祝曰：「久慕芳容，如不嫌塵濁，俯賜援拾。」如是者屢矣。一日薄暮，方欲申祝，見樓窗内一美人妙麗如仙，一婢侍立，亦娟好。桂欲上而苦無樓梯，尋思間，婢擲疋布下垂，令桂緊繫腰際，拽以登。二女更番扯拽，未及樓而止。桂懸空中，摇摇欲墮，至曉，廚役見之，始梯而下。可爲佻僿之戒。

## 鼠報

濟寧李氏子，年十七八，見一道士持咒拘鼠至，閉目以刀向空剁之，鼠首紛墮。出金購得其術，輒令蒼頭習以爲戲，殺鼠無慮數千。一日薄暮，又爲此戲，呼蒼頭曰：「剁！」有物應手中斷，覺不類鼠，開目視之，則小主已身首異處矣。鳴之於官，以過失殺論。物命雖微，忍心則一，死固其自取矣。

# 邱缺鼻

邱缺鼻者，常州府皂役也。生前捨身郡城隍廟，死後仍充皂役，頗著靈異。一日，武進縣有竊賊拒殺事主無頭一案，犯竄無蹤，衆捕多斃杖下，乃具牲牢往祝。一夜，某捕在東門外偵緝，見一人類公人狀，就與攀談，言及此案。其人曰：「頃在某賭場中覩一人頗似。」某捕亟請同行，至則門已緊閉，其人拂以袖，門自開。入內，有七八人縱博，一人屢負，脱臂上金釧爲質，款式類某家所失物，直前擒之。抵城，其人辭去，曰：「小弟現有要緊公事，須赴某處。」問其姓，曰姓邱。方欲再言，轉盼已杳。及解縣，一訊而伏。問頭何在，曰：「爾日慌張攜出，甚悔，見某街房簷下有燒餅鑪，投之而逃。」拘賣餅者訊之，曰：「是日店夥早起，籠炭見首，大駭，懼拖累，乃以千錢囑夥埋之郊外。」拘問夥，云在某處枯井中。往驗，果得首，而井中又有一屍在，蓋夥往埋時，途遇素稔之賣菜傭隨之行，急投井内，既恐傭獨往探取，復回視，則傭果以長繩繫鈎，俯身井上，從後顛焉。訊得實，並置於法。

徐子楞曰：敘變幻百出處乃爾明净。

## 生爲閻羅 三則

《新齊諧》載常州老劉薦蔣心餘太史爲第五殿閻王，後因禮斗獲免。及余聞前無爲州蔡刺史世昌爲冥官事而異焉。蔡言係第五殿判官，第五殿閻王則心餘太史也。冥司堂屬，陽間不可會面，否則彼此不利。蔡、蔣本戚誼，蔡以卓異入都，蔣先枉候，蔡不見，數日又往，辭以他出，蔣頗蔕芥。蔡使人謂曰：「我兩人有決不可會面之故。」蔣凝思，恍然悟。蔡云：「蔣赴冥決事，每年不過數次。」大約初辭之而終赴之也。

刑部郎顧公德懋，生而穎異，十七八歲時，縣考前列，府院試皆不往。人勸之，曰：「予命中無秀才，去何益？」後由監生鄉會連捷，觀政刑部。顧夜寐則赴陰司決事，第七殿閻王也。有任大楮者，官内閣中書，於公所相遇，不覺屈膝。衆愕然詢故，任言前生有表妹囑書便面，偶録香奩詩，爲表妹父所見，疑女有私，即逼女自盡。今生官應二品，以此降四品，陰曹審辦，皆顧定讞，一見猶戰慄耳。後亦以漏泄被降爲社公。

果益廷侍郎，亦係生爲閻王。戴文端公邑蹕五臺，果見陶凫香觀察曰：「昨夜見戴相科頭而至，貌頗不懌，疑有故。」未幾，文端果於途次得病，歿於京邸。桂香東侍郎鞫案楚北，果謂人曰：「昨覩冥册，香束恐不免。」未幾訃至。果善射工書，無疾而終。

## 德清縣城隍有兩夫人

他處城隍神止一夫人，而德清有二，次夫人乃德清沈氏女，故香火獨繁，生日尤盛。大夫人生日則香火寂然。相傳神姓勞，多著靈異，每夜輒聞呵殿刑杖聲。一夕有偷兒入廟，竊其袍欲行，盤旋庭中，竟夕不得出，至曉遂爲廟僧所縛。

## 某河帥逸事

紹興某河帥，豪邁不覊，少時以揮霍傾其産。夫人家亦饒，遂挈婦依舅居。未幾，故態復萌，舅家所有悉付飲博。乃遍稱貸，得數千金，欲赴京師就一官。比至，日事遊宴，不一年客囊盡罄，瘡痏遍體，童僕皆逃。依一丐棲破廟中，丐分乞餌之，又遍尋善草爲之療治，月餘，痂脱而愈。丐曰：「覩子狀貌，非長貧賤者，盍早爲計。」公曰：

「襤褸如此，何顏見人？」丐曰：「此即不難。余丐食所餘，積十餘金，無所用，今贈子。」乃爲製衣冠，行李粗具。公乃復出，遍謁部中書吏，謀爲清書。途中爲債家所窘，狂奔出南薰門，竄入一第，堂廡寂然。復入屏後，一老嫗方如廁。跪白所苦，且求見拯。嫗憐之。衆已追至，未敢徑入。嫗乃出詈曰：「我河邊老寡婦，從不與男子謀面。若輩無故登門，意欲何爲？」群疑向未入此門，轉咎伺者之誤，轟然遂散。嫗乃閉門入，詰公里居姓氏，緬述之。轉叩嫗，嫗與公同姓，家世業農，頗有田産，少寡，遺腹一子，年二十四，在永定營肄習久，今夭折矣。因問公將安適，公言一身落寞，茫無所歸。嫗曰：「若能母我，當爲若謀。」公感其禦侮，且棲泊無所，遂執子禮焉。嫗乃爲報充河卒。公周歷河上，遍覽形勢，俱知扼要，委以工程，咄嗟立辦。不數年擢千總。乾隆某年河決，高廟親臨勘工。公偕石景山同知某迎蹕，上備訊河決狀，并及疏塞方略。某瞠目不能措一詞，公從旁具奏，口指手畫，燦若列眉，侃侃數千言悉中竅要。上慍曰：「所以治河設專員者，冀其能辦事也。今文員瞶瞶如是，乃不如一武弁，安用此同知爲？」遂互易之。公受知由此始，不數年，擢授河督。所至謹宣防，裁浮冗，先事預防，歲慶安瀾。其所規畫，皆可爲後人法，故始終恩禮勿衰。後迎養何嫗於署，某丐亦以公力由百夫長薦陞遊擊。

## 遭遇之奇 二則

內閣供事藍某，富陽人，在閣當差頗勤謹。雍正六年元夕，同事皆歸家，藍獨留閣中，對月獨酌。忽來一丈夫，袍服尖靴，狀甚豐偉。藍疑爲內廷值宿官，端履起送，舉酒相招。其人欣然就坐，笑問曰：「君何官？」曰：「非官，供事也。」問何姓名，具以對。問何職掌，曰管收文書。問共有若干人，曰四十餘。問皆安往，曰：「今日令節，皆回家。」問君何獨否，曰：「朝廷公事，若人人自便，萬一事生意外，咎將誰歸？」問當此差有好處否，曰：「將來役滿，可注選一小官。」問小官樂乎，曰：「若運好，選廣東河泊所，則大樂矣。」問河泊所何以獨樂，曰：「以其近海，舟楫往來，多有餽送。」其人笑頷之，又飲數杯別去。明日上視朝，召諸大臣問曰：「廣東有河泊所官乎？」曰：「有。」曰：「可特授藍某補授。」諸大臣出，不知藍某爲何人，方共疑怪，有內監密白昨夜上微行事，乃往內閣宣旨。藍瞠目咋舌者久之。後位至郡守。

吾鄉楊芝圃刺史瑞蓮，依梁文莊公京師，至戚也。楊能篆隸書。會乾隆間開篆字館，收天下古銅器，辨其款識，文莊因送楊入館充供事。八月十三日午後，有一偉人科頭穿白袷衫，端履而至。楊不知誰何，漫揖之上座。其人顧問館中人皆何往，曰：「悉赴闈中鄉試矣。」問君胡獨留，曰：「恐不時内廷有事傳問，故未往。」遂問姓氏籍貫并何人引進，楊具對無隱。索觀所爲書，極稱賞。正談論間，忽見二内侍尋至，方知是上，亟蒲伏叩頭，上微笑去。歸語文莊，文莊大駭。次日，上謂梁曰：「汝戚楊某篆書既佳，人亦誠實，獨因在館當差，不及預試，情殊可憫，著賞給舉人。」梁叩頭謝。楊固布衣，例不得鄉試，亟爲倒填年月納監焉。後楊以篆字館議敘，選授湘潭令，頗自貴其書，嘗以書忤中丞某，被劾。上曰：「楊瑞蓮老實，朕所素知。所參不準，擲還原奏。」後升刺史，引病歸。

## 貴州兵備道署鬼

貴州兵備道署中鬼最多，往往白晝出現。先外祖甌北先生觀察時，有陸貴者偶至廚下，見一人持帚舞跳竈前，近視，則一無頭人，大驚倒地。又僕婦蔣氏見群鬼竊食，驚喊，一鬼怒握拳擊其頭，即墳起如茶盌，久而不銷。予童時猶及見蔣，墳處堅如石焉。

## 福禄壽三異

廣東省城福禄壽三異。將軍署中有蝙蝠，大如車輪，小如釜蓋，盈千累百，盤踞二堂，積糞盈寸，人不敢觸。某將軍惡之，擊以火鎗，斃數百頭。未幾，將軍遍身生瘡，中輒有鉛丸一枚，卒以不起。藩司署後圃多鹿，歷年捕取，不見其少，滋長益繁。撫署二堂後有壽板一副，遇陰晦夜，往往飛出，旋舞堂中。某中丞性方剛，以爲妖異，積薪於庭，集群匠將斧而焚之。板中作哀號聲，一板忽躍立中丞前，群匠皆棄斧斤倒地，遂獲全。

## 汪氏姨爲眼光娘娘侍兒

余繼室汪之五姊，性明慧，工刺繡，一時有針神之目。年二十暴卒，家人哭之慟，咸謂生時如此，死後何乃默默。忽房中帳鈎鳴動，其小妹見其端坐床上，家人奔入，皆見之，瞥然而滅。週年爲之設祭，其三姊夜夢其來，曰：「妹前生眼光娘娘侍兒，現已復位，從此不能再歸矣。」言已悲不自勝，三姊亦嗚咽而醒。次日，母詣眼光廟，攀幃細視，左側一侍兒果酷似，因向痛哭，像亦淚下。後其嫂目疾不愈，夢五姊針刺其兩太陽穴，痛極而醒，病若失。

## 孝丐

常州豐樂鄉有一丐，負老母住破廟中。每旦乞食，必先進母，得錢則更買甘旨，置衣服，奉母惟謹。冬則置母暖處，暑月則選深樹，負母納涼。夜不能具帳，母寢，則持扇立侍，累月無倦容。母有所苦，歌舞跳弄，務得歡心乃已。鄉里知其孝，施之較常丐少豐，富室孫某尤厚。越年母死，孫某鄉人共爲棺斂。又逾年，丐病死，適孫亦病亡。孫隨冥役二人入冥府，見比户排列香案，似陽世賽會迎神狀。私問二役，曰：「迎某孝子。」及見冥王，方檢簿，忽報孝子至，見鼓樂旗幡，八人舁一輿至庭，中則丐也。冥王降階趨揖，延之上座。孫不覺呼救，丐起立顧謂王曰：「此孫某係丐恩人，何令跪此？」王曰：「孫某數盡，以其功過足抵，擬令候轉生，君云恩人，亦嘗受其施乎？」丐歷述孫屢次厚恤之故。王曰：「即此可延壽半紀，我當即令回陽，一面申詳東嶽可也。」隨有吏上，向丐叩頭，稟請更衣。丐入，須臾袍服出，二童執拂前引，彩雲冉冉升天，良久乃杳。孫醒，知死已一日夜，聞丐屍尚暴露在其母墓旁，以己棺衾殮葬之。

## 周介生後身

鎮江錢孝廉爲林，乾隆間設帳某紳家，課其子。其子甚聰慧而不肯讀，錢督責之。紳子曰：「某即當歸去，讀何益？」錢驚詢故，曰：「某本係某菩薩侍者，謫限已滿，仍歸本來耳。」錢問己終身，曰：「師前生乃明季周介生，此生以孝廉作邑令。」詢何時得子，曰：「師命中無子。能廣積陰隲，可得二子。」次年，紳子果死。錢力爲善事不少怠。後選山西某邑令，在萬山中，岧崎險峻，爲虎狼出没之所。一日因事下鄉，息輿山中，輿夫俱熟寐道旁。見白鬚老人執一小黑旗插某輿夫首，錢怪之，取匿懷中。少刻，有一虎咆哮至，似有所覓，不得，遂去。老人來，復插一旗，錢又去之，虎復至。如是者三，錢唤輿夫醒，乃行。中途告以故，輿夫言，夢見虎欲食之狀，甚可怖。至署細詢輿夫造何罪業，輿夫自言曾經毆母。錢大怒，重杖三十，輿夫叩首，求賜百金爲養母資，即出家爲僧。錢即賜以百金，輿夫交銀其母，求鄰人善視之，歿則代具棺槨，飄然而去。錢後果生二子，長之鼎，入都鄉試，其時錢已歿，忽來一行脚僧，稱欲見郎君，閽者拒之。僧言與某嫗相識，嫗出視，則輿夫也。僧言今科郎君必捷，然有損德事不能成進士，須力行善事，方可延算耳。語畢遂去。是年之鼎果獲雋，未幾卒。次子以拔貢終。嘻！錢以夙世奸慝，乃再世猶得以孝廉官邑令，或其前生根之厚。乃命應絶嗣，以行善竟獲二子，可見彼蒼之許人以自新也。至某輿夫不孝，其罪莫大焉，一旦遯跡空門，竟獲前知，倘所謂懺悔非耶？

## 服砒不死

吾鄉費封翁，充府署兵科吏，爽直慈祥，排難解紛無虛日。江陰某紳籍没腴田數千畝，太守閲租簿佃欠多，欲遣員赴縣，逐户比追。翁恐株累，聚簿焚之，以失火對。太守怒杖之，翁不悔也。一日，有姑控婦謀殺未成，以砒爲證，實姑有隱事而誣之者。袖砒歸，擬易他物，適有事出門，信手置書架上。翁向患痔，家中預製末藥，病即酒調服數錢立愈。是夕痔發，亟歸，其妹誤取砒進，腹暴痛。疑有誤，呼妹問知服砒，急覓解藥，夜已闌，叩藥肆門皆不啟。天明痛止，宿疾竟除。其他施濟事不可枚舉，蓋種德既深，獲福自厚，固非毒烈之味所能害也。

## 安徽李二榮子一案

懷遠縣李二臻子，其父故無賴，爲惡徒方姓兄弟三人攢毆死。其時臻尚稺，及長，思復父讐，練習鎗矢，擊無不中。一日，值三人於河干，臻鎗擊伯仲皆斃，季急没入河，臻沿河視水泡處躡之，至半里許，方乍露頂，擊之亦斃。時撫軍鄧公以事關重大，飭屬急捕，不得，乃責成盧鳳觀察蔡友石先生，必生致之。蔡懸重賞購募。郝吉昌者，私梟大猾也，因同類忌之，遂附官効力自贖。一日密白蔡曰：「臻藏定遠朱家港李酉家，酉四子皆强狠，而二榮子尤販私爲業，有李氏五虎之目。聚徒數千，動輒拒捕，非調兵不可。」蔡具稟撫軍，撫軍檄盧鳳二守，率民壯往擒，仍令就近各武營協拏。鳳守朱恕齋士遠，甫到任，即率民壯四百并郝黨五百人星馳至港，以爲唾手可得。李已築垣拒守，施放抬鎗，人不能近。自辰至午，丁壯等奔馳未食，各有饑色。忽有老媪稽首太守馬前，曰：「榮自知罪大，不敢出見，願退一箭地，縛臻出獻，敢乞指揮。」朱信之，方麾兵退，垣門發，突出千餘人，鎗箭並施，其黨謝某又率匪徒數百自左腋衝至。郝中鎗倒地，眾負之行，丁壯被鎗者甚眾。事聞，觀察率鄉勇千人，偕廬州劉守繼至，撫軍亦命中軍以兵來會。榮見眾寡不敵，遂踰垣遯入壽州界。時已三鼓，倉皇無潛身處，遇班白叟，求借宿。甫就榻，有二人直前縛之，則昔日所殺之高有乾、有禮兄弟也。初，榮據朱家港，遇逃荒婦姑二人，婦少有姿首，劫之歸，已而又有寵，以婦配竈下傭。次年元夕，榮舉家赴鎮看燈，婦乘機逸出，至鎮，皆不敢納。有乾兄弟亦一鎮之武斷者也，聞其事，昌言於眾，而親送歸還其姑。榮聞，率眾至有乾家，有乾爲鳥鎗所斃，縛有禮至家，五毒備至，禮罵不絕口。榮恚甚，斷禮數十段，并骨碎之。至是竟爲厲鬼所執。捕者追至，見榮赤身縛亂草中，就擒訊臻，則去已數日矣。置榮於法，臻卒不獲，或者爲父報讐，鬼神特原恕之。

徐子楞曰：敘事處不減史公，然難爲榮古虐今者言矣。後修史者必能採之。

## 嗜殺變畜

楚南羅某，丙戌進士，分發雲南爲某縣令，調昆明。貪酷兼至，有屠伯之目。昆明山中流民以種木耳爲業，架棚而棲。因獲利，入山者眾，久之，各分疆界，攘奪頻仍。道光九年，有糾眾械鬭事，制府委知州丁某偕羅往勘。羅見棚民襍處者眾，有意邀功，張大其詞，謂勾結猓猓，聚衆數萬，顯有叛逆狀，馳稟制府，請發兵勦捕。制府輕聽，遂以入告，調兵赴勦。羅又粉飾其事，謂猓猓能爲妖法，勢頗猖獗。於是制府益多徵調。及軍四集，棚民駭竄，惟餘老弱數百，盡殲之，以捷聞。而妖術迄無佐證，乃與丁商，執倮倮十餘人，强指爲妖，淋以穢血，笞杖交下，編造供詞，朦混聳聽，寸磔倮倮數十人於市。事蕆，上羅丁首功，丁擢守開化，羅擢西隆州。羅抵任，忽發異疾，渾身焦灼，必得糞血淋頭方覺少舒，又發瘡痏，細碎如粟，每瘡孔出黑毛一叢，長三寸許。性易吼怒，跳躑不已，乞假赴省，以三木囊頭，坐囚車，始安。歸後數年，一日以首觸壁，壁傾頭斷。丁亦以腸癰潰腹死。

# 卷三

## 張子修

張子修秀才，吾郡之荊溪人，家貧好學，工書善筆札。以貧故，四十餘尚未娶。性踈蕩，客游恒數千里，鰥居之戚，未嘗屑意。嘗爲洛陽令魏君記室。一日夜分，偶思作韻語，漏下不續，忽聞窗外細語曰：「張秀才耽吟忘寢矣。」其聲清細類女子。張疑同伴相戲，漫應曰：「長夜無聊，偶作排遣，干卿何事？」窗外答曰：「我非署中人，是霍家翠玉，憫君苦吟，來破岑寂耳。」張謂：「卿意良厚，但僕馬齒漸加，花月風情，懺除略盡。文君琴趣，所不敢知。」窗外應曰：「君誠莊士，但妾非自獻者。因與君有舊契，特來一了宿因。然三生數定，與君雖有兩年之敘，却無一面之緣，但得暗中酬答，不願以色身相示也。」張知是狐，啟關延入，即詢居止。曰：「妾陝産，明季避兵過此，遂止署後廢圃。君四世前爲河間富商妻。其時妾道術未深，偶過其家，竊飲樓上藏酒，醉不能化形，爲商所執。君至，勸釋之，以是德君，相訪百餘年，不期今始得遇。」由是每夜人定後，輒來劇談，堅囑勿洩。張有所須，轉念立致。一夕張胸側忽紅腫作楚，夜不能寐，將俟女至，告以所楚，數日杳然，張病益劇，頗涉怨望。女忽至，出紅藥數丸，張納吻欲吞，女呼曰：「此何物，而可下咽！速研塗患處，遲則潰裂矣。」如法試之，良驗。一日，女來告別，張駭曰：「卿固云向居署中，別將何往？」女曰：「緣未盡，推之不去，將盡，挽之不止。妾與君實兩年緣，今已二十月，妾不行，恐君不能留也。」張不解所謂，漫以他辭亂之，堅矢勿去。女曰：「君非功名中人，屯邅歷盡，可作富家翁。今年逾不惑，宜爲宗祀計，盍歸圖之？澄江當有奇遇。」張曰：「僕四海無家，一身如寄，終年潤筆，且不抵衣履費，顧安得贏餘爲授室計耶？」女曰：「君果定志欲歸，區區婚費，固不難覓。明日入後圃李樹下，有草梗作如意形，即其下發之，當有驗。」張如言往掘，得一小木匣，中有金飾四種，朱提八枚。夜分向翠申謝，翠曰：「報君者尚不止是。他日新人如玉，並肩唱和時，纔信一綫紅絲牽引爲不易也。」次夜復至，遞入一袱，裹鳳寫一雙，細不盈掬，刻鏤花卉，異樣工巧，曰：「留此爲新人助妝，惜無獺髓膏爲滅頰上瘢耳。今君事粗就，宜速歸，遲則山左、河南將道阻，不能行。」張謂：「感卿盛意，深入肌骨，但相敘兩年餘，曾未一覩仙容，心殊缺然。」女曰：「前固言之，此斷不可。」張固哀之，許一握手爲信，春纖玉映，温膩如綿，張抑搔之，忽已不見，但聞笑罵曰：「誠實人復如是耶！今且無暇在此，早往料理覆舟人去。」再叩之，寂然矣。達旦，辭魏欲歸，魏復出數百金資之行。就道二日，魏丁母憂。未幾，河南、山左教匪滋事。張至澄江，居兩月餘，遇一翁，年六十許，各道寒暄，展敘邦族，答以荆溪張某。翁驚曰：「得勿號子修耶？」張曰：「然。翁何由知？」翁大喜曰：「訪君久矣。草舍離此不遠，願垂光顧。」遂與偕歸。翁自言：「姓梁，故漢陽賈，寄居於此。三月間挈女歸楚，渡江風作，舟覆中流。忽一女郎，年可十五六，後隨兩髯奴，掉舟急至援救，並獲生全。送之抵岸，向女申謝。女曰：『君命不死，特來相救。君女年幾何矣？』曰十七。女顧而笑曰：『我爲若作伐如何？荆溪張子修秀才不日將至澄江，其人品學皆優，年雖差長，可壻也。』言訖倏失所在。今果相遇，息女願侍巾幘。」張遜謝。翁曰：「仙人命之矣。」擇日蠲吉合卺。新人婉麗，而左頰果有微瘢，試出綉鞋著之，不失銖黍。張夫人雖賈人女，而工詩善畫，饒有雅致。翁無子，張席其資，遂以富稱。夫婦感霍撮合之德，設位祀焉。

## 大士救濟

王松山丈，族祖緯堂公內姪也。隨緯堂公渡臺，赴鳳山任。奸民莊大田之亂，鳳山城陷，緯堂公父子殉烈。王由署後逸出，匿蔗田內。其地近故總兵祝公家，夜往叩門，公子出，留款之。賊之初起也，意僅戕官，後聞幕友家丁多匿民間，遂有逐户嚴搜之令。王窘求拯，公子俯思良久，曰：「賊欲得甘心者，幕客耳，攜有眷屬則渠等不疑，可乘間而逸。僕表妹張，年十七矣，以侍巾幘，何如？」王喜出望外，即訂永好。次日，公子具小舟載王夫婦至海口一島，雜難民中，汲山泉取地瓜咽之。凡三日，探聞賊將搜山，王偕婦逃之山後。見衆方結筏渡海，亟懇共載。甫離岸而賊至，其遲行者千數百人悉被屠戮。在筏三日，糧盡，淡水亦斷，自問萬無生理。忽兩巨人踏波行，推一小舟，行甚駛，倏已近筏。舟中一赤足婦，白衣白裹頭，挈一瓶，置諸筏，瞥然而逝。探其瓶，皆香粳飯也。衆共掬食，飢渴若失。王歸後，終身茹素，持《白衣咒》甚虔，蓋感大士救濟云。

# 玉妞

陝西輿夫魏姓者，當三省教匪滋事，從軍，爲妖婦齊王氏所擄，役使養馬。魏固巧黠，善伺意旨，深得齊歡，以帳下愛婢玉妞配之。玉拒魏曰：「我乃房縣巨紳某公女，城破，舉家被殺，所以忍死相從至此者，欲雪全家之恥耳，豈能配汝輿臺之卒哉！」魏不敢犯，相處月餘，仍另帳寢。一夕，女謂魏曰：「吾觀賊婦徒恃左道，祇取滅亡，子欲相隨以終乎？抑尚思生還也？」魏曰：「願聞教。」玉曰：「我事妖婦有年，凡紙兵豆馬，一切幻術，盡得其傳。惟渠有火龍鞭，坐卧佩身，人不能近，屢欲刺之，憚此不敢發。汝能聽我調遣，共雪此讐乎？」魏鋭身力任，雖赴湯蹈火不辭。玉喜，出胡盧三、令箭一，付之，曰：「可持此分置某山腰、某堡上、某要隘，自有神兵出戰。仍持令箭赴山口待我。我此時當往竊其鞭去，則易刺，或能乘亂殺之，與子掃蕩群孽，同投官軍可也。」魏如言至山，揭胡盧蓋，有黑烟一縷冒出，烟中無數神兵，向賊營鼓噪疾趨。某堡某要隘分置訖，趨山口以待。至三更，玉飛騎至，下馬以帕鋪地，令魏同登，即飄然淩空。須臾抵徐州界，止於山顛，謂魏曰：「頃往竊鞭，爲所覺，幸早避，得不死。三處神兵皆爲所破，事之不成，天也。」因取金帛一包，割裙幅，嚙指作血書一通，付魏曰：「持此致吾父於京師，我從此逝矣。」遂仍踏帕凌空東向去。魏赴京，則其父已罷官回籍，遂歸陜。惜無有見其血書者。

徐子楞曰：玉以一孱弱女子，陷身賊中，沈幾觀變，明知火龍難近，犯難以興，刺血作書，焱然而逝，功雖不成，志亦烈矣。獨怪齊婦終歸覆滅，乃不殲之於玉手，而必留待撻伐之誅，豈生死前定而劫限未滿歟？浮一大白。

## 喇嘛示寂

乾隆四十五年，後藏第六世班禪喇嘛來朝祝釐，居西黄教寺。朝廷之錫賚，王公大臣之布施，及草地番蒙之所供養，無慮數十鉅萬，崇禮之侈，當代未有，咸謂活佛肉身自西天至中土，實天下生靈之福。忽西山來一老僧，踵門求見，班禪拒之，固請乃出。僧曰：「西方清淨何自在，今無故到中國，過受崇奉，揆之教旨，得毋自歧？誤矣！誤矣！」班禪悔悟，膜拜求懺悔。僧不顧，掉頭去。班禪長嘆垂淚，趺坐禪床，登時出痘，三日死。

## 蟻國

癸未歲，余附漕艘入都，同舟歸安沈君出一土橋見示。橋以泥爲之，橋上一亭，雕鏤精絶。云昔在四川某縣後荒園中，有大石板方廣二丈，其平如鏡可鑑。縣令某疑下有物，使數百人掘去石板，見中有一土城，街市、橋梁、道路、倉庫無不備具。城内復有一城，宫殿樓閣，儼然王居。皆土爲之，蓋蟻穴也。蟻王大如拇指，黄甲赤頭。小蟻亦長分許。衆見其樓閣精工，競取爲玩物，此橋其一也。是夜風雨大作，蟻皆徙去，始信槐南、龜山之説非盡寓言云。

## 蛇妖

山西嵣嵐州署，向有白衣美婦夜出媚人，歷任官幕家丁被蠱死者不知凡幾。某刺史者，天師壻也，少年科第，美儀容。到任未一月，方燭下治官書，偶渴思飲，一美婦身着白衣，已捧茶至。口脂髮澤，薌麝襲人。刺史雖陰有戒心，忽不自主。自是靡夕不至，刺史屏人獨臥，室中穢聲，達於户外。數月，夫人至署，見其羸瘠，大驚，移榻入內，并將帶來靈符懸之。至夕婦至，見符却退，俄復至，曰：「天師止能治狐，能奈我何！」掀下衣灑血符上，徑登刺史床，但聞嗷然一聲，家人趨救，則刺史已鼻血如泉，死矣。夫人大慟，裝殮畢，攜子赴龍虎山泣訴。天師命查之，喟曰：「此蛇妖也，在嵐縣萬山中修煉三千餘年，神通廣大，妖類繁多，非我自往請老天師，不能剿滅。」遂率法官星夜赴山西，選精壯八百人，令三百人將雄黃、硫黃、松香等物縛草束，至某山後洞薰之，五百人火鎗毒矢伏洞外，聞雷聲即起助戰。乃登壇作法七晝夜，至期，聞雷聲隱隱從壇上起。洞中湧出白氣，瀰漫數十里，腥穢異常，觸之立仆。五百人潛伺洞口，見巨蛇如楹柱者千百飛出，即聞空中金鼓聲，眾亦鎗箭并發，群蛇紛墮。最後砉然一聲，崖崩石墜，一蛇頭大如七石缸，蜿蜒至壇前，謂天師曰：「我只傷刺史一人，汝奈何殺我全家？」張口似欲吞噬。忽老天師導一玄鶴自空下，鶴引吭長鳴者三，蛇即墮地死。隨有金甲神以劍斬其頭，獻壇下。計離壇二百餘步，蛇身猶半藏洞內也。寸斷焚之，洞後人骨山積云。

## 偷龍王祈雨

會稽縣偁山，龍池一區，在山北龍王廟外，方廣二尺餘，一泓瑩然，水清見底，雖大旱不涸，相傳龍神最靈。祈雨之法，先令健者乘夜偷神像下山，其像旃檀雕成，長尺餘，盛以新布袋，略浸池中，然後負之疾趨。既至，將神像暫置社廟，五日内必雨。雨後，各耆老擇吉日，備儀仗，環池跪求，僧道十餘人各執樂器，念經誦咒。俟池面起小泡，即有一龍浮起，長三寸許，首雙角，金綫圍腰，游泳池面。徐以盆請龍，汲池水盛之，覆以紅紗，鼓吹前導，迎歷各村，送歸神龕。旋有黑雲一片隨至，須臾，濃陰四合，大雨如注。亦有請至數日而龍身不出者，則其年必大旱。如請龍到後，忽然不見，亦必雨，土人謂向他方借水去矣。龍神行雨，必須偷致，此理之不可解者。

## 聞太師、申公豹

聞太師、申公豹，係《封神傳》荒誕之言，乃恰克圖四部祀之甚虔。山右張城方道士智禄，久客恰克圖，言其地近接俄羅斯，風俗與諸部異。地居北海之南，過北岸則狗頭國。每當秋冬，海冰即合，兩岸相距渺無涯際，商旅未敢履冰徑過，必詣申廟，焚香拜請數日，舁像入水試冰。其像以木爲之，裸體不著一絲，舁至海中，直立不仆，漸次入水，俟滅頂，即可履冰過海，車馳馬驟，了無妨碍。至次年二三月，遙望巨浸中，見一指破水出，即群相告誡，速斷行蹤。逾數日而拳出，又數日而神體全出，即聞堅冰碎裂，海水沸騰，像即矗立水面。彩輿舁歸，報賽惟謹。至聞太師威靈赫濯，又非申比。太師職掌天曹雷部，歲旱詣廟虔禱，雨即立降，田疇霑足。或有冤抑，詣廟申訴，神即遣役拘拿，懲治甚至，霹靂一聲，被控之人已爲灰燼。彼地奉之尤虔。此與西藏唐僧、孫行者等師徒四衆廟，閩省齊天大聖廟，皆以寓言而爲後世信奉，并著靈異，可知人心所向，神即因之，不必實有其人也。

## 戴疊峯拒狐

戴疊峯明府鴻恩，初至邊城，寓下堡焦氏，下榻小樓。時當暑夜，月明如晝，四更時，瞥見一婦人坐床頭，高髻雲鬟，冰肌霧縠，嫣然流盼，綽約如仙。驚問何來，答曰：「蓉城仙子。」少焉羅襦自解，縱體入懷。戴心骨俱柔，幾不自主，繼思孑身萬里，豈宜輕近鬼魅？遽以齒嚙其耳。女負痛而起，詈曰：「何來莽漢！」掌摑其肩，倏然不見。次早移榻他所，臂痛數日始愈。勒馬臨崖，戴可爲勇於自決矣。

## 仙人治疾

直隸樂亭縣李翁，家頗饒。晚年生一子，忽成瘵疾，醫禱並窮。翁與典史某善，告之故。典史曰：「此間有一異人，竭誠往求，必能起此沉痾。」問其人安在，曰：「現在某典鋪爲燒火傭，得彼首肯，則爾子立生矣。」翁如言往。其人年可四十餘，涕一尺垂鼻下，垢穢不可近。翁直前匍匐，向之哀求。其人曰：「典史饒舌！可先歸，備一静室。炊尚未熟，勿溷我也。」翁歸，灑掃以待。須臾，其人至，令具兩蒲團於室中，扶其子出，相背而坐。其子覺背如火炙，痛極欲號，其人反兩手緊抱之。俄頃，腹如轆轤，急令如廁，下濁膠斗餘。復抱其子，以口相接，覺熱氣泛咽喉下，分入四肢，融洽暢美。約兩炊許，曰：「愈矣。」其子果愈，充碩過無病時。翁大喜，酬以金帛，不受，勉進齋供。典史聞之來候，長跪求教。其人曰：「安有日在囹圄犴狴間而能了道乎？子自不行，問我何爲？」典史頓首受教。其人起，曰：「盍隨我行乎？」典史急尾之，瞬息已杳，涕零而返，明日即投劾去。此典史卑棲枳棘，獨能物色異人，其得於潛修者深矣。

## 彩 鳳

新昌孫秀才軼群，清才玉貌，工琴善吟咏，洒然裙屐少年也。家故鄉居，偶入城訪戚，歸途遇雨，渾身沾濕。見道旁有草舍，扣門，一叟出應，延之草堂，然火燎衣，留款酒饌。家無僮僕，僅一婢往來供給，翁亦蹀躞甚勞。孫不自安，乃起挽坐。叟言：「唐姓，中州人，流寓於此。年七十，喪偶，止一女彩鳳，年十六矣。」言已，亦轉叩孫，孫以實對。叟曰：「觀子儀表，必非久下人者。室女幸不陋劣，願附爲婚姻。」孫辭已聘。固言：「無妨。僕鐘漏待盡，久欲棄家訪道，徒以弱息累人。今得事君子，於願已了。」孫曰：「感翁厚意，何敢固却？但家有慈母，尚容稟白。」叟曰：「此固應爾。」方展敘間，天已逼暝，叟留暫宿，導至草堂夾室，竹床髹几，位置楚楚，插架書卷極富，壁懸素琴一張。叟陪夕餐畢，茗飲劇譚。旋見小婢捧衾褥至，叟囑安置，遂去。孫思訂姻之言，轉輾不寐。俄聞房後彈琴聲，音調清越，憂思約指，細聽乃《關雎》之次章。孫觸所好，披衣起，亦取壁上琴鼓《求凰》之操，並占《菩薩蠻》一闋記之。詞曰：「無端一陣廉纖雨，天公苦苦留人住。雨後月華生，幽人分外明。隔牆琴韻度，似把憂思訴。輾側睡難安，知他玉指寒。」天既明，叟出作別。回家向母緬述其事，母慮物議，且恐失母之雛，未嫻閨訓，不允。孫內戀女，外迫慈訓，心違意迫，無計可施，久之遂病。初猶支離撐拄，月餘奄奄一息矣。孫固雙祧，其從母見其尫瘠，詢得其故，懟曰：「姆姆何守頭巾戒，殺吾兒，我兩人他日將誰依乎？」遂挽其父赴唐翁，媒定涓吉，兩娶焉。原聘楊固大家女，亦嫻翰墨。孫得溫柔鄉，有終焉之志。既而母促孫入都赴試。彩曰：「途中恐有意外，我當偕行。」孫慮母不允，彩曰：「不必白母，我自有策。」早旦朝母，請曰：「郎入都，兒欲暫歸省視老父。」母允之，彩囑孫先行，逆旅相待。三更許果來。問深夜何能一人至此，彩曰：「實告君，我狐仙也。因與子有夙緣，故相從。」由是晝則同車，夜則同枕，惟孫見之，他人皆不見也。行至茌平，王倫變起，賊黨欲屠城。孫張皇無措，彩搖手令勿聲，探懷出紙，翦人馬無算，大纔盈指，向空撒去，旋見神兵鼓噪至。賊疑官軍有備，乃駭竄去，孫得無恙。將抵京，辭孫先歸，留之不可，出三藝一詩，令孫熟之，曰：「出闈即歸，今科必捷。君命亡孝廉，明歲亦不能入闈也。」是科果獲雋，旋即奉嗣母諱，不及北上。後與楊各生一子。一日，彩歸寧，以兒付楊曰：「託姊善視，飢時但飼以飯，切弗與乳也。」彩去，楊愛兒逾於己出，兒飢，以乳哺之。彩歸嗅兒，嗔曰：「與姊云何，今違我戒，兒不育矣。」遂怫然去，未三日，兒果驚死，彩亦從此絕跡。

## 借珠

湖北荆州府關聖廟，神冠有辟塵珠一顆，大徑寸，光照一室，相傳唐武后所製。某年月朔，某中丞詣廟拈香，視珠不見，拘寺僧問之，絶無消息。中丞怒，嚴飭守令緝獲真盜。守令嚴比捕役，置其家屬四十人於獄。諸捕惶遽無策，乃往祝神，求示賊蹤，以便偵緝。中丞夜夢關聖來語曰：「珠係故友張文遠十七世直隸正定總兵某歸途無資，問我借典。某素重然諾，將必來還。」醒而異之。使人偵伺，未幾，某鎮果親至酬神上珠。中丞延見，風骨凜然。夫聖帝取友必端，生平於曹氏諸將與張最契，其餘鼠輩固不足數也。世閲多代，無異生平，區區一珠云爾哉！

徐子愣曰：三國人物，與諸葛忠武一鼻孔出氣者，在魏惟張，在吴惟魯子敬，阿蒙輩鼠目寸光，宜其不識此義。獨怪文若、奉孝、公瑾、伯言諸人，號稱俊傑，乃亦唯阿流俗，欲附纂竊以就功名，不亦陋哉！

## 假奎星兆真狀元

茹古香先生鄉捷後，屢赴禮闈，不得志，大挑以知縣用，不復注意科名。姊丈某令中州，往課讀。茹繩諸甥過嚴，諸甥苦之。適明春又届禮試，冀其北上，可稍寬督責，倩人窺意，而先生殊不願。會上元署中演劇，諸甥候先生既寢，令優人扮奎星跳舞窗外，一須臾而逝。先生以爲預兆，遂北上，是年果大魁。返署偶談及前事，諸甥笑白其僞。先生笑曰：「非僞也，君等爲鬼神所弄耳。」衆乃大服。

## 花墅給諫

京師繩匠衚衕花墅一區，徐健庵相國故别業也，屢見怪異，人不敢居，久益廢敗。錢唐馬秋岩秀才，性豪放，喜其僻静便温習，僦居焉。甫就枕，牆壁動摇，器皿無故盤旋空際，叱之頓止。次夕復然，馬不爲動。一夕方展卷，忽履聲橐然，一朱衣人闖入曰：「君誠有膽。然我葬此二百餘年，上居生人則下被薰灼，甫幸權門勢謝，收召餘魂，何意君復逼處此。」馬曰：「幽明異路，各不相涉，君居我讀，胡云不安？如嫌夜臺幽寂，不妨常來就談，藉豁積抱，則所願也。」因延詢邦族，鬼愀然曰：「余前明天啟間給諫也。崇禎時爲讐家所中落職。」問：「是時天下多事，有建白章疏可得聞乎？」答曰：「君何言之易也！我輩自諸生洊登臺諫，求之難，保之亦不易。一言不慎，蹉跌隨之。當僕立朝時，同官動以彈劾見長，封事朝陳，國門夕出。惟僕請加廠公九錫、誅東林遺孽兩疏，極蒙褒納，當見施行。自謂哲人知幾，卒亦以此被議，賦命不辰，夫復何言！」馬大怒曰：「逆豎持權亂政，薰燎天下，荼毒善良，異代猶爲髮指。爾乃甘爲鷹犬，既不骨鯁於生前，又不埋頭於身後，尚復知人間有羞恥事耶！」以劍擲之，隨手而没。明旦掘地，得一朱棺，焚之郊外，臭聞數里，怪遂絶。自是枯花槁木復欣欣向榮焉。

## 蠶豆不能渡海

趙山痴舅氏有僕曰許忠，役於銅商陳瀛洲家。嘗附商舶浮海，其妻私爆蠶豆數升，縫置枕中，許不知也。既渡重洋，至某地，爲諸番交會之所，客皆登岸貿易，許獨留卧。偶於枕旁拾蠶豆數粒，爲舟人所見，駭曰：「此大禁物，外夷甚貴重，即已熟，每顆尚可易銀餅一枚。然何以得至此？有偷漏者爲蛟龍所攫屢矣。」因與搜覓，得之枕中，悉出交易，獲金錢甚多。歸家出百金，於天寧寺豎旛竿以報神貺。明年益多市以往，甫中流，風浪大作，兩龍攫舟幾覆。舟人曰：「此必有帶蠶豆者。」悉投之海，龍始去。許赤貧如故，今旛竿獨存。

## 趙氏得窖

杭州某太守官粵東，積金數十萬，爲其子捐同知，令挈眷赴選，自攜妻妾歸。恐鄉居緩急時有，路經潤州，購巨第居焉，暮夜所入，複壁藏之，人無知者。年餘守卒，其妻盡遣群妾，而飛書促子歸。子未行而亦暴卒。婦孑身寂處，只得售宅趙姓，仍扶櫬回杭州，并其婦亦不知有藏金也。趙得之驟富，業鹾，遂爲大賈。

## 變牛償負

四川南部縣村民李瑞龍，業耕餬口。道光六七年間，歲大歉，向鄰陳良棟借錢一百千。來歲年豐而翁已病，謂二子曰：「老病恐不起，所借陳氏錢可速償之。此人不仁，務取券回，免後日累。」二子如命，即子母並償，訖索券，則云已失，屢取不還。未幾，李二子勤儉起家，陳執券取盈，勢將搆訟。二子不得已，邀與立誓，贖券再償焉。一日陳病卒，是夕李生犢，額際有「陳良棟」三字。陳妻亦屢夢其夫哀求贖身，及聞此異，同子往。牛哀鳴淚下。贖之，李不允，乃控於官。官向牛曰：「汝果陳良棟乎？」牛頷之。問：「重索李債乎？」牛有慙色。乃令陳出重金贖歸，數月而斃。

## 二童致雨

山西榆次縣北門外有二童祠，禱雨輒應。二童一喬姓，年十二；一李姓，年十三。前明嘉靖丁巳歲大旱，遍禱山川不雨，里人令二童執香禱於竿山，七日，亦不應。二童相與慟哭，日夜不絶聲，勸之食，不食，至夜潛往社稷壇自縊死。遍覓得屍，葬於壇側。越日大雨，群見空中二童指揮，遂共立石墓前。康熙間，榆次又旱，縣令設壇祈禱無應。適因公赴什鐵鎮，夜深回，經壇側，見二童立輿前，異之。下輿見石碣，始知二童之靈，揖而祝曰：「今邑大旱，爾如有靈，明日得雨，當建祠。」祝畢而去。黎明大雨如注，滿境霑足，乃爲建祠墓側。後之守土者往禱輒應。

## 固始令慘報

蕭山陶明府令河南固始縣，有孀婦抱一遺腹子，控其小叔霸産。叔以千金賂陶，遂不得理，逐婦出。婦至縣門號呼曰：「所以忍恥控官者，爲此襁褓物耳，今既不容申訴，欲此何爲！」遂以兒擲署前石獅，腦裂而死。陶年已望六，無子，未數月，妾娠，生子而美，陶愛如掌珠。既而罷官歸，官橐頗豐。子漸長，甚聰慧，有所索，無不曲意承順。十四五，即與里中無賴游，沈酣飲博，靡所不至。陶病且死，欲一見，遍覓得之酒肆。陶責之，反嗔目大駡。陶憤極，以手抓胸而死。死後子益無忌，任意揮霍，田宅一空。母亦旋亡。前見殮陶木美，遂欲掘墳鬻其棺。有老僕年七十餘，心知固始冤，恐拋棄主骨，預市一罈以備撿拾，子掘墳取棺後，並欲碎其髑髏。老僕曰：「爾報讐亦暢快了，究竟主人養爾一場，何必至此！」子忽瞠目，若有所思，蹶然仆地，視之，氣已絶矣。

## 尤熙鳳

余少時見姊妹等爲卜紫姑之戲，法用一箕，覆以裹髮縐紗俗謂包頭者，繞箕插紙花，箕邊竪一箸，兩婢扶之，向房角設爲問答，曰：「姑娘在家否？」曰：「在家。」「梳洗否？」曰：「梳洗矣。」「易衣否？」曰：「易衣矣。」曰：「請升輿。」即扶置几上，兩女承以拳，曰「到」，則俯仰者三。以次問休咎，均隨所問，箕動應之。余問：「能書否？能書則三動箕。」果三動。遂易沙盤，書一詩云：「蓬萊宴罷幾何時，萬里遥空月上遲。劇喜歸來春事好，不曾辜負試燈期。」因問爲仙爲鬼，判曰：「余姓尤，名熙鳳。明萬曆時孀婦，年三十二溺新坊橋下。冥王憐我無辜，不加罪責，不付輪迴，游行自如二百年，已成鬼仙。知諸君風雅，願就茗談。」其時乃正月十三也，明日係會期，問得會者何人，曰趙馥軒。次日趙果得彩。其他小吉凶，隔宿問之，無不應驗。此後欲請，但炷香佛堂前，禱之即至。余兄弟相與酬和極多，惜年久不能記憶。庚午歲，大兄將赴北闈，乩判曰：「且就南闈。」問中乎，曰：「中。」問名次前後，曰：「四十六名。」果於是科獲雋，名數皆符，益神之。後長生庵一尼至，向之稽首，乩判曰：「合與有緣。

汝能謹事我，當福汝。」尼再拜，請同行，遂去。此後再請，不復至。

## 張介賓前知

張介賓先生粹於醫，生平著述甚富，世多宗之。晚年尤深於《易》，事皆前知。年八十三，秋間忽謂家人曰：「我將死，速備殮具。」既而連日陰雨，乃曰：「道路泥淖，走別同人爲難，挪後十日再去，亦無不可。」至日，以柬遍邀戚友，歡飲畢，講《易》至隨卦三爻，時月色正明，乃曰：「可去矣。」起身拱手向諸人作別，上榻趺坐，一笑而逝，鼻炷雙垂，異香滿室。從來有道之士類多預知死期，難其從容談笑來去自如也。

## 蠼螋

常州隋陳司徒廟，殿宇高峻，南宋時所建也。有張某醉歸，經其地，遥見殿楄上火光熠熠，如數百金蛇。近視，乃一大蠼螋也，足數百條，繞楹而行，錚鏦作金鐵聲。某倚醉膽壯，拾石投之，入殿後去。至曉往視，見柱下遺一足，長二尺餘云。

## 黿將軍顯靈

陳文恭督兩湖時，鄱陽湖有黿將軍廟，照例往祭。公心念：「我欽使也，而爲黿將軍致祭，竟無一介之接，何耶？」方轉念間，忽狂風大作，波浪掀天，有黿數十萬，昂首鼓浪，蔽湖而來，始悟將軍遣族來接。傳命焚柬止之，風平浪息，穩渡成禮而歸。

## 冥律戲殺不抵與陽世同

常州西門外程印春之女大姑，事母至孝。母疾，刲臂肉以進，卒不起。時大姑年十六，貌極美。從母適杭州沈氏，憐之，聘爲子婦，迎之赴杭。方驛前下船，見一丱角女入其舟，挾之臥起，大姑昏然不能自主，飢飽寒煖，聽其所爲。及至杭，扶入青廬，從母爲揭障紗，大駭，殊不類大姑。其夫視之，則依然美婦也。衆勸成禮而歸。大姑從此有類癡迷，時而自批其頰，或頂盆盎跪雨中。其夫於其清醒時詰之，曰：「前生孽也。我前生爲常州東鄉胡氏女采姑，與比鄰張氏女順姑年皆十二，日共嬉戲。村口有桃一株，結實將熟，順姑上樹摘桃，我從下戲摇樹以驚之，順姑失手墜，竟死。我爲父母痛責，未幾亦抱病死。順姑尋我多年，不意來時適遇於驛前，故相從索命耳。」沈翁固習刑名，適幕游歸，見婦病狀，曰：「據婦言，乃戲殺也。況彼此皆在童稚，律無抵償理。」乃具呈於府縣城隍神訴之。越兩月，無應，又具呈催之。一日，翁晝寢，忽覩二役至，其一則素識之左鄰孫方，曰：「所控張順姑一案，今日懸牌矣。因行文常州移取册籍，故遲。」於是與大姑一同赴廟聽審，已見二卒以鐵索綰一童女至，相將入廟，傳鼓排衙，無異人世。須臾，城隍神陞座，順姑極口號冤。神曰：「汝十二歲應夭，並非枉死，且兒童摇樹，事出無心，豈能抵命？憫汝孤魂無歸，令程女爲汝多資冥福可耳。」命役導沈引媳歸，遂醒。延淨慈寺僧理懺七日，鬼復至，曰：「和尚念經字句多錯誤，付度牒冥司不收，必得天竺某僧誦《金剛經》一藏，方能托生。」如其言，乃絶。城隍神少年白面短鬚，本朝冠服云。

## 掘窖破家

陽湖汪翁，宅後園牆角夜輒有光，意必窖金，乃乘人静，與姪掘之。入土丈許，得兩缸對合，啟視，一物獅身黑毛，頭大如甕，合目趺座其中。火至，目頓開，睛光閃爍，駭極。急覆缸，填以土，猶聞缸中鼓氣如雷，天明始息。半月後，無故火發，房舍悉燼，家頓落。

## 妙霓

鎮洋畢生，年少工詩，丰姿秀雅，望之稠人廣眾中，鶴立雞群不啻也。嘗遊惠山，見四女郎棹舟蓮涇，皆作道士裝束，年並二十餘，悉娟好。其一齒最稚，尤豔絶。生驟覩神移，目隨舟遠，天暝始返。明日復往山下，冀有所遇，音耗杳然。如是月餘，亦既心絶氣索矣。一日山中閒走，信足徘徊，經一短垣，垣内夭桃一株，實纍纍墜牆外，鮮綻可愛。循牆取路，曲徑彎環，清磬一聲，仰見庵榜，則「紫雲觀」在焉。拂衣入門，一老女冠拄杖出迓。叩問法號，曰鹿雟，年六十矣。呼徒衆出，皆舟中所見女郎也。各道名字，曰韻秋，曰郎真，曰慧真，年相若，曰妙霓，其最稚者。生啜茗畢，繞庵隨喜，屋宇不多而房櫳幽潔，小齋三間，陳設楚楚，筆硯精良。架上插紙一卷，展視上寫墨蘭數馥。妙亟來奪，曰：「初學塗鴉，令人齒冷。」生遂取筆題其上曰：「抱此絕世姿，空谷難爲伍。深含一寸心，幽香向誰吐。」坐須臾，即別去。由是窺老道士他出，蹈隙輒往，諸女冠日漸稔熟。一日，妙窺無人，拉生耳語曰：「吾師久欲誘致君，特以我爲餌，幸勿再來，恐一入網羅，不能脱耳。」方欲再問，慧真掩至，曰：「韻師已具齋供。」生出，肴果雜陳，烹炰精美。韻殷勤勸酹，命二真更疊把盞。生連引巨觥，不覺醺醉，乃掖赴後樓，韻與郎疊就淫之，終夜不休，體爲之憊。次早欲起，則樓門深扃，不能下。由是日則盹睡，晚則師徒二人疊就取樂。生本文弱，兼罷奔命，未幾雞骨支離，無復曩時玉立矣。韻見委頓，遽厭薄之。生自知禁錮，已入陷阱，顧已無可如何，惟感妙前言，思一面謝。一日未晡，忽聞振管闢屏，妙攝梯上，謂生曰：「我言伊何？此樓已幽死十餘人。今吾師因子已憊，刃即及子，奈何？」生涕泣求拯。妙曰：「吾與慧自襁褓爲伊抱來，有同幽閉。効其所爲，固所不願，坐受禁制，亦所不甘。每與慧姊謀各自立，今日幸老道士率師徒遠出，慧姊已謹視前門，子可由後門速遯。」遂挾之下樓，揮亟去。生連夜返里，醫藥年餘，始就痊。亟爲畢姻，而心戀妙美，且感其拯救，心德之，託故再如惠山。不敢自往觀中，遣人蹤跡，則去年老道士死，韻以姦逐，諸真雲散矣。悵悒而歸。又年餘，喪偶，孑處無聊，乃送母歸寧常州，自乃薄遊洞庭，主鈕翁家。偶偕鈕翁看花，遇數女郎共隨一嫗，内一女髣髴與妙相似，女亦頻以目注生。生方欲前諦觀，翁急止之曰：「勿猛浪，此僕親串。」遂與翁同返。叩嫗行藏，翁曰：「席氏，僕弟妻姊。有三女，皆殊色，適所遇其季也。」生因懇翁執柯，翁諾之。明日赴嫗，備言生年少儁才，清門望族，願締永好。嫗擇日贅諸其家。初，韻秋既以姦敗，慧、妙分竄，各投所親。慧赴毗陵，妙至洞庭，與席嫗遇。愛其婉麗，撫爲女，爲之改妝。至是皆大喜過望。彌月攜歸，而生母已於常州先聘得方氏女。生駭汗伏地請罪，母不得已，爲並娶焉。相見則方女非他，即慧也。先是，母歸常州，有方氏表妹由無錫攜一女來，云是族女，孤無所依，故爲子聘之。母慮二女不相能，及合好後，志各無他，久乃知其原委云。

徐子楞曰：近人耳食《聊齋》，謂非才子可及。留仙筆妙，固難盡誣，然云胎息淵雅則未也。今閱此文，有一字不雅否？

## 僵屍開店

懷寧徐玉英，家業頗饒。年四十餘病死，子方七八歲。幸其妻賢，能持家，故業賴以不墜。鄰有莫翁者，出外經商，十年始返，道出樅陽。入一飯店，與徐遇，向固相善，初不知其已死也。相與握手道温涼，即就店中飯畢，登舟回皖。一日遇徐子於茶肆，翁備言樅陽相遇狀。子大駭，歸白於母，發其墓，空棺存焉。亟買舟至樅陽，訪之，果得徐。母子直前抱持痛哭，徐忽瞠目凝視，即撲地死。隨有一少婦奔問，具告以故。少婦曰：「十年前渠攜資來此開設飯館，獲利甚豐，遂娶我爲婦，已生一子二女。與之寢處無異生人，初不知其鬼也。」視所生子女皆酷肖，日中有影，不類鬼産云。

## 蜘蛛

浙江慶元縣在萬山中，縣署建於山陰，終年罕見日影，至晚即熄燈，嚴扃門户，否則毒虫猛獸見火光即來噉人。一夜有緊急公事，縣令孫某秉燭治文書，事畢，推户不能出，已爲蛛絲所網。大呼從人，以火燭之，絲粗如繩，一蜘蛛徑可尺餘，列炬焚之，始遯去。

## 陳侍郎以理折鬼

杭州某鉅紳廢第，因常見鬼物，人不能安，頻年扃門。陳侍郎某方爲秀才，家極貧，破屋數間，日久將圮，遍貸得錢百餘千，僦居焉。翦闢蒿萊，草草佈置，甫畢，見朱衣襆頭騎怒馬，數十人簇擁登堂，向陳詬罵曰：「此我故居，汝何得輕占？」陳問公何人，曰：「前朝侍郎。」生曰：「公既前朝顯達，便應知理。明帝社稷尚移，何論此房屢經易主。且人居市廛，鬼居墟墓，自應分途。此宅久廢，我以價典，並非私佔。公名姓不載志乘，生前並無功業文章爲世欽仰，死後自應埋首重泉，有何面目復効安石争墩耶？」鬼聞言長歎數聲，入地而没，從人亦化黑氣四散。惟馬縶庭樹，就視，一芻靈耳，碎而火之，怪異遂絶。

# 白泰官

白泰官，武進東鄉人，精拳勇，常爲人保鏢，遨遊數省，未嘗有敵。一歲爲人領鏢至山西，入太行山，休於逆旅。忽一僧持帖來拜，自稱鐵肚佛，知緑林之魁也。白問來意，僧曰：「耳君名久矣，特來較藝。今憑君先打三拳，如不能勝，車中物悉當見惠。」白怒，擇要害處盡力擊之，僧不少動。白大驚，僧笑曰：「技止此乎？原銀勿動，明日當來取也。」白終夜自思，不能成寢，忽憶師言，凡遇僧道挺身出鬭者，必有絶人之技，惟能鍊氣，將人道縮入小腹者不可輕敵。今僧猶纍然下垂，似尚可乘。次早，僧驅健騾來。白迎之笑曰：「吾師神勇，僕已敬佩，能再受我一拳否？」僧曰：「可。」蹲伏不動。白於數步外取勢猱進，但聞僧狂叫一聲，兩腎丸已爲白抉置掌中矣。閲年餘，白在家閒坐，忽一女郎年三十許闖然入，弓鞋縛褲，類北人裝束。問：「白某安在？」白揣來意不善，問：「卿何人，欲見吾師？吾師爲人保鏢去，約半年方得歸也。」因留坐獻茶。適庭下有堅木數截，以指撮之，碎如刀削，烹茶以進。女曰：「既汝師他往，我鐵肚佛弟子也，乞致聲：三年後當再奉訪。」遂去。視所步處，入石三分許，如刀刻云。

## 餘杭皂隸

乾隆間，餘杭南湖水大漲，湖隄將潰，縣令某遣諸隸役督人夫填土。既而水大至，令躍身入，願代民命，遂淹斃。水圍城三日不決，卒賴保全。水退，農田民舍漂没殆盡，有二隸既死，猶手持鍬鍤，直立不動。後縣令爲本邑城隍神，居民並肖二隸像於廡下，頗著靈異。隸生時喜飲火酒，啖燒餅，凡有疾病事，輒持二物往禱，無不應。有某生性狂縱，謂區區二隸，何敢妄受人間血食，指像罵詈而去。歸家大病，亟往謝過，始得痊。

## 瘖語

少時見徐州來一媼，腹中有一瘖，能作人語，呼爲「老神仙」，能召亡，言已過事多驗。後適鄉居某戚家，忽指廳事階下曰：「有窖金五萬兩，然應汝家子孫物。若欲早得，須我禱祝方可。」主婦信之，允謝百金。次夕，呼工匠至，媼忽以手自擊曰：「何物妖婦，敢以福利之説惑人！如不速供，當先撮爾髮令盡。」媼戰栗跪地自言：「實因窮苦，有口技者授以此術，能閉氣從腹中作語。痞乃用僵蠶薰腹，捶以巨磚，久自墳起。操此術遊江南十餘年，獲利無算，不意今日始敗。」言畢踉蹌出門去。附其身者爲戚家亡祖云。

## 考閻羅

長白麟見亭河帥，因壬寅歲河決挑工被議，發東河効力，隨鍾雲亭河帥同駐工次。夜夢黃衣武士持牌如校尉狀，召赴試，即乘馬隨之。至一處，朱甍黃瓦，類帝王居，宫門外約集二十餘人，有孫給諫，素所相識，相與屏息以俟。俄聞啟扉唱名，以次而入，殿廡下列坐矮几，如廷試然。題爲《毋自欺論》。各就席搆思，論成繳卷，退出門外。一時許，聞鼓吹，開門，一朱衣人擎榜出。所取三人，第一孫，次某部郎，次乃麟也。繼而傳呼雷動，數力士掖孫入。須臾出，某部郎次入。最後麟入，跪丹墀下，仰視上坐，頳面長髯者爲關壯繆，傍坐一人，豐頤偉幹，鬚白如銀，勉勵數語，令暫歸俟命，麟遂出。既醒，異其夢，不知何徵。及以京堂需次都中，偶憶前夢，往訪孫，閽人以病對。

登輿欲行，忽閽人急奔出，曰：「家主已知大人至，有要言，請就臥內面談。」麟入見，孫曰：「頗憶同考事乎？我先赴召，君當繼至。」麟叩攝何職，曰：「七殿閻羅也。」問向所見白鬚者爲何神，曰：「明代孫曰谷先生也。」次日孫訃至。不一年，某部郎卒，麟又越二年而逝。

## 捕亡術能召盜賊生魂問供

武進所轄東安鎮，有某紳設一典肆。一夜群盜數十人持械至，劫掠一空，并傷二夥。縣令嚴比諸捕，莫得主名。有薦西鄉某秀才善捕亡術，紳延至，閉之後圃。秀才曰：「當召盜魁生魂至，親鞫之。」人定後，秀才披髮仗劍，禹步作法，設一香案，以斗米炷燈，案下列空罈，書符誦咒。約一更許，令人伏罈口聽之，寂不聞聲。又焚符促之，漸聞罈中有聲，細纔如蜂。復大聲叱曰：「從實速供！」罈中泣曰：「緩我縛，我當實說。」遂云：「身本東安鎮縫工，姓李。有弟向入白龍山匪黨，昨歸，述及貧苦，起意糾諸匪爲盜。分得番銀一百四十餘餅，現以半埋竈下。」其黨某某，往某地方，一一供吐明白。天已大曙，秀才欲封其魂罈中，待晚再鞫。紳謝之，遂釋去。告官緝之，果悉符合。問李是夕作何狀，曰：「夢多人縛往陰司，欲置油鐺肉磨，遂一一認供，不意其爲夢也。」

## 夢仙愈病

吾鄉楊立甫秀才，丙午夏感受暑濕，兩足酸軟，不能履地。誤投劫劑，嘔吐狼籍，脾胃大傷，日啜粥一甌。久之，粒米不進，自分待斃。一夕，夢羽士清癯似鶴，揭帳視之，以手挽令起，出艾一莖，自頂顛拭至胸口，繼又遍摩其腰脇並兩足已，曰：「愈已。」遂別去。楊醒，腹中漉漉有聲，覺飢甚，呼粥連啜數甌。下床試走，病若失。意所夢殆遇仙歟？

## 莊方耕侍郎爲武進縣城隍

管松崖漕帥叔母，年老孀居，常僱一媪相伴。媪服役甚勤，長齋禮佛，終日不離左右。一日晨起，忽失去金釵一枝，以媪服役多年，斷不出此，必家中婢僕輩所竊。管夫人怒，窮治之，衆口呼冤。乃相率具香楮，禱於武進城隍廟，以明心跡。是夜，夫人夢有公差擕武進縣城隍銜燈，從窗外過。次早，方話其異，一老乳媪暈絶遽起，趨廳事坐，曰：「余武進縣城隍莊某也。似此小竊細故，何必遽白公庭？」管夫人驚跽曰：「此皆家人輩欲明心跡，以致驚動，但不知果係何人所竊，抑或遺忘？」神以手指曰：「竊物者至矣。」果見某媪手捧金簪跪階下，其事遂白。

## 罰停科舉

丙午，浙江鄉試。寧波某生文甚愜意，交卷時適遇其同寓友，以卷示之，共相擊節，且細爲檢視，添注塗改無誤，乃同赴至公堂，投卷而出。次早擬進二場，某生曰：「諸君速去，我不進場矣。」眾問故，曰：「我卷面有八字朱書，必已被帖。」眾謂：「君卷我輩共覩，並無字跡，何得妄言？」生執意不去。至三場入闈，見至公堂帖出一卷，係卷面朱書「大宗絕嗣，罰停十年」八字。監臨以朱筆非應試應攜之物，擬俟二場點名時問之，不意生竟不赴，故至三場始帖內堂云。

## 徐庶成真

羅提軍思舉爲偏裨時，率鄉勇百餘人逐賊於老林，窮追數日，賊竄無蹤。山徑紛歧，時已逼暮，視所裹糧又盡，相顧躊躇。遙望一峯高插雲漢，攀藤附葛，力極纔達半途。喜得有茅庵，可免露宿。甫入，一古衣冠叟出迎，鬚眉皓白，狀貌甚偉。羅前致敬，叟曰：「山中無盜賊虎狼，將軍可暫宿此。」旋出包穀一筐，曰：「荒山無菽麥，聊以充飢。」命眾分食，須臾立盡。羅食其一，腹亦竟果。及曉將行，叟謂羅曰：「將軍不久建節，從此荷三十年封疆重寄，當爲一代偉人。勉之。」因指示曰：「由此出山，且得大捷。」羅叩姓字，曰：「徐庶。」羅時尚未識字，即庵前插箭誌之。下山遇賊，生擒渠魁。賊平，羅駐老林要隘，以緝餘匪。覓土人導往舊宿處，則人庵俱杳，建廟祀之。

徐子楞曰：將軍草澤餘生，奮跡戎馬，出奇制勝，儼然狄武襄、岳忠武後身。吾常張晴湖刺史曾官其州父母，多稔將軍故事，謂其投謁軍門，面陳方略，身入虎穴，手縛雌王，猋舉雹發，真令人覺毛錐子無處生活。余時方少，惜不能記憶。後爲佟鏡塘中丞記室，中丞言：昔官迤南時，將軍爲大理提督，愛恤士卒，衣食與同。某日與家將以射鏑賭跳爲戲。某地有兩崖對插霄漢，一崖略見人跡，其一壁立萬仞，無徑可登。一日，將軍令卒荷三百二十斤鐵戟，視人跡所登，取路直達崖巔。少憩，將軍即解襪出鐵尺二，委之地，一手持戟，聳身至對崖，掘坎植戟，仍跳而過，率衆下山焉。後將軍調任別省，出己節縮靡費銀六千貯藩庫，以備公用。嗚乎，料事明，臨敵勇，待士仁，約己廉，雖古名將，何可多見哉！

## 槐大相公

濟寧城中大街有古槐，高與雲齊，千年物也。樹根鎖鐵鍊，釘鉅石上。相傳樹幻形至如皋，娶一婦，生子女，自言槐姓，山東濟寧人，出資營運，獲利甚鉅。顧十餘年不言歸，亦未寄一音書，家人疑而詰之。槐曰：「現已致富，會當言旋。」遂將貨物脱售，收拾貲本，攜妻子返濟寧。既至，謂舟人且止此，俟我先歸。舟人尾之，入東關大街，忽不見。遍問居人，無知者。繼而見有衣巾挂槐樹上，悟爲樹精。遠邇譁傳，争來看視。州牧慮其風影，鎖以鐵鍊釘之。母子買屋居樹旁，以槐爲姓焉。

## 溧陽焦某

溧陽縣刑書焦某也，立心端直，每爲人排難解紛，鄉里敬愛。鄰子某少年好勇鬥狠，焦常左右之，心甚德焦。一日焦籠燈自外歸，遇鄰子於河邊掬水磨刀，霍霍然。焦覘其神色有異，問：「深夜磨刀，何爲？」鄰子曰：「頃從友人飲酒歸，不意吾婦與左鄰某秀才共坐調奸，爲我所執，已縛閉屋中，欲斷兩人頭耳。」焦取其刀視之，佯嗐曰：「此何能殺人？設殺之不成，兩人或逸其一，爲禍非細。我有苗刀，係先世所遺，血人無算，以借子何如？」鄰子喜，偕歸。焦出酒，令少飲以壯膽氣，密使其妻入鄰子家，解二人縱之。比鄰子操刀入室，則床上已空，知爲焦所紿，盛氣奔至。焦笑曰：「癡兒，何爲二人調奸未成，殺之且抵？即使幸獲無罪，殺一婦復娶一婦，所費幾何？今汝婦行爲如此，留之無益，視其稍有姿色，何不鬻之？既可得價爲再娶資，且免辱門户，計亦良得。」鄰子氣稍平，納其言。適有西賈欲娶妾，見婦美，以二百金購之。鄰子亦别娶。事閲十餘年，焦已忘之。後偕其戚幕遊陜西，適川楚教匪滋事。焦挾貲南歸，中途遇賊，流轉至晉境，經一鉅鎮，見佛寺方賽會。焦匍匐寺外，冀乞些少錢米救飢，忽有健奴數十，騎怒馬，高呼夫人至。群僧袈裟出逆。見鈿車至門，婢媪數十人簇擁一麗人入，聞號救聲，回眸締視，覺甚稔熟。問係何人，曰溧陽焦某。麗者驚曰：「果恩人耶？胡爲至此？」乃亟喚其蒼頭至，耳語囁嚅不可聞。已而蒼頭掖焦至鎮中一大宅，扶入客房，具湯沐，易衣履，進酒饌，款接甚豐。焦窮途一旦至此，不解所以。夜分，兩婢攜紅燈導麗者至，拜伏不起。焦錯愕，亟跪請故。麗者曰：「妾即昔日所救刀下人也。當時相妾者乃後夫之夥，妾夫姓霍，曾爲京卿，擁資數百萬，無子。得妾連舉兩男，適嫡妻卒，扶爲正室。今兩男長者十六，已成孝廉，少者十四，亦遊庠矣。」遂呼二子出拜。閲日夫歸，婦詭焦爲叔，云少失父母，賴叔撫養成人。夫厚酬之，慨贈千金。焦喜出望外，捆載欲歸。婦夜出，以二箱助裝，灑泣而別。抵家發之，珍玩燦然，鬻之得值鉅萬。由此營運，遂爲素封。其子挾貲游漢陽，醉後誤推一客跌地，適觸燭錐殞命。已以故殺擬抵，在獄中。廉訪某公親鞫之，審其語操溧陽土音，細詰籍貫及祖父名諱，遂以誤殺定讞，得釋歸。即當年所縱之秀才也。焦以無意活二命，卒兩食其報，冥冥中豈真無皂白耶？

## 揚州凶宅 二則

揚州凶宅甚多，誤僦者往往立見禍祟。南河下有一乏商鉅第，某運判廉其值，居之，恒見怪異。偶夜歸索飲，時已三鼓，從者入廚呼庖人起，良久不至，僕相繼往者三人，皆不至。某親攜燈往，則四人縱横臥於地，急呼，舉家驚起，救醒問之，皆曰：「方至廚覓火，忽壁間一鉅人出，長丈許，渾身黑毛，金睛巨口，遽前相撲，即驚仆」云。遂移寓去。

李官人巷一宅，西鄰有空屋，相傳有祟，人不敢居，久之，并此宅亦扃。鹺尹陸君，灑脱人也，僦居之，初無他異。或曰：比鄰有土地，能爲禍福，宜致祭享。陸不肯。次日，衖門堅閉，使數人闢之不能啟。或曰此即土地爲祟，陸不之動。薄暮，有白鬚繭袍者登堂詬罵曰：「我淮安老人也。何物鹾官，敢來慢我！」陸怒擲以硯，倉皇遯。度其復來，預覓鳥鎗及獰犬二，伏廳事後。次日晡，老人果率小人十餘輩，操戈蜂擁而至。發鎗擊之，老人唧唧滚地，化爲黄鼠狼死，隨從盡爲獰犬所殺，皆其黨類。遺一小纓帽，戴水晶頂珠云。

## 商城疑獄

張明府敦仁令商城時，中年喪偶，獨居二堂之側。每夜睡醒，輒聞床前地上嗒嗒有聲，問之不應，拍床叱之，即止。一夕月明如晝，響又作，揭帳視之，一鬼披髮浴血，向床叩首。張知有冤，披衣起坐，叱問何人，欲訴何事。鬼惟以手指口，啞不能言。因諭之曰：「既不能言，冤何由白？」鬼乃以手指床前桌下，盤旋化作黑烟而没。次早，呼人就所指處掘之，得鮮血一團，並無屍骨，莫可證據。有老茶房年已八十餘，云：

「乾隆初年有白宦官此。白滇人，攜一啞子，常在廚下打掃。一日忽不見，群譁爲逃。今所見毋乃是歟？」張以事隔六七十年，又無左證，不能窮。每謂人言：「生平治獄，未敢稍有出入，惟此鬼之冤不能爲之申雪，殊深慙負耳。」

## 祝由科

祝由科治疾，今惟辰州法甚驗。余童時過縣學場，見有操此術者爲人治病，皆應手愈。一日，兩人扶一媪至，腹大如鼓，令解衣，視之，臍凸出寸許，叩之橐橐作石聲。術者曰：「吁，危矣！姑試爲之。」乃取一活雄雞，以鐵杖插入其口，穿腹拔出，視杖上無點血，乃曰：「此尚可治。」命取一空罈來，以厚紙糊其口，向腹戟手書符，口中喃喃誦呪，即聞腹中漉漉有聲，腹脹漸減，須臾遂如平人。問媪所苦若何，曰若失矣。破罈傾之，則皆碧水也。又有人臂生瘍疽，大如盎。術者以一針插楹柱間，書符誦呪如前狀，針忽旋轉不已，移時，柱上陷入寸許，而臂腫已消。衆斂資贈之，不受。余所見以符水賺錢者極多，惟此最爲神驗。聽其口操楚音，度亦辰州派也。

## 松文清

松文清相國，童時在吉林爲人飼馬。蒙古某公簡放吉林將軍，夜過其地，忽見馬草中火起，遣人往撲，至則並無火光，惟一黑虎臥草堆上。將軍親往，遠視猶虎，逼觀則一蓬髮童也。呼醒問之，奇其狀貌，攜歸，撫爲己子，教之讀書習射。阿文成公一見，許爲偉器，臨歿，仁廟臨問：「卿歿後誰可當大任者？」以公及慶相國保對。屢任封疆，爲一代名臣，勳業具載國史。生平喜書「虎」字。廣東撫署二堂往往多怪異，公書一大「虎」字鎮之，怪遂絶。得其「虎」字者懸之室中，能愈瘧。嘉慶二十五年六月，仁廟幸熱河。七月，公忽披髮席藁，望東晝夜哭，未幾而大行上賓。信至，識者駭公之前知矣。

## 水性輕重不同

水性南北各異，即上流下流亦迥不同。吾常西門之水與東門輕重懸殊，語音清濁亦異，似西北之水重於東南；亦有不盡然者。純廟御制《玉泉山天下第一泉記》云：嘗製銀斗較京師玉泉之水，斗重一兩，塞上伊遜之水亦斗重一兩，濟南珍珠泉斗重一兩二釐，楊子江金山下中泠泉斗重一兩三釐，則較玉泉重二釐及三釐矣。至惠山、虎跑則各重玉泉四釐，平山重六釐，清涼山、白沙、虎邱及西山之碧雲寺各重玉泉一分。然則更無輕於玉泉者乎？曰有，乃雪水也。嘗收積素烹之，較玉泉斗輕三釐。雪水不可常得，則凡出山下而有洌者，誠無過京師之玉泉，故定爲天下第一泉。

## 建陽二寶

黄壁庵刺史文瑄云：建陽虞氏家有二寶，其一爲連環竹圈二枚，大如杯口，厚二分，兩環相連，欲析爲二，須藏於衣底，得暖氣則分，仍於衣底連之，即合爲一。其年建陽火災，虞氏析此圈爲二，擲於空際，有光一圈，漸大如屋，覆所居，四圍鄰居皆燬，獨虞宅無恙。火熄，圈自落，兩圈仍合爲一。其一爲絹本畫一銅盆。畫已闇黑，置之極明處亦無所見，貯水盆內，取畫張之，俯視水面，纖毫畢露。壁庵館虞氏，曾親見之。

# 李文貞逸事

安溪李文貞公，先代聚族鄉居。國初時有劇盜，亦李姓，據其祠宇。公方九歲，隨其封翁雜立稠人中，爲盜魁所見，呼之進，撫摩而噢咻之，謂封翁曰：「你這孩子讓與我，我便挈衆他往，誓不相犯。」封翁不知所答。時族衆已共聞，哀懇於封翁曰：「此事固非人情所堪，然爲保族起見，功德莫大。況此子歧嶷，他日未必不復歸。願熟思之。」封翁無可如何，私以問公。公毅然曰：「惟父所命。」盜魁喜甚，擇吉張燈設宴，與其妻高坐中堂，令封翁領公行父子禮。盜魁本有一子，少公一歲，行兄弟禮。事畢，乃送封翁獨歸，而令公以父子相稱。公不從。盜曰：「適已從，何忽改也？」公曰：「適遵父命，不敢不從。今父不在，何從之有？」於是盜欲困之，閉置一室，少與之食。翼日入視，殊無所苦。如是數日，備施荼酷，公陽陽如平時。盜妻曰：「我相此子實非凡品，困乏其身，實所不忍，且福命甚大，死之亦所不能，不如竟舍令去，而以我子轉託。從古緑林無不敗之局，我既與彼同姓，將來或籍以延一綫血食，亦未可知。」明日，遂召封翁領還，以幼子付託撫養，刻日統衆盜他去。盜伏誅，幼子以附封翁故，遂世其家。今安溪族譜有另支附譜後者，即幼子所傳也。嗚呼，何物盜妻，乃能識之於總角之時，卒賴以保全一綫，誰謂巾幗中無鉅眼哉！

## 拆字

拆字偶爾觸機，往往奇驗。乾隆丁卯福建鄉試，場後聞某處有善拆字者，詣之。士子拈得「因」字，其人曰：「國中一人，今科解首也。」同行友躍然曰：「我亦就此『因』字。」曰：「此科恐無分，或後有恩科，可望得志。彼『因』出於無心，君『因』出於有心也。」又一人以所握折扇指「因」字曰：「我亦就此字一決。」其人蹙然曰：「君扇適加『因』字之中，乃困象也，其終於一衿乎？」後各如其言。

## 俠報

揚州鹾商查某，嫁女富室趙氏，半途大雨，彩輿避於街亭。須臾又一輿至，則寒士胡某娶於曹者。查女聞曹女哭甚哀，心動，遣媵問之曰：「女子適人，遠父母兄弟，誠大苦事，然何至傷痛乃爾？」答曰：「母家故貧，所適益窶，是以悲耳。」查女惻然。俗於新嫁娘袖中多貯珍寶，爲之壓袖，查乃以袖貯兩荷囊，各緘黃金一錠，使婢納曹懷中。少頃雨霽，匆匆各去。曹以金畀夫權子母，不數年遂爲大富，廣市田園房舍而兩籍之。夫妻皆好施與，鄉曲善舉，無不竭力，一郡推爲善人。逾十載，始生一男，愛若掌珠，擇乳媼哺之，連十餘人皆不當意，最後一媼，年三十餘，貌端好，舉止亦大方，喜而留之。婢僕囑之曰：「屋後小樓，每日清晨，主婦必屏從人焚香，慎勿隨往，違不汝恕也。」一日攜兒嬉戲樓下，時兒已能行，匍匐梯桄，將盡没級，媼亟前扶掖，不覺隨登。惟見一龕南向，繡幕低垂，揭視，則嫁時壓袖物也，不覺失聲。聞者奔告，訊之，媼以實對，且曰：「昔日途中遇雨，並貯金贈一嫁娘，不圖今日落魄至此。」語罷復痛。女聞默然，促尋其夫來。須臾夫至，引入見媼，即令婢僕掖令端坐，夫婦盛服跪曰：「曩蒙贈金者，乃愚夫婦也。向非夫人，無有今日，所有財産，絲粟不敢自主，故均分而兩籍之。」因指几上簿鑰謂媼曰：「此皆夫人物也。」言已促坐，捧卮親自行炙，極歡乃罷。送歸東院，則房舍几案以至陳設器用，與女無異。女道安置訖，乃返。先是，媼生一女，以傭乳故寄養他人，至是迎歸，即以字所乳子。兩家世爲婚姻，如朱陳焉。嗟乎，千金一飯，乃於兒女子遇之。世稱淮陰不復作，飯淮陰者又何人哉？

## 鬼賣糕

吴江董某，偶遊蘇州虎阜，於千人石畔遇故鄰許某，擎糕一盤，高聲叫賣。見董即來寒暄，並贈二糕。董憶其已死，烏得尚在？因問何時至此，曰：「在此七八年，已有家室。」因邀董至僻處，謂曰：「我陽壽未終，誤服藥死，一靈未散，賣糕爲生。幸勿洩也。」舉手而别。董歸，告其家，赴蘇尋之，終不復見。

## 出殃

俗傳人死回煞，北方謂之「出殃」。京師安定門外某姓有新喪，延陰陽生檢出殃日，告之期，且曰：「此殃異常，必爲大厲，合家徙避，仍恐不免。惟街卒某多力而膽大，當邀禦之。」其人即往延卒酒食，告以故。某素負有膽，許之。至期夜坐，三更許，砉然一聲，棺開，尸已起，急登棺力按之，相持至雞鳴始帖然。喪家歸問，答以無事，告於陰陽生。生愕然曰：「誤矣，殃之歸正在今夜，然其厲更不可言，仍非某不可。」某懼失「大膽」名，姑又應之。躊躇門外，一測字者過，猝問曰：「汝目動而心悸，當實告我，不然且死。」某訝其前知，告之故。測字者探懷中，出爆竹三枚，火繩一握，授之曰：「鬼甚厲。爾但登屋以俟，有急，放爆竹一枚，三放可無事矣。」卒如教。夜半棺裂如前，尸出，見某蹲屋上，欲躍而登，某放一炮即仆。少頃復起，如是者二，雞既鳴，尸不復動。往視陰陽生，則已暴死，遍身作硝磺氣。蓋陰陽生於某卒有夙恨，欲殺之，且神其術。欲禍人而轉自禍，爆竹之慘，鬼神爲之，陰謀果何益哉！

徐子楞曰：此煞即陰陽生爲之。

## 鬼以財色迷人

蘇州南禪寺，棟宇傾頹，榛莽四合，陰雨晦冥，鬼聲達旦。殿後有軒三楹，頗幽潔，賃居者輒頭痛死，目爲凶宅，無敢入者。尤秀才敬庭，西塘先生之文孫，家貧力學，喜其地僻賃廉，遂下榻焉。攜琴載書，嘯詠其中。夜分，忽有叩扉者，啟入則少女如仙，容色絶代，笑謂尤曰：「夜深攻苦，得勿寒耶？」詢所自，曰：「妾西鄰箧室，嫡妒甚，朝牙而夕楚之久矣。獲親風雅，幸垂援拯。」尤正色拒之，不去，加以呵斥，始怫然出。次夜復來，出黄金一鋌置案上，求爲畫策。尤曰：「書生不解預人閨闥。」投金户外，乘女往拾，急閉户，顧女已化爲厲鬼在室矣，曰：「此漢鐵石，我以財色二字已連盬六人腦，得子而七，則大道立就。汝雖堅拒，能舍汝耶？」突前相撲，持至雞鳴，始倒地没。天明呼僧，就倒處掘得一屍，焚之患絶。

## 占産報

揚州吴某，運署庫吏也，與沈蓮叔都轉之司閽孫某爲莫逆。孫素擁貲，將死，以其妻朱託之。未年餘，吴力勸改適，連贅兩夫，皆以反目去。吴謂朱曰：「連贅而皆去，又無子女，異日奈何？」朱泣，乃徐曰：「我以子嗣汝，何如？」朱大喜，子亦將順，極得歡心。朱傾所有付之，子即白眼，吴蹤跡亦絶。漸至衣食不周，貸於吴，亦不答。朱具呈控官，吴備疏朱穢事，榜之通衢。朱氣憤自縊，吴子市薄棺葬，遂占其宅。一日清晨，吴赴肆啖湯餅畢，下樓，見孫夫婦立樓下，驚倒，輿歸暴卒。方殮，火自堂前發，棺與妻子燼焉。

## 河北秀才

乾隆時，莊方耕侍郎視學河南，臨行，有友人謂曰：「天下第一好漢常某，河北秀才也，宜物色之。」及按臨衛輝，果有常某，滑縣人，試文平平，姑列高等，懸牌另日發落。至期，常來謁見，弱不勝衣，一顧影少年也。因述願見之意，常抑然自下，但求訓示。又再三問，卒不肯言，以一指徐按案頭硯盒而去。盒纖毫無損，啟視，硯已粉碎，異之。後聞一人習跳躍三十年，縱橫二十丈，自爲無敵，訪常。常令試躍，微哂之。其人曰：「君能追及我否？」常笑曰：「可於十丈外試躍，當邀君回。」其人如言躍，未離地，常已挈之轉矣。技神至此，宜爲江湖推重也。

## 石女生男

廣州府高青書太守廷瑶官安徽時，因無子納妾，入房，則石女也，遂還其家。後移粵東，又囑友娶麗人，至，締視仍前女，蓋已五易主矣。高惻然曰：「命注乏嗣，又何辭？但此女既爲天廢，若再退回，必至淪落，不如留之，使侍巾幘焉。」未幾，女私處暴腫，患疽潰爛，疽愈而否塞盡開，納之落紅殷然。後舉一男，少年登第。聞此女貌豔如花，乃遍歷數省，卒保完璧，爲高延一綫嗣，皆高片念惻隱有以致之也。

## 女鬼憤母退婚索命

六合劉生，家貧力學，食餼有年。三十餘喪偶，欲圖膠續。有富室葉翁者以女字焉。翁歸白媪，媪曰：「擇壻數年，得此窮措大，何以爲門户光？」遂大哭詈，迫翁退婚，翁憤逃入城。劉聞之，取婚帖擲還。比鄰蔣翁，吾邑人也，流寓其地，開設飯館。女阿二當罏，有姿色。蔣聞是事，欲以阿二字之。生感其意而嫌其所出微，翁示之家乘，則固武進望族，遂締永好。是科丙午，劉捷於鄉，同人醵資爲生娶婦，鼓吹導彩輿過葉門，翁大慚。越三日，新婦晨起理妝，見鏡中立紅衣女郎，遂推鏡大呼，取剪欲自盭，罵曰：「汝何奪我快壻！」蓋劉合巹巹之夕，即葉女長繩畢命時也。劉知爲鬼所憑，折挑枝擊之曰：「而父母憎我貧，索婚帖去，汝何敢無恥强來纏人！」以桃枝打之，鬼遂去。數日，葉媼縊死，蓋其女憤無所泄，遂移禍於其母云。

## 孝女化男

建平楊翁，務農。夫妻年六十，止一女貞姑，年十七，性至孝，事父母先意承志。父病不起，女刲臂肉三寸許，煎湯服之，良已。父顧女嘆曰：「汝誠孝，可惜終是女身，吾鬼其餒矣，奈何！」女聞，日夜露禱，願賜一子，爲父母嗣續計。夜夢一白頭媼，以帕裹蔗四寸，橘二枚，納女衾中。既醒，覺私處墳起，大驚，急白母。母隔褌探之，則偉男矣。大喜過望，遍告隣里，爲之易冠。後娶婦，生二子。

# 卷四

## 狐逐妄人

丹徒毛二爲某鹺商大夥，移家揚州，家頗中資。其堂弟某秀才，虎而冠者也，艷其富，率妻子渡江，强與同居。索借萬金，少不遂意，錐几碎盎，凌藉百端，毛忍氣下之。後樓向有狐仙，自被占住，遂無閒屋。一日，額爲飛石所傷，頻見怪異，知爲狐祟，尚無去志。夜同妻寢，至曉，則與子婦易榻，辮髮互結，牽拽顛仆，斷之始開。偶與館師坐談，空中飛下一紙，上書曰：「某先生亦同妄人語耶？若不動公憤，有如此石。」旋一巨石墜几上，訇然有聲，几立碎。師駭絶，力勸之歸。某亦恐再惡作劇，攜眷去。毛妻大喜，焚香叩謝，聞空中語曰：「此等人應如此收拾，何謝爲？」四顧張皇，杳無蹤跡，由是事之益虔。

## 雷誅陰惡

粵東永安縣生女溺棄，相習成風，雖經大吏屢次嚴禁，縣官捐建育嬰堂，城坊稍知感化，而鄉曲惡習如故。有李翁者，家小阜，年六十餘，爲子娶婦，望孫甚切。適婦有娠而子遽卒，翁戒其婦曰：「生男固佳，生女亦足慰，切勿溺棄。」婦誓遵翁教。及將娩，適有事歸寧，輿中顛簸，胎動，遂産母家。産後昏臥，神少定，問所生，兄應曰：「女也，棄之矣。」婦雖悲哀，然無如何。李翁聞婦産，亟至，知已被溺，頓足追悔，含憤遂行。歸經塘側，聞啼聲，一新産兒浮水上，尚未死。撈起裹置懷中，擬折回交婦乳之。婦兄適至，見懷中兒，色變，忽暴雷一聲，立震仆。方悟兒即婦産，兄利翁財，欲絶其嗣而攘其産也。遠近聞其事，溺女之風稍息。

## 全女後報

如皋王翁，年四旬餘，妻患痰迷，兼雙瞽，終歲臥床。孤無子女，欲置妾而苦無資，節縮二十餘金，購一婢，年十四矣，擬俟長而納之。其友張某聞之，踵門致賀，索觀新寵。翁笑曰：「婢耳，非妾也。」遂令出拜。張諦視，慘形詞色。翁駭問，曰：「是吾族妹，亡叔某之女也，不意流落至此。」翁亦與其叔有舊，駭曰：「僕實不知，果爾，當撫爲女。」研問良確，遂爲父女。年十七，字富室某翁子，親送畢姻，留壻家旬餘始返。入門見妻坐堂上，兩目復明，覩翁至，喜立歡迎曰：「壻家何如，奚歸之速？」翁訝其語不癡，且行走自若，亟問何能至此。曰：「君去後，有鄰媪來伴宿，每爲我按摩，諸病若失。昨夜以二雞子啖我，晨起則兩眼能覩物矣。方欲叩謝，門戶未啟而其人已杳，意者殆遇仙乎？」翁喜出非望，偕妻焚香叩謝。媪信水復至，連生二子，將冠，同入泮。

## 鬼不得殺有禄人

陽湖東鄉白翁，居積富有，而房屋卑隘。離村六里許一鎮市，有巨宅出售，以有邪祟，賤值得之。召匠興工，大加修葺，就近託鎮上某肆主計者董其役。未幾，主計者赴蘇，白乃挽表弟蔣明經往代。時方盛暑，月色如晝，蔣苦蚊擾，獨坐納涼。忽廳後門戶自開，一叟徐步出，涼帽繭袍，揮扇而去。蔣毛髮森豎，亟入房剔燈，臥甫就枕，梁上窸窣聲，垂一弓鞋。方駭愕間，又一鞋垂下。須臾，白裙紅衫，一女子頸拖白練，逕至床前。蔣幾喪魂魄，抱頭偃臥。女倚床闌，舌數寸，出涎珠珠下滴，著首如冰。正在危遽，前叟復摇扇入。蔣自忖一鬼已不能支，再益一鬼，命必休矣。忽叟謂女曰：「李大姐，前村某家放焰口，何爲不去覓食？」女曰：「我於初更到彼，城隍土地皆至，正欲飽享，和尚竊窺婦女，誦經多錯，諸神大怒去，眾鬼亦渙然並散。因此人無故占我住房，殺之以覓替耳。」叟曰：「勿猛浪，此人尚有十八年苜蓿盤未享，焉能就死？」女曰：「怪來尋常人只須冷涎一滴，魂已出竅，此人屢滴不動，非以此耶？」叟以扇向蔣一拂，頓覺清醒，叟女並杳。

## 康中丞遇狐

康蘭皐中丞，少時居河南懷慶府清化鎮故宅。一日自外歸，聞齋中嗽聲，疑而窺之。一人方巾道服，白面長髯，方據案觀書，見中丞至，起立，徐徐退身入壁，久之始滅。

一日月夜，又見之，叱問何爲，乃跪白曰：「此故居也，偶出玩月，不意致驚，請從此移去。」後遂寂然。

## 杏花精

盧鳳道署駐鳳陽，爲明時鳳督故署。署中合抱大樹數十株，春初群鷺抱子巢其顛，晝夜叫聒，攪人不安。白門蔡友石觀察來署，長隨葉某住近三堂，夜忽有美人來就。葉方少年，意良得，欣然納之。來無虚夕，未幾，消瘦骨立，歸至半途而卒。雖共知死於魅，究不識魅爲何物也。有老門子言：前吴任時，一少年病如葉，亦死。於是後遂相戒，不入此室。周敬修制府官此時，因惡鷺棲，命盡伐樹，傾其巢。後院有杏花一株，高不及簷，瘦僅盈把，方施鋸，血出如瀋。以白周，周即命止伐。衆方知葉某等之死，皆杏爲之祟也。制府嫉惡最嚴，乃此杏轉以魅人得免，奇矣。

## 太歲

秦芝軒尚書撫江西時，嘗延某代天師至省建醮。天師年甚少，好飲善諧，與尚書長公子爲莫逆交。時將逼歲，天師辭歸。中丞留之不可，使公子問之，曰：「每歲元旦，諸神朝天畢，必朝龍虎山。此乃大典，不容不歸。」中丞曰：「召諸神來朝何如？」天師曰：「此間塵市喧雜，恐褻神祇。」公子曰：「後園極潔，可糞除後樓五間，以備設壇。」强而後可。小除日，天師沐浴齋戒，呼公子堅囑曰：「此事非同兒戲，斷不可使一人來窺，致有觸犯，爲禍不小。」公子有小童喜兒，金陵人，性巧黠，聞其事，乘夜潛攝梯上樓，伏座後窺之。五更許，天師金冠盛服，向天禮畢，升座。旋見霞彩滉耀，異香徐來，諸神以次入謁，天師拱立受參。最後一赤面長髯者下揖，天師離座旁立恭俟，神光耀目，不可逼視。須臾，怪風驟起，一神至，天師急舉袖障面。喜兒凝視其神，形體正方，遍身皆眼，精光射人，駭極仆地。天師覺之，俟神去，徐下樓呼從人，將喜兒灌醒，自言所見。天師曰：「此太歲也，我尚避之不敢見，汝何人，乃敢偷窺？不出七日死矣。」後果暴卒。

# 冤鬼報讎

處州府温太守閽人顧某，忽抱病，自批頰罵曰：「負心人乃在此耶？」太守怒，親至其房叱曰：「何物野鬼，敢入公署祟人！」顧即起立，向太守屈一膝曰：「小的不敢。小的有下情上稟。」太守曰：「汝系何鬼？有何冤孽？」答曰：「小的徐忠，京師人，向與顧某相好，同跟江西瑞州府吴大老爺。到任時有陋規五百兩，顧欲背主分潤，小的力阻，渠乃攜銀呈主人曰：徐某欲私分此項，經其奪回。主人銜之，借事將小的攆逐。小的細細打聽，方知爲顧中傷，只得收拾回京。至浙江省抱病兩年，流落不能歸。時顧適在藩署司閽，往尋之，拒不見。一日遇於途，渠昂然乘輿不顧，小的攀輿與語，即令從人痛毆，並將小的押起。小的受苦不過，遂投繯死。今始尋着，斷不饒他！」訴畢作叩頭狀。時刑名朱某亦大病，囈語喃喃。朱倚父在撫幕，播弄是非，視賄重輕，定罪出入，久爲合署切齒。太守因問鬼曰：「現朱師爺病，亦有鬼耶？」曰：「朱師爺處皆積年被刑怨魄也。」未幾朱碎嚼其舌死，顧亦死。

# 鬼入耳

平湖董生，年二十餘，頗俊逸，從其舅習幕山陽。偶出遊，途遇一美婦睨之微笑，招以目。生尾之出城，至隱蔽處，有小屋一間，女邀生進，一床外無長物。入以游詞，笑不拒，遂與爲歡。有賣菜傭過其地，見生伏一棺作雲雨狀，知爲鬼迷，救醒，送歸縣署，大病月餘乃安。一日薄暮，方據案作書，忽耳中奇癢，似有物鑽入者，探之則無。從此左耳作種種鳴聲，不復能聽。以爲氣閉，治之半月，不痊。一夕枕上忽聞悄語曰：「前次野合，爲人驚散，尋君月餘，今幸入耳，有安身處，可終身相守矣。」細辨其音，則前遇婦人也。驚問曰：「既欲相敘，何不出共談笑，匿耳何爲？」女曰：「緣未至。」問何時，曰「四十八月」。不解其語。由是每夜縱談，雖聾不覺其困。越三年餘，女謂生曰：「君可娶矣。」生曰：「家貧，聘尚未能，娶於何望？」女曰：「固知之。山陽某紳家巨富，止一女，年十七，貌極美，昨夜暴病卒。君往言：『如肯以女妻我，我能生之。』渠必允。君但以耳就女口鼻間，妾即借軀復生，與君圖永好也。」生如言，果得妻，耳聾亦愈。

# 玉猴

金陵蔡生有一玉猴，長五寸許，白類羊脂而雕琢生動，祖遺物也。偶遊湘中，戀一妓瀟雲，欲娶之而無力，乃以玉猴獻某中丞。中丞故與有舊，得猴喜甚，贈三百金，遂贖妓歸。既抵家，薄田數畝，適連歲荒歉，貧不可支，遂仍出遊。舟泊大姑山，夜夢一白衣道人向之舉手曰：「別主人三年，今將復歸。明日可俟我於大姑神祠。」醒而異之，至曉赴祠瞻謁，適某中丞子亦至，少一遊矚，即匆匆出，遺一物於階下，拾視，則玉猴也，狂喜懷歸。以其通靈，繫腰間，坐臥與俱。適白蓮教竊發，生連夜逃歸。中途遇寇露刃相向，忽一白猴從胯下躍出，撲殺諸匪，乃得脱。心知玉猴之神，抵家，供祖先神龕中，朝夕禮拜。一夕夢白衣道人促生曰：「起起！余大難至矣！」起視龕中，猴已被竊，懊喪無似。年餘，生登賢書，入都禮試，寓某相國宅旁。聞宅中有白猴夜出魘人，相國驚恐成疾。生心疑玉猴而無從探其確耗，乃僞爲卜者，至相國門，云能治驚憂異症。相國命入占之，生卜曰：「此器物妖也。」因詢所常出入處，秉燭俟之。至三更，物果出，向生欲撲。生呼曰：「玉猴玉猴，主人在此！」遂復原質，捕之歸，以妖除對，相國旋愈。生成進士，因相國力入詞館。後簡放雷瓊觀察，渡海，波浪大作，兩龍挾舟欲傾。忽玉猴從袖底飛出，兩龍隨之，瞥然逝，久之不返。生旋罷官歸，卒於家。

## 水官圖

唐張僧繇所畫《水官圖》真跡，向藏方敏恪公家。相傳宅中永無火患，第不可攜之舟行，恐驚動江湖水族也。敏恪孫彦和太守忘之，置篋中，渡洞庭湖。忽波翻浪湧，蛟龍森浮水面，舟岌岌欲覆。大驚，因憶祖戒，急取圖投水中，風浪頓息。天地間信有神物也。余於僚胥左巢生先禄處見明人臨本，亦極生動，惜張卷已失，不復能覩廬山真面矣。

## 張提軍逸事

雲南張提軍，其父驅騾馬爲業。嘗載茶客行至貴州某店，病甚。其地在萬山中，諸客急於行程，委之去，未幾遂死，藁葬店後亂峯間。張時方六七歲，頻向母問父所在。母曰：「隨茶客出三年餘矣。」張即欲往覓。母曰：「兒穉，且諸客遷徙無常，何處可尋？」乃止。比長，勇力絶人，尤善火鎗，發無不中，遂入伍籍。性至孝，奉母甘旨，己則粗糲自茹。常入山打生奉母，餘鬻錢以佐薪水。數年，鳥獸竄匿，遂裹糧深入。一日盛暑逼暮，暴雨大至，張避樹下，雷電繞樹，欲擊輒不下。張念平日多傷物命，或干天怒，出跪雨中，雷旋繞如故。仰視，見樹巔一物，長五尺許，雷下擊輒張口吐黑烟，雷即避去。張取鳥鎗擊之，物出不意，顛墜，雷即下擊死。須臾雨止，張亦困甚，緣樹臥枝柯間。至天明，尋至舊處，一土狗死樹下，旁銀一封，有硃書符篆。懷銀，解帶縛物負歸。平銀恰二百兩。朱書人莫能辨，玄帝宮老道士識之，曰：「此天書也。其文云：『助雷擊妖，賞銀二百，他日功成，仍獲顯報。』」張由是用稍裕。適調征大金川，張以銀付母，隻身獨行。比至，大軍方攻某碉，累旬不下，死傷山積。張奮然曰：「死守一碉，不思出奇制勝，徒傷士卒，何爲也？」適經略有腹心在其營，歸白其語。經略奇之，召入問狀。張曰：「今守碉賊漸懈，若乘夜繞出碉後，攻其不備，可望得志。」經略遂與五百人，統之往攻。張不肯行，曰：「將不習兵，兵不習將，兵將不習，約束不明。身不足惜，如國事何？」經略悟，立與五品銜，撫其背而遣之。乃爲鐵指甲，取過山鳥一具縛背上，捫蘿附葛，乘夜繞出碉前，諸軍隨之。會大雷雨，賊果不備。張至，燃過山鳥，仰擊碉，賊盡殪，遂獲首功。金川平，擢副總戎。以不得父耗，三十餘未娶，欲辭官往尋，族人勸止。奉旨授清江協鎮，由雲南赴任，經其父死處，入店小憩。店主一白髯翁也，屢目張。張心動，問故。翁曰：「二十年前有雲南張姓者，爲人牧馬，死此，酷肖將軍。將軍安姓？」曰：「姓張。」遂偕至葬所，張親發其封，遺骨儼在，刺血滴之，立沁入，乃大哭封築而去。有善風鑑者曰：「此臥虎穴也，當出三代封疆。」遂即其地建塋焉。

## 神醫

吾鄉蔣紫真先生，精於醫，生平不輕爲人治疾。所著醫書皆精闡靈蘭之秘，惜身後多散失。余曾得其醫案一册，議論突過前代。武進有周姓者，其母晨入後圃斸笋，失足傾跌，竹斷，鋒入腹中，掖之，腸隨出，已斷矣。周往求先生，先生曰：「嘻，腸斷其可續乎？」仰視不顧。周窘，往求鄰翁，翁曰：「此君好奕而嗜餅，少頃吾邀之來奕，子可持餅進。俟其食畢，長跪哀之，當肯往。」周如言治餅而往。蔣心方戀奕，餅至頓盡數枚，舉首見周跪伏，駭問何爲。鄰翁爲致誠意，蔣曰：「姑試往診，以盡吾技。」遂同行。入視，出，謂周曰：「創雖可治，但十年後必有奇變，恐子不忍視也。」周時迫於求生，堅懇速治。蔣入藥一刀圭敷其腸，用綫縫之，納腹中，加以縫紉，施雞皮焉。復研藥一丸入口中，夜半而甦，一月如平人，又八年乃死。或問：「十年後如何？」曰：「腸斷不能不續，十年後續處必生肉蕈，飲食渣滓不下達，必從上出耳。」楊穆如明府爲余言。

## 姦殺詐幻一案

山陰陶某，幼依其戚習幕淮安。戚死，流寓不能歸，充某邑刑胥。買幼婢執炊，相依如父女。數年，少有所蓄，遂於本邑娶妻。無何，婢已及笄，妻欲鬻之，陶不忍，略備奩具，嫁一民壯爲室，然貧甚，恒周恤之。越年餘，邑中來一星士，推測多奇驗。陶令推算，星士決其立冬日必死。陶爲之憂疑不釋，妻勸慰之。迨秋杪，陶雖無疾而怏悒日甚。妻曰：「或恐有无妄災，盍乞假閉門，邀一二知交相聚排遣，何如？」陶從之，招友暢飲，流連晨夕。至立冬日，竟無恙。更餘，客皆半酣，陶入内少憩，忽聞室中轟如雷，衆趨視，見陶面血披髮，拔户出，行甚駛。衆挽之，遽投河。没數日，屍亦無蹤，莫不謂星士如神，陶負宿孽矣。妻無所依，醮某甲去。獨所嫁婢痛如喪父，每聞鬼哭聲。陶漸見形，謂婢曰：「我死甚慘，汝當爲我復仇。」其夫復途遇陶浴血相向，責其不爲申雪。時陶屋尚扃閉，而宰斯土者爲少年科目，有治才，遂以夫婦所見密陳。官令導往，發扃周視，見壁角有血痕，房後地土亦微有跡，掘之，陶尸儼然。拘婦刑訊，乃知所醮某甲素善泅，自幼有私，預賂星士，惑以生死，至日，先伏某甲室中，陶入殺之，掩埋，而甲詐爲陶中惡狀，奪門投河。先期設宴，欲令客左證其事，使人不疑也。得實，並置諸法。

乾隆時，山東邱縣鄉民，家尚温飽，有一子，娶婦貌頗佳。逾半年歸寧，既匝月，子控衛往接，距婦家約二十餘里，半途經古墓下，樹木虧蔽，相傳有妖。婦入叢莽溲焉，夫控驢以待。少頃婦出，所著褌本緑色，忽易藍，心疑一時目眩，未之詰，察其神情賫惘，亦異平時。抵家，乘間語父，父曰：「安得有此？」並置不問。翁媼故與子對房居，晚飯畢，以子婦遠道初歸，促令早息。夜半，翁媼望子舍尚有燈光，竊意何事復起，旋聞拍拍聲似鳥鼓翼，繼而嗷然一聲，如怪鴟怒號，破窗飛去。急起視，窗開，子破腹死於床，婦失所在，箱篋床帳並完好，惟少一護褥布單。官驗邏察，絶無端緒，於是鬨傳某村婦爲妖攝去矣。閱數年，有少年科目新蒞任，細閱案卷，唶曰：「此姦殺也！妖攝婦不必死其夫，即殺矣，豈能持刀割腹？且攝婦，單胡爲？」遂拘兩造，重加嚴鞫，問：「有村民無故外出久不歸者否？」婦父言有某村某戚出已數年。問：「在案前乎案後乎？」云：「約略同時。」令曰：「盜在此矣。」乃拘戚之父母，細問平日出游，何處最熟，遣役隨往。蹤跡至清江浦，見一婦當壚，酷似女。須臾夫至，果某戚也。拘解歸，訊則婦素與戚姦，道出塚間，借作疑陣，爲劫殺遠竄之計。是夕先啟户出婦，而己作破窗飛逝狀以示怪異，布單血汚不類妖噬，故捲之而去也。大凡姦謀百出，然未有如此二案之詭秘者。卒之人命無不白之冤，官法有難逃之鑒，任爾百端詐幻，豈能倖逃天網哉！

## 雙魂化蝶

海州羅應舉女，許字周萬成，未婚而萬成溺水死。女請於父母，欲奔喪，不許，再三哀懇，終不許，乃自經死。父母傷之，延僧作瑜珈道場。中夜有白蝶一雙，大如盤，栩栩然飛繞靈次，人共見之。

## 三重魚

山陽諸生王子岐遊南昌，經廣潤門外，見漁人網一魚，剖之無腸，止有一魚。再剖，又一小魚。又剖，纔有腸。録之以資異聞。

## 俠償

順治年，宜興木商湯翁，家可中資而性豪邁，以任俠聞。嘗挾資遊湖湘間，橐藏巨金，另貯六十金便囊，供途中費。有三人乞附舟，一杭州，二無錫，皆經商而返者。同行十餘程，湯囊金失去，錫客恚曰：「吾輩附舟而子失金，盍各出囊篋閲之？」衆從其言。至杭篋，六十金在焉。湯一見摇首曰：「此非吾金，安得誣他人？」未幾，梁溪二客别去，杭客獨留。湯問曰：「覘子狀貌意氣，非久下人者，顧終日書空咄咄，何耶？」客泣告曰：「寒家頗不落漠，現行浙鹺，擁資數百萬。第某失繼母歡，時時督過之。父憐我，付數百金出外行賈，不意折閲殆盡。欲歸無顔見父，且恐重得罪繼母，此時倘得百金粉飾，或可圖父子完聚耳。」湯曰：「此非難事，何戚戚爲？」質明，贈以三百金而去。踰年，湯以事過杭，見有僕從十餘，擁一素輿而前。湯注視，輿忽停，輿中人出，拜伏於地，即昔日贈金人也。時父母已殁，邀湯至家，款洽累月，酬以三萬金焉。

## 龍王出巡

登萊濱海，每年春秋時龍王出巡，先期夜叉持牌行水面，各漁相戒莫敢舉網。至期，大蝦長數十丈逐隊而來，繼之蠏黿約千數，又有夜叉持旗旛數百事，排列徐行。隨後白霧一團，隱隱聞鼓樂聲，則龍王至矣，於是具香案禮拜。龍王過後，網罟競下，得魚倍常。

## 儲生返魂

宜興諸生儲震雷病死，遇其父，謂曰：「汝見閻王，可以情求。判官爲汝世兄王某，余已囑之矣。」言訖，冥差道行。俄至一殿，伏階痛哭。王曰：「人誰不死？汝讀書明理，何作此兒女態爲？」儲曰：「死固當然，但生員有不可死者二：父死未葬，遺累孤孀，一也；子幼讀書未成，書香一脈，忽焉中斷，二也。」言已哭甚哀。王命判官查生死簿，判言儲生陽算已盡，食禄未完。又命查功過簿，判曰：「上年兩邑大荒，儲生田百畝，捐米二石，可作一小功。又撫其內姪某成立，爲之完配，已生一子……」查未畢，王遽推案起曰：「存亡繼絶，可延壽一紀。」乃放回。後十餘年卒。

## 吴三桂

康熙癸酉，海鹽徐容赴省試，祈夢于忠肅公廟。忠肅謂曰：「歸語汝祖，吴三桂一案發矣。」榜發獲雋，始以夢告祖。時年八十餘，茫然不解，凝思久之，曰：「是矣。余少時有婢三桂，與吴姓僕通，事露，汝祖母欲致之死，余力勸以婢歸僕遣之。」不意事隔六七十年，神猶録其小善而以科名報也。

## 仙官祈雨

康熙某年，蘇州大旱，中丞率屬虔禱。一日有黄冠至，曰：「旱係天數，中丞必欲違天，非得上界仙官不可。」乃出一小鏡，曰：「持此照十三四歲童子，有一人二影者，幣聘之。以六爲率。」如之，得吴城三人，無錫三人。道士乃披髮登壇，書符誦咒，另取一鏡遍塗墨，選健者十六人乘快船載童，操飛槳直赶湖心，以符鏡擲之。一炊許，湖水如轟雷掣電，震蕩於疾風駭浪中，急催槳歸。大雨如注，闔境霑足，轉歉爲豐。或曰：

邵寶、張開泰兩尚書，即六童之二也。

## 還杏花

武進瞿麗江給諫溶之祖，乾隆甲戌會試中第三名。文已發刻，填榜時總裁忽以莊本醇殿撰卷易之，莊於是科大魁。瞿聞，以恚憤卒。嘉慶甲戌，給諫計偕北上，甫登舟，夢莊持杏花一枝贈之，曰：「還君家故物。」事隔六十年，不於其子而於其孫，易魁而元，似加利以償者，事亦奇矣。

## 贈眼鏡

熊次侯先生，鴻才宿學，負海内重名。順治甲午典試浙江，私念蒞此名邦，當得妙選爲天下冠。將出京，夢一羽士持眼鏡贈之，曰：「以此相助。」試題「吾十有五」全章，熊悉心決擇，入手多虚籠大意，無逆提「七十」者。熊以未合聖人，追溯神理，忽於落卷中搜得一卷，講下有「吾今年已七十矣」句，以爲獨得驪珠，狂喜，竟置榜首。副考取閱，則通篇支嫩，顧熊望重位尊，力争不得。榜發，夢前羽士曰：「較閱勞神，盡羅珊網，眼鏡可便見還。」熊欣然付之。新解元來謁，則十六七少年也。取文再閱，處處皆疵，不勝悔悶。因叩有何陰德，曰：「去年完娶，交拜後新婦哭甚哀。詰之，則本字某貢生子，父母嫌貧改嫁，實不忍更事二夫。門生與貢生子原係同學，遂白父母，悉將所有奩具贈女，仍歸貢生子。入闈文思鈍滯，講下尤難著筆，踱矮屋間。忽見一叟，白髮長鬚，顧門生而笑。因叩尊齒幾何，曰：『吾今年已七十矣。』頓覺觸悟，遂以領題，不意偶合也。」熊啞然曰：「此間殆有天焉。」令生執經，親爲指授，聯捷成進士，入詞館，爲名翰林。

## 游絲毒

常州伍某素壯健，方啖飯，忽呼痛倒地，云胸膈如刀割。群醫莫解，閲三日，奄奄待斃矣。一老人過，問病狀，令磨陳墨汁與啜，痛立至，病若失。因問此何症，老人曰：「記少時鄰人患症類此，一老醫磨墨汁飲之即愈，曰此誤食天絲毒也。惟墨係烟煤所造，能解。今病相類，故姑試之，不料其果合耳。」

## 吴生奇遇

吴士常，浙人，祖某官武進令，遂家焉。父入縣籍，補廩生。至士常，家益落，屢應童子試不售，遂販筆，往來里塾間。周振修者，名諸生也，館邑之巨紳家，每售其筆，初不知其能文。一日吴至，偶閱周生徒文，指其瑕疵，評隲頗允。周駭曰：「君亦知此耶？」吴訴固世家子，以貧故改業。因留面試，拈題立就，老於呫嗶者不能過。周慨贈一金，勸之就試。吴有族兄，爲某寺僧，過之述周意，僧亦貸以千錢，遂附舟赴江陰。舟中皆應試武童，爲樗蒲戲。吴私念入局能赢，則往來川資無虞。不半晌輸盡，仍以售筆餬口。入場前一日，囊無分文，枵腹進場，點至補考末名。學使者長白玉公，見其科頭藍縷，訝爲送場厮役，叱之去。吴曰：「補考童子吴士常也。」公瞪視良久，命歸號。勉成首藝，已餓極不可忍，投卷欲出。公視其文頗俊爽，詰以何不完卷。曰：「童生自昨日早飯，今猶枵腹，實不支耳。」公問：「食後復能文否？」吴唯唯。復略詰家世，命從人引入後堂。飯畢入號，文思頓湧，一揮而就。公閲笑曰：「次藝更佳，可謂將軍不負腹矣。」次日考詩古，懸牌單提吴某覆試。及入，則諸里中先有一少年在案側，冠服甚都，心知即周生徒。公命偕至後堂酒饌，徐指吴謂少年曰：「此汝同縣新拔武進學第一人也，可略資助。」少年敬諾。後公按試他郡，道出毘陵，吴謁謝。適守令至，公極爲游揚。時武進令鍾君女方待聘，作蹇脩焉。次年食餼，旋登賢書。嗟乎！腹負將軍，久爲口舌，得士如此，大可爲千古解嘲。而休休有容若一个臣者，欲想見其人而不可得已，孰謂風簷寸晷中少枵腹者哉！

## 救生樁

海州許階亭先生兆陞，乾隆壬寅通判山盱晗。洪澤湖爲通商要津，風水不測，常有覆溺之患。康熙時設救生樁，河庫領銀歲修。其制以長木排列湖濱近石隄處，延袤數里，風雨夜懸燈樁杪，覆以箬篷，舟行望燈趨向，止則繫笮樁上，保全無算。歲久漸成具文，領頊爲通判乾没。階亭先生建議修復，幕客多阻之。其弟立齋偶晝寢，夢一翁白鬚朱履，方領矩步，語曰：「救生椿，救生椿。人人盡説，不做何妨。眼前功德，難瞞上蒼。爾若進言，子孫必昌。」立齋詢所從來，翁曳杖行至廳後短垣，指以杖，有門自闢而出。俄聞犬吠聲如豹，驚醒，審視後垣，初無門徑，垣外犬吠聲猶牢牢也。遣僕踰牆偵之，白草黄蘆，行潦遍野，絶無人影。疑爲社公，因言於階亭先生。先生曰：「吾盡吾職，安用神道設教爲？」然幽明一致，理實難誣，無爲社公所笑也。

## 蛇　精

河南固始縣古蓼灣許姓，業醫，自言曾醫一奇症，有人於元旦食湯圓訖，方出門賀歲，忽腹如火燒，痛不可忍，遂暈絶仆地。移時稍蘇，而號痛聲徹四鄰。延醫診視，皆云脈已如絲，不治。越日許至，亦妄測虚摩，究無確見。忽門外來丐僧，家人辭以有病。僧曰：「何不問我？」衆人心笑其妄，姑令診視。僧遥望病人，曰：「是誤食蛇精也。」許與辨論脈理，且問何以一見即知。僧曰：「此無難，少頃即見真假。」於破囊中取藥一丸，促病者速服。病者素吝，恐索值昂，不肯試。僧窺其意，笑曰：「檀越莫貧相，易黄虀一頓可乎？」因用水研灌。移時，病者起，嘔如雀卵者數枚。僧云「未也」。復嘔穢狼籍，出一物如雞子大。僧曰「是矣」，剖視乃血裹中蟠一小蛇，見人遽動，作勢上下，病已若失。乃共驚服，叩之，曰：「多年陳穀，蛇交其上，餘瀝粘著，誤入腹中，乃成斯物，少停即洞胸腹出矣。」飯已，褢蛇徑去。

## 夜光豬

瀕海多亮魚亮蝦，黑地放光如螢。海州北潮河柴港有胡姓者，臘盡宰一豬，將明分賣四鄉。向晚，忽室中光明如月，驚視，光出於肉，恐駭人聽不得售，因秘之。次日鄰人買食，亦無他異。

## 瓜蛇

康熙間，石城村民蓄番瓜以御冬，内一巨瓜，形扁而圓。一日剖之作羹，中蟠大蛇。此物理之難測者。

## 生魂書額

淮陰崔鳳，前明進士，精擘窠書。爲諸生時，晝寢，夢一隸役牽騎奉迎。至一王侯第，下馬，隨役自大門入。守者呵之，招役與語，始放入。二門亦然。登堂，役先入白。俄一人攜椅至殿中，又有筆墨置一小几。崔意其求書，自忖無案席。役若已知，曰：「書匾爾。」仰視懸一無字匾，役令坐椅上，恍惚間覺椅與筆墨几同時自起，高與匾齊。侍者曰：「要書四字，自左而右，先殿字，次寶次羅次森。」至「森」字末筆墨重下垂，以袖抵浄，畢，椅自下。役引之出，仍乘前馬至門而覺，袖上墨痕猶涔涔欲點也。鄉會聯捷，部選酆都縣。既抵任，暇攜一僕入陰陽界，循途似與夢同。至大門，守者弗禁，直至匾處，字跡宛然。忽見其舊僮某自內出，曰：「相公何爲來此？幸遇我，否則不得返矣。」促之出。送至途次，指曰：「宜從此去，勿遲。」後任滿返里，常爲人言。

## 龍馬

安東武生某，家多馬，內一馬尤健。乘之赴淮北，回至黄河涯，天已曛黑，重霧瀰漫。縱馬自行，倏忽已到縣城。訝其並未渡河，命家人秉燭視之，則四蹄皆濕，上及於脛，方知馬衝霧徑渡。生發怒曰：「幸吾祖宗有靈，否則葬魚腹矣。」遂抽刀刺死。次日剥其皮，見四蹄及腹皆露鱗甲，方知龍，懊恨不已。夫天生神物，不貢之天閑，爲武夫所乘，已極困辱，乃不自斂抑，踏波飛渡，少展神駿而已獲禍如此。嗚呼！士之抱異才絶藝，不自檢束，卒至困阨以終，類此馬者比比皆是。世無識者，則雖負絶倫軼群之材，其不老死櫪下者幾何哉！或曰：斯馬殆憤激武生，欲爲傖父殺，不願爲傖父用也。彼傖父者，亦烏得而有之？

## 蟹蟲殺人 二則

京師後門某古寺，有客屋三楹，人居輒死，不知凡幾。人死無他異，惟皮膚淡黃無血色。相戒無敢居者。有數少年欲窮其異，相約具酒肴入室，坐守覘之。至夜半，諸人但覺口有出氣無進氣，久之益不可耐，大驚，急啟户出。秉燭四矚，室之内外牆壁梁柱悉蟹蟲布滿，蠕動枕藉，如恒河沙數，駭甚，遂避去。次日再入，周視無所得，惟一巨鐘蹲地，跡之，蟹蟲滿焉，其出入當鐘紐處孔竅。乃用泥封固，外熾烈火，移時，震動有聲，流血水數斛，臭不可聞。自是患絶。

武進縣役曹姓，住屋帖近獄牆。每二更，牆下輒見螢火一團，飛入牆内。疑爲鬼火，攜長竿擊之，應手墮地，散爲千萬點火星。家人以炬來照，乃蟹蟲無數也。又縣西街有飯肆，後墻外即入獄雨通。獄囚夜爲蟹蟲所擾，不能安枕。禁卒留心伺之，黎明見蟹蟲由獄門縫出，循牆如蟻，一綫相屬，入飯肆後垣去。遍求肆中，不知所在。入夜驗之，由肉砧出。啟砧皆是，焚之得數斛，臭聞數里。飯肆從此不振，而獄囚貼席矣。

## 放黿救子

儀徵汪啟元業鹺，老僕徐某，年七十餘，止一子。偶在門前見漁人抬一巨黿售之，徐惻然，稟白主人，給值三千，買棹載往紗帽洲，放之中流，良久乃没。先是，其子押鹽船赴江西，因守風泊江口。時同泊者數百艘，擁擠一處，候風揚帆。汪以放黿適至，其子因風逆船不能開，隨侍暫歸。是夜風甚，一舟火發，頃刻數十里江面火光燭天，數百艘蕩爲灰燼。藉非放黿之舉，則其子方候舟待發，決無歸理。其間默爲轉移，實有鬼神，特以報其好生之一念也。

## 假妖自斃

贛榆諸生張子淵，嘗有事夜行。乘馬忽驚，下馬四顧，前有一物，長如人，雙目如炬，頭頂盡明。淵素有膽，拔刀突前。怪舒兩手作支格狀。力劈其首，怪即仆地。暗中莫索，得弓足，知爲女怪。少憩，月色漸明，以刀劃「張子淵殺怪處」六字於樹，遂行。次早往探，一婦人首戴木桶，用明瓦爲雙目，桶內燃燭半枝，蓋裝怪截徑、攫取財物者。嗟乎！熙熙攘攘，爲利來往，貪心所使，亦何物不有哉！然使家給人足，則路不拾遺矣。是以古之聖王必先制民之産也。

## 陰德延算

海州時毅修之父，乾隆某年病垂危，覺有人引至一處，彷彿在南城外高阜。上設公案，官公服端坐，旁有吏侍立，赴審點名者紛紛無數。忽人叢中遇其亡弟，曰：「兄幾時來？」適聞唱其名，即詣案前跪，見吏呈一卷，官閲訖，曰：「此人有陰德二。一施褲一條，一施錢二百五十文。算雖盡，令延壽一紀，速送回陽。」即見先引者送之歸。從床上蹶然而起，時死已二日，將殮矣。人問其詳，云曾於某年冬見一赤身丐婦，下無蔽體，呼至隱處，脱襯褲與之。又寒天來一逃荒婦，在土牆邊分娩，急取二百五十錢以贈，復令人持舊笆，搭篷牆邊，聊蔽風雨。二事實出無心，不謂竟蒙神佑也。

## 僧報

康熙間，歙人許穀甫先生宏，遷海州之板浦鎮，性仁慈，一鄉稱爲長者。一子年十九，忽夭折。許力行善事不懈。時來一僧，日夜行街市中，曳鐵牌長二丈許，名爲五十三參。許見之，問僧：「何處卓錫？所化何爲？」僧言：「柴市古廟，距此十五里。因殿宇傾頽，募化修葺，數月來尚少銀若干。」許如數與之。鳩工庀材，琳宇一新。許每過柴市，必入寺小憩，與僧談論甚洽。一日坐廳事，僧自外入，衲衣杖錫，直趨後堂。問之不答，隨之入，忽不見，内室喧言生子矣。遣人探之，僧果於是日圓寂。子取名西來，即康侯先生也。醇德懿行，州人矜式。後嗣科名鵲起，至今爲一鎮之冠。

## 包痘

海州劉永有一子，年五歲，出痘遍體，疙瘩大如甌，凡三四十，醫皆不識。一老嫗年七十餘，見之曰：「此包痘也。吾所見并此而二，決無他虞。」六七日，疙瘩悉破，內如榴子，層層灌漿皆滿，真從來未覩者。痘書充棟，亦無人道及。可見醫理淵深，即痘疹一門已難測識矣。

## 陸凌霄

康熙朝有陸凌霄，海州之板浦人，居心誠樸而多膂力。家近伊蘆山，嘗往澗口汲，遇一翁，貌甚清癯，目之曰：「看汝形狀魁吾，必有勇力，盍學武藝以名世乎？」陸言無師。翁曰：「明早來，當以拳法授汝。」次日四鼓往候，翁果來，見陸先在，甚喜。引至一洞，中極寬平，授以技擊。至半月餘，翁曰：「藝成可歸矣。吾海內弟子三，汝其一也。一女子藝雖精，所授未全，倘遇相角，勿傷其命。一山東某，力與汝埒，亦尚未全腿法。因子誠篤，故以全術相授。子宜守時安命，勿爲暴里閭，吾亦從此逝矣。」次日，翁失所在。陸家居數年，深自韜晦。聞揚州來一女子，遠近拳師無敢與對。陸聞，竊疑師所言女弟子，遂至揚。見女年可二十許，錦繡裲襠，足履鐵鞋，細纔盈握，正登場招人相角，次第騰而上者皆顛。顧盼自矜，頗涉嘲笑。陸怒，躍而登，迴旋往復，經一時許，女忽騰雙足，陸以雙手承之，曰：「吾不看汝是女子，劈之矣。」女愧服，問姓名，曰：「海州陸凌霄也。」女曰：「此吾師兄，師曾言之。」問姓名不答，夜半而逸。由是大江南北無不知有陸凌霄者。久之，有山東賣油者肩擔至村貿易，陸常買其油，常數日取值。適有貴客在座，命俟明日，賣油者不肯，且出惡聲。陸怒其無禮，遽出與鬬。良久，覺拳法有異，潛起一足躡之，其人跌出二丈餘，起身再拜曰：「謹謝師兄。」陸詰之，曰：「弟特爲此一腿來。前之賣油，今之相觸，皆僞也。」陸不意爲其所賣，後雖遇非禮相干，特恂恂如女子矣。卒以壽終。

## 王馥堂

王馥堂，陽湖東横林人，生有神力。少游江湖，遇異人授以武藝，能伏水七日夜。生平沈默寡言，雖目不識丁，而喜交文士。有爲講説《左氏春秋》及三國戰争事，聽之欣然忘倦。余弱冠遇於吴門。每過滄浪亭與周保緒廣文濟較鎗法，身長八尺，而舞躍蹻疾如猱，牆穴大僅盈尺，舉鎗一揮，身如飛鳥，輒穿而過。保緒自矜鎗法得唐荆川先生絶傳，然無以過也。嘗偕遊虞山，見言於墓鼎重數千斤，王以兩手舉之，繞墓三匝，仍置原處，若無事者。常熟令陸君招致署中。陸死，柩眷不能歸，乃出槖金，徒步送之返里。其任俠類如此。後猝以傷寒疾化去，年三十六。若馥堂者，世際昇平，無可表見。吁，可惜矣！

## 長春邱真人救荒三策

今值米價如珠，飢民乏食，粤垣諸善士亟議倡捐賑粥。夫善舉首先立法，法善則周。熊勉齊先生有云：「救荒不患無奇策，只患無真心，有真心即奇策也。」予謂有真心即有善法，法善即奇策，録此以備廣採耳。

乾隆丙午，江南大飢。天中節蘇州粥廠告竣，衆善士設醮於葑門外文星閣扶鸞，長春邱真人降乩。因問吴中各廠諸董紳士功過優劣，真人曰：昨同諸真校閲蘇州粥廠諸册，乃各府縣城隍會同嶽府糾察司上奏諸真，再三磨對，各廠功過不同。大約以九功一過爲最上，至六功四過而止。此由策未全善，故亦無全功。蓋粥廠雖有救人之功，其中亦有九害。

筋力已衰，龍鍾就食，一遇擁擠，昏眩隨之，不死於家而死於廠，其害一也。

童男童女，或依父母而來，或附公婆而至，一到廠前，男赴男廠，女赴女廠，各不相顧，因此掠賣，無處找尋，生則淪落卑污，死則轉輾溝壑，其害二也。

大雨淋漓，雪風凜冽，泥塗躑躅，寸步難行，雖得一餐，已同九死，其害三也。

男廢耕耘，女拋縫績，偶因本年秋歉，兼釀來歲春荒，其害四也。

飢傷帶病之人，跋涉不勝其苦，而粥又温寒不等，遲早無時，不能救飢，反以速死，其害五也。

懷胎婦女，或因損以墮胎，或滿月而將娩，飢傷血暈，湯水誰憐，感冒風寒，終身致疾，其害六也。

日候關籌，夜棲孤廟，風簷打盹，溼地權眠，穢氣薰蒸，染成疾病，其害七也。

或有無識婦人，遭逢浪子，既喪名節，且致拐逃，雖悔恨以難歸，亦追尋而莫及，遺孩啼哭，老母悲酸，夫歎斷弦，妻同覆水，其害八也。

蟣蝨滿身，垢膩遍體，散處已堪掩鼻，合聚更覺難聞，惡臭不堪，染成瘟疫，大荒之後，瘟疫流行，其害九也。爾等雖有實心，未得善法，故欲邀全功而未能耳。

衆皆悚然，起叩盡善之法。真人曰：「爾等爲天下後世打算，可謂善士，道人何忍不言？然人心不古，纔過荒年，農家忘水旱之憂，市井忘饑饉之苦，併紳士亦忘賑濟之勞。道人雖熟籌有三策，恐未必能遵行也。然寧可言之而不行，不可因不行而不言。

第一，未雨綢繆策。凡府州縣各有鄉都圖甲，地方大小、烟户多寡不齊，每圖舉殷實老成者爲董事一人，副董十人，同心協力，捐辦倉廒。除五六分年歲不捐外，每夏秋兩熟豐收之時，副董查有實田十畝者起捐，每畝冬米四升，夏麥二升；實田五畝、租田五畝者，每畝捐冬米二升，夏麥一升。共收米麥若干，登記明白，貯倉封鎖。如遇青黄不接之時，出陳易新，或倣社倉例出借。有田之人，酌量起息，無田者不准倩借，或借無償，經手人罰賠。若遇大荒，查明實貧飢口造册，無濫無遺。五日前發票，注明村户大小幾口，大口日給麥六合，小口日給麥三合；麥完，大口日給米五合，小口日給米三合。十日一給。米麥足數五月之糧，則從十一月半給起，四月半爲止；僅敷三月之糧，則從正月十一日給起，四月初十日爲止。即著首副董專司其事。其有窮鄉無告，鄰近富圖務須協濟。如此則男不廢農，婦不廢織，既免九害，并獲四益矣。何爲四益？聖上愛民如子，每遇偏災，特旨輒發帑金數百萬兩，而民捐三百兩以上者概准議敘，其百金數十金者給獎有差，較之捐職納監，其榮百倍，其益一。上帝好生，凡救人者其功大於救物，救宗族親戚者其功又大於救人，獨至救荒，則不論親疏遠近，皆爲莫大陰功。況乎綢繆未雨，更爲上契天心，後嗣榮昌，尤堪預必，其益二。每遇荒年，局捐圖捐俱不能免官吏催呼、紳士勒迫，因而賄求情囑，以冀少捐，不惟無功，最爲造孽。況彼已遇歉而勢必取盈，則捐多嫌少而力已竭蹷；此則豐年而數有定額，則積少成多而力尚有餘。其益三。每遇荒年，飢民結伴成群，强求硬索，非特無心獨飽，抑且禦侮無由。若用此法，則貧富俱可兩安，雍睦積成風俗，其益四。爾等何不勉而行之？

第二，臨渴掘井策。或逢大歉之年，紳衿善士鈔録設廠九種之害，呈明府縣。知縣傳諭老成練達書役，告以神鑒非遙，實力辦公，子孫榮貴。先令該房查鄉圖城廂完糧細册，及有無生理，併密傳各圖廂保，不拘士農工商，呈報上中下三等殷户，選舉公正董事，協同現保，查各圖各廂實在貧窮飢口，勿濫勿遺，注册，然後出帖邀請各廂圖三等殷户，並謂諸紳士於城中設局勸捐。或此圖捐户多而飢口少，或彼圖捐户少而飢口多，總須畛域不分，有無協濟。以廂圖大小酌舉正副董之多寡。或錢或米，五日前給票，十日一給發，滿日彙册，呈縣核存，爲下月而年底本。如是則飢民免九害而沾實惠，官吏紳衿善士俱準全功。

第三，捨子留母策。須大力好善者爲之。昔旌陽許真君富而好善，每遇豐稔，糴米數萬石，三年以陳易新。如遇大荒，減價平糶，貧者私給米票，每口給米八合，遇稔乃止。後遇諶母元君，授以大丹，晉太康二年八月初一日，全家四十二口拔宅上昇。今天下殷富者不乏其人，各量力爲之，大以成大，小以成小，或數千石數百石，即三十、五十石俱可行此法，所費不多，爲功甚大也。

道人籌此三策，爾等刊印流布，敬謹奉行，普濟無量，自獲百福。若不能行此三策，則於城中每廂設粥担，以廂之大小爲担之多寡，桶上設蓋。每擔可給飢口二十名，備大盤二十隻，用過洗净，醃菜一小桶。兩担同行，此担未完，彼担已熟。鄉村亦照此法，亦可免九害而濟燃眉。否則熟視飢民輾轉而死，與其忍心害理，爲鬼神深惡痛絶之人，寧犯九害而設粥廠，尚有濟人之大功也。道人與爾等有緣，坐談已久。爾等能自修自證，功成行滿，焉知不與道人同作十洲三島客耶？勉之勉之。若疑亂語難憑，則負道人一片婆心矣。

## 宋若水

宋若水，海州人，年三十餘。曾充鹽場書吏，後告退，别營生業。正直爲鄉黨所重，有疑難事，力爲排解，人多稱道之。乾隆四十九年暴疾卒，家貧無子，止一女。親友醵資買棺。既殮，宋忽兩目轉注，四體蠕動。衆駭絶，恐其走屍，急闔棺。宋呼：「勿懼，我復生矣。」詢再生之由，曰：「吾被二鬼縲絏至冥司，解縛令跪。見上坐官烏紗錦袍，命判檢簿，問：『此人壽算絶否？』曰：『然。』問：『此人有善事否？』判閲簿良久，曰：『只生平善爲人排難解紛，大事説小，小事説了，鄉黨皆敬之。』上坐者曰：『解仇釋訟，所全不少，可加壽十年。』仍命二鬼送歸。」果逾十年卒。

## 舟女殺盜

高郵布商，常往來淮陽吴楚間。一日自漢口攜厚貲，僱舟南下。舟人皆一家眷屬，有女年十六，能把舵矣，貌婉麗，不類舟人。行次小姑山，適大風雨，一尼倉皇張蓋淋雨中，求附舟赴皖。舟人不答。商曰：「如此大雨，又係比邱，隻身求載，情殊可憫。」命登舟，虛房艙居焉。越日雨霽，船開，舟放江心。方早餐，尼忽於傘底出大鐵錘，擊案，案碎，厲聲叱曰：「汝等亦知江湖張鐵錘乎？各自爲計，勿污我錘。」商大哭懇曰：「現炊粥，但求粥熟，飽食而死，死且無憾。」尼許之。粥熟，女掇鍋入艙，出不意，遽覆鍋尼首。尼狂叫痛絶，則已無人相矣。商以千金聘女爲妾，攜女而歸。

## 狐捉刀

常州北門陶生夢晉，貌美，工吟而拙於制藝。嘗私一狐，偶閲其文，不覺失笑，曰：「觀子貌與文，殊出兩人。時文功令所尚，奈何薄之？」生曰：「世外人亦善此乎？」曰：「此雖非專門，顧頗涉獵及之，較君固當稍勝。」隨拈題成一藝，則老於呫嗶者不能過也。由是奉爲師保，攻苦經年，稍有進境，而文筆平弱，終嫌膚淺。適當大比，陶懇狐幻形入試。曰：「此斷不能。凡鄉會試皆帝君監臨，諸神巡邏嚴密，一經察出，身敗名裂，兩無所濟。」生曰：「然則隨我入闈捉刀何如？」狐亦力拒。固懇之，狐不得已，乃斂形附生入闈。題紙未下，隔宿預知，擬成三文一詩。甫脱稿，擲筆曰：「殆矣，已爲號神所察，恐不能脱禍。不意一念之癡，自戕生命。君如念夙好，望於鷄鳴山下收葬遺骸。」言未畢，嗷然一聲，似被擒去。生慟甚，攜卷出場。見鷄鳴山麓一狐，身首異處，具棺殮葬之，題其主曰「狐妻白氏」云。嗚呼，傖楚胸中無墨汁，乃至乞床頭人捉刀，使能文之靈物不克永年，惜哉！

## 厲鬼畏犬

京師菜市口爲行刑之所，相傳鬼最多，黑夜人不敢過。戈明經雲樵嘗飲於友人家，夜深無覓車處，乘月步歸，經其地。見一人高丈餘，遍身皆白，類所塑無常鬼而大過之，于于然從對面來。生駭絶，而各肆門已閉，急無躲處，見市廊下有席數片，取以自蔽，穴孔以窺。手中不知何執，向地力擲，即迸出無數人首及斷臂缺足，翻滾滿街。長人掬啖之，格格有聲，立盡數骸，似已果腹，揚揚向西去。群物隨之，跳擲而行。方欲出，忽風聲大作，又有無頭鬼數千湧跳而前，末後一物追至，遍身作藍，腿粗於象，以豹皮蔽下體，目灼灼在臍帶間，鬚髯翕張，兩牙外露長尺許。四顧搜群鬼不得，見戈避席中，抒手欲攫。戈心膽皆裂，方危急間，二犬至，噬物足。物怒，舍戈逐犬。犬走而吠益急，群犬聞聲吠亦吠，遠近相應，如百千豹聲。既而群集環噬之，物艱於轉旋，似窘，吼聲震屋瓦。街卒驚起，擊以鳥鎗，倒地化爲碧燐，移時始滅。見戈暈倒，灌以姜汁，乃蘇。送之歸，病月餘，幾死，自是不敢隻身夜行。

## 鬼贈贐金

貴州鄔雲舟觀察未遇時，以明經謁選入都。中途一老僕病死，閱二日，車夫又暴亡。村僻無轉僱處，驅車獨行。日暮，距宿尚遠，方深焦慮，遙見燈光數十自林間出，疑遇暴客，益惶怖。迫視之，則健奴多人各跨馬，擁一貴官，被服鮮麗，戴豐貂，坐暖輿，其行甚駛。遙望光已漸杳，意是大僚過境者，不之異，驅車前行。見路旁小村落有一店，頗寬敞，即停車覓食喂馬。而途遇之貴官已先在，見鄔至，命奴邀入，譏問何來。鄔即縷述，其人起敬曰：「耳大名久矣，幸成邂逅，草舍咫尺，願垂光顧。」遂起就輿先發。

鄔心疑，以問主人。主人曰：「于相公也，其人巨富。君既爲所款，福不淺。」鄔遂行，約五里許，已有多人列炬相導，至門，鼓樂喧聒。于盛服出迎，延入坐定。鄔請邦族，于曰：「山野之人，姓名不欲人知，無煩窮詰。今邀君至，固非禍君者。」列筵相款，備極豐腆。飲將終，一奴奉盤出，貯朱提四枚，起向鄔曰：「知君途中多故，以此壓裝，勿嫌菲薄也。」鄔固辭，于强納之，命奴執燭送歸寢。入室，鋪設精麗，床榻尤整潔。輾轉未解，五更始睡熟。至曉夢醒，則身臥古墓，車馬行李皆在。疑是夢幻，而贈銀宛然。至都入闈被放，除汝山令，復過其地，問之土人，竟無知者。

## 蟒母

上元許翁，家可中資。嘗見流民渡江，有嫗攜女，登門求售。翁視女年十三四，雖滿面塵沙，而眉目間饒有風格，惟兩足未加行纏，即呼「王大脚」云。年餘益長成，流目送笑，極逞佻冶，翁惑之。蕩甚，翁不能支，未幾卒。媼嗔其妨主，鬻之賣酒周六。王日坐當壚，市中無賴瞰其豔，争來就飲，與之調笑，不拒。周因獲利多，亦不禁也。王操作甚勤，終日營營，未嘗暫息，積有嬴餘，輒買介族放之。每至午日輒病，必以重衾厚覆，使周壓之，戰慄移時始定。來時攜一青布囊，不知所藏何物。十餘年，周又病死，無嗣，抱鄰子育之。子漸長，爲之娶婦，生計益裕，可以坐享，而操作如故。子婦少惰，輒斥責之。一日有老僧過，見王，熟視久之，呼其子至隱處，詰曰：「子係若親子耶？」子赧然良久，曰：「螟蛉耳。」僧曰：「余固知若之不能育也。」子言：「雖非所出，恩勤不啻親生，方外人何爲間我骨肉？」僧曰：「幸遇我，遲則爲所噬矣。」子不信。僧令出掌作符，囑曰：「持歸近汝母，母如妖也，著處當即潰。驗後可向報恩寺來。」子如言，俟王盥洗時，試以掌撫其臂。王大呼，視之果已腐爛。次早，王忽嚷房内被竊，子奔視，箱笥無恙，惟青布囊失所在。王痛哭暈絶。子慰之曰：「幸錢物未動，一布囊值幾何而珍惜如是？」王曰：「非汝所知。此賊必深知我，故乘間盜去。」因切齒。子知有異，訪僧報恩寺。僧曰：「汝家昨夜被盜取囊去，渠無能爲，仍宜敬事，撫育之恩不可忘也。」取囊視之，則一蟒蛇皮，曰：「母即此物所化。今既失去，不能返形爲害。渠在人間放生功德甚大，且未嘗損人，尚可享安樂數十年。汝當盡孝，福汝者尚不淺也。」子大感悟，酬之不受。復令出掌作符，令歸摩母臂，痛當止，但不可洩，洩則恐不利於汝。子歸，如言試之，王臂遂愈。明旦復往訪僧，則已杳矣。王之子婦洩言於母家，其事遂播。上元馬惺園秀才聞其異，過之，王起居動作與人無殊，惟年將週甲，如二十許人云。

## 駝媼

趙山癡舅氏，性耽遊覽，新婚數月即出遊，恒數旬不返。舅母方，通州人，初至，飲食起居不慣，欲歸寧，憚堂上嚴，不敢請，恒鬱鬱。一夕燈下坐，方深瞑想，一駝背媼搴簾入，操鄉音曰：「何處不覓姑，乃在此耶？」方疑母家遣來，喜起迎問。答曰：「老身與姑同里黨，流寓此多少年，聞姑來，欲一聞鄉里近事耳。」共談甚樂，更闌始去。次夕復至，門未啟已在室中，駭問，曰：「實相告，我乃鬼也。夜臺幽寂，忽值同鄉，故來攀話，並無相害意，幸勿疑。」方素有膽，不之懼，因問泉下光景何如。曰：「與人世無殊，惟天色昏慘，恒漫漫如長夜耳。」問輪迴之說，曰：「凡人有大功德大罪孽者，死後即時轉生，各視生前所爲，判投胎之高下，人畜攸分，皆由自召，不俟司事者始定也。若我者，生即庸庸，死益寂寂，更無所謂轉輪之事。」問：「凡人初死，必先見閻羅乎？」曰：「有功當賞，有罪應罰，方往見。此外則隸籍城隍，各安其素，不必親赴。譬如平民無事不見官府，陰陽無二理也。」問：「凡鬼神喜受香火，何故？」曰：「鬼神皆氣所聚，日久氣衰則靈爽失。凡人敬是神，則其精誠必專，故得借其餘氣自續；若不誠，則其氣已散，受之者無益也。究之，非香火能靈鬼神，實鬼神賴香火以靈。」又問媼有子孫否，愀然曰：「生命不辰，孤窮旅葬，故土雖有末裔，遺骸尚不得歸。每歲清明，一返閭里，受麥飯一盂，殊難下咽也。」因欷噓泣下。問媼何不投生好處，曰：「此須城社諸神列善惡具申北斗，方得注名。老身生無功德，死後兩手空空，何處托人轉注？聽其自盡而已。」問鬼尚死耶，曰：「氣在則存，氣盡即滅，泉下固無數百年長在之鬼也。即或有之，非强暴爲厲，即狐媚祟人。此種行爲，上干天律，往往有求長反促者。」因謂方曰：「姑思家，老身一導回里何如？」方大喜，問：「道遠如此，舟耶？輿耶？」媼云：「無需。」因起挽方同行，須臾已至。升堂拜母，若不之見。起語諸娣姒，亦不酬答。但見家人婦往來搗粉團酥作餅餌，若甚忙者。試取一餅置袖中，衆亦不覺。聞母喚蒼頭至，囑曰：「明早即起程赴常，見二姑，言我病甚，亟思一見，願早歸也。」方聞言，向母大呼曰：「兒固在此。」母駭絶，推燭於地，連稱有鬼。方欲再言，媼自後拽之出，相將同行，至一室，媼從門隙中擠之入，頓然而蘇。疑是夢幻，而餅固宛然在袖也。越七八日，蒼頭果至，問以家中事，一一不爽，言作餅夕對面聞鬼聲。及夕，媼復至，曰：「今夜前村某大户家陳百戲，盍往觀？」至則自有坐處，湘簾下垂，燭明如晝。先有婦女十數人在内，見方至，群起迎，即有婢捧茗至。方欲飲，媼遽入止之。須臾簫管競作，百戲疊陳。最後舁一桶至，有百十小兒躍出，皆五色短衣，廻環跳躍，舞蹈應節，倐踏肩連臂，疊成一山，訇然一聲倒地，化爲燐碧，堂上燈燭亦滅，駭極而醒。方自與媼往來半年餘，面目日悴。外祖母程恭人察其顔色有異，並聞夜臥切切，似與人語，疑而伏聽之，果然。急排户入，媼倉皇遁，以刀擲之，至衣架下而没。次夕媼復來，曰：「本圖永敘，不意爲汝姑所窺，請從此别。」出紅藥一錠贈之，曰：「姑近我久，爲陰氣所逼，恐致疾，服此當愈。」遂去。明日，就没處掘之，得一棺，遷之郊外，遂絶。余少時，舅母出藥見示，類硃錠，嗅有微香，因未達，無敢嘗者。

## 錢妖

郡人瘍醫陳心帆，鬻技自給，廿餘年矣。一夜就枕間，床頂窸窣作數錢聲，竟夜不絕。喜謂婦曰：「此必神將見福，故示兆耳。」遂市香紙禱之。次早，床頭得錢如買物數，異之。夜數錢聲益急。因與婦商，廣購牲醴，夜分視而祭之，冀得厚貺。是夕，聞撒錢聲急如雨點，不知幾千萬億。婦促曰：「速起搬運，少遲，夫婦並葬錢孔矣。」陳披衣起，捫之，已過尋丈，由錢堆匍匐尋户出，顱頷皆被磕青紫，不自知病苦，心喜一旦驟富。往喚竈下媼同運，點燈入，則四壁如故，床前僅攤大錢三枚。媼揶揄之曰：「如此嚴寒，半夜促人起，錢竟安在？日得賣藥資啜一甌粥，今乃想得横財耶？」陳愧憤交集，向空大罵，自是抛磚擲瓦，擾無虚日。或曰：「具狀訴嶽帝，當有驗。」陳如言繕黄紙置帳頂，擬明日往投。夜臥，帳忽自焚。恨甚，明日到嶽廟另書焚之。歸，至三更，堂屋刀劍格鬭聲甚喧，不敢出視，久之始息，但見門角遺狐毛一堆，怪遂絕。

## 靈官書史

邑中銀工李某妻，頗有姿致，喜倚門。一日李自外歸，室門堅扃，窺見美少年擁婦榻上，婦呻楚欲絕。李憤火中燒，破門入，少年倏不見。婦忽操北音罵曰：「李某欲行暴耶？殺爾如縛豕耳。」李怒，以棍擊之，婦舉手相格，棍落於地，曰：「技止此耶？我姑去，明當偕同事來，可備酒肴以俟。」婦遂倒臥，迷惘若癡。移時始甦，云：「方獨坐，忽少年自簷下入，遽前狎抱。方欲撐拒而手足如縛。今含怒去，必將逞毒，奈何？」李籌思無策，商於鄰翁。翁曰：「此邪祟，何不延術士驅之？紅梅閣徐道士大高行，請其敕勒，或當驗。」如言設壇作法，少年白晝持劍至，盡毀諸所設施，諸道士踉蹌去。徐方欲作符，少年笑曰：「我靈官正神也，發符何爲？」徐窘於術，亦辭去。李入房，失婦所在，尋之，赤臥溝中，下體如割，血涔涔奄然一息而已，從此昏迷不知飲食。李無如何，控之嶽廟，杳無應驗。憤甚，向神痛哭數之。忽仆地，見二人擒之跪階下。神怒曰：「何物姦民，敢來妄控！靈官正神詎姦人婦女者？」趨役杖之。李大呼曰：「妻被姦污，靈官乃其自認，屢呈上訴，未蒙示應，何妄控爲？」神曰：「狀何在？」曰：「焚爐中久矣。」須臾鎖一吏至，神大聲詰責，吏戰慄不敢言。命熾鐵烙之，始供：「小吏本不敢舞弊，日前靈官案前主計吏囑爲掩飾，情不能却，故爲隱藏，不意其遽敗也。」旋聞傳呼靈官進，須臾，五人皆本朝冠服，伏地請治失察罪。神曰：「我尚爲所蒙，豈特汝等。」令回廟聽勘。旋有金甲神擒主計吏上，衣飾甚華。神怒曰：「小吏如是，其他可知！」喝令供姦騙李妻狀訖，命梟示通衢。謂李妻曰：「汝冶容誨淫，姑免杖。」令李領回。李遂甦，出至廟門外，見數百人圍繞聚觀，一巨蛇如刀截云。婦遂痊。越兩月，忽又瞪目大呼曰：「汝日濃粧艷抹，勾引人家男子，害我守寡，乃安然自在耶？今既相值，必不汝容！」李再具狀，嶽帝竟不應。李幼子偶市黃烟礮數枚，點放作戲。婦在床呼頭痛，罵曰：「黑心人固應生此惡兒。」奪擲墻外。李悟炮有硝黃，度必爲所畏，密市二物投湯中進婦。少頃，婦腹痛若裂，嘔出一蛇，已腦裂死，自是遂安。

# 卷五

## 義雀

甲申歲，余自都訪戚至北路廳署，下榻衙齋。晨起，一雀飛集案頭，向余而噪，似有所訴。旋飛出户，隨之，集衣衿間，頻睇梁上。取長竿探之，見蛇方困一雀，蜿蜒避去，雀已死。此雀向之哀鳴，若傷悼然。作《義雀行》記其事，遊中州時，稿已散失，略記於此。

徐子楞曰：少時讀《義鶻行》，未嘗不掩卷太息。然固鶻也，雀則微矣，不忍同類，宛轉求援，人禽之别果有乎？讀昌黎《羅池君傳》又何説也？

## 誤掘窖

常郡戚墅堰劉某，饒田宅。每月朗風清之夕，常見一人白甲戎裝，往來田畔。意爲財神，下必有窖，乘夜祭而掘之。得石匣，盛白骨一具，亟爲掩埋，已暈絶。及蘇，瞪目大呼曰：「我孫吴大將韓明也，與黄祖戰死，爲敵所焚。吾主憐其忠，拾骨瘞此千餘年。爾何人，敢發掘耶？必斃爾！」遂嘔血死。

## 陸大相公

華亭秀才陸某，武斷一鄉，人皆惡之。偶縱飲歸，落水死，往往爲厲。被祟者退之之法，製長綫盤金小帽，紮紙人如陸狀戴之，預備一舟，門外設酒饌，扶紙人置疾者床前，二三鄰老互相勸酧。少時則曰：「房中苦悶，盍移席於堂少飲？」移席門外，又少飲，則曰：「何不上船游？」遂拉衆共登，故擠紙人於河，群譁曰：「陸相公落水矣！」鬼即去。其帽浮沉水面，人不敢取，須兩人設爲問答。甲曰：「噫！浮水者非小帽乎？盍取之？」乙曰：「陸相公帽，不可動也。」甲勃然曰：「人皆畏陸，我獨不懼。」即戟手指河大罵，逕入水取帽去，亦無恙。

## 魏國英

宿遷呂太守，攜眷赴任，道出山東池河鎮，大雨，衢路皆溢。至一橋，一人横刀立，厲聲索資。時雨愈傾注，河流驟漲，行李皆没，殊難進退。有老叟向呂曰：「此阨非魏五爺不解，盍求之？所居離此里許耳。」呂冒雨策蹇往。一偉丈夫科頭出，曰：「太守亦知人間有魏國英乎？」呂備訴所苦。曰：「易耳。」戛然一呼，數百人立階下，令曰：「將太守眷口車輛來。」遂蜂擁去，頃之，十數輿皆擎舉而至。旋有婦人出，迎眷屬入，即具盛饌，爲呂勸酬，談辯風生，夜分乃罷。呂以其豪雅，頓忘羈旅，留三日始别。出金酬之，拒不納，更以小紅旗付呂曰：「但插此車上，千里皆坦途云。」

## 衣怪

道光元年秋，余舘浙之德清。月夜與幕中諸友飲，街鼓三下，風露漸侵。有胡友令僕取衣，久不至。胡自往，亦不至。趨視之，則胡與僕皆仆地。喚醒問之，曰：「入房見一袍人立榻上，駭絶而仆。」後入都，寓東華門，同寓許姓購一袍，疊置臥榻，匆匆出門。及歸，忽失所在。疑人竊取，回首則袍植立門側。駭呼同寓，始倒地。細辨之，領緣有血漬，疑罪人着以就刑者。然胡袍確係新製，不知爲何物所憑。

## 劉翁開礦

山西平遙劉翁，年四十許，入都爲京債局司炊爨。某令選雲南，向局借銀三千兩，署券一萬。局夥皆以道遠，不肯隨往取償。主局者察劉謹慎，令偕之滇，戒不得全金勿返。某缺甚瘠，經年僅還原銀三千兩，劉遵前戒不受。在署無事，晉省以廣見聞。遇素識某爲撫署司閽之重臺，問何來，告之故，曰：「若然，可亟歸取銀，某令已因案被參矣。」劉遂返署取銀，仍赴省，擬結伴入都。寓中有談開礦獲利者，劉心動，探聞某山銀苗最旺，攜資往設廠募開。自春徂冬，無所獲，同時他廠獲銀甚豐，演劇酬神，酌酒相慶。劉資已罄，且負累多，憤欲投繯。衆夫拉勸曰：「我等爲君搜採經年，無銖絫獲，亦切愧恨。今尚餘米一石，當其飽食，爲君再開。如仍無所得，則我等心盡，生死惟君。」劉曰：「既荷諸君高誼，我當爲諸君先。」乃卸長衣，持斧鑿，偕諸人入。甫入，劃然一聲，石開，銀沙滿焉。衆并力攻進，三十里皆銀沙也。於是驟擁厚資，由雲南設肆至京師，由京師設肆至山西，往返遄行，尖宿皆在己肆，爲平遙巨富焉。

## 狐戲 二則

京師劉文正公賜第廳事門額上，排棹楔五，外覆花簷。一僕夜醉歸，至明遍尋不得，聞棹楔上有鼾齁，仰視，僕臥其間。呼醒，爲花簷所隔，不能下，去簷，梯引之，始下。云：「昨夜歸，復有數友邀飲樓上，不知何以得入也。」

河間李翁，性方剛，繩子尤嚴。子頗文秀，性佻健。其家後圃有樓三楹，相傳爲爲狐所居。生慕鳳仙、青鳳等艷慧，每至樓下禱焉，願爲其家婿。一日經過，見垂髮婢，嬌艷絶倫，招之隨行。迴廊曲折，亭閣參差，門徑重重，似歷多所。須臾登樓，陳設多珍，光燦一室。上設小螺鈿床，青紗帳垂，隱約有麗人卧。婢悄語曰：「姑娘嬌稚，羞見生人，可自就榻。」語畢遽去。生解衣上床，女嫣然閉目卧，近接其吻，大呼，驚視，父翁也。生驟覩如喪魂魄，裸跪不言，大被笞楚。

## 徐叟

徐叟年六十餘，檢拾字紙甚勤。一日病死，至一公廨，見古衣冠者七人，本朝服飾者三人坐堂上，謂徐曰：「汝生平無大過，且勤於拾字，加壽一紀，可速還陽。」徐訴孤苦多病，即再生亦不能餬口。神曰：「第回無慮。」一跌而醒，死已兩日，因覓棺不得，故未殮也，病頓愈。一日，文昌宫焚字紙，灰中得朱提六枚，作小經紀，居然温飽。逾年，於野外有藤絆足，掘之得首烏二枚，蒸食之，精神踰少壯。比鄰蔡某生子啞，十六歲不能言，聞叟拾字得神佑，亦發願拾，日攜其子，肩擔赴街巷，風雨不止，三年能言。書此勸世之惜字者。

## 天誅不孝

丹陽農家子忤逆，母役同奴隸。冬日與妻臥，呼母抱幼孫朝起炊粥。粥沸吹之，熱氣騰灼，目不能開，孫忽躍鍋死。母急逃至女家。不孝子起，見兒死，抽刀往。轉念姊必救阻，藏刀道傍樹中，往見母，詭言兒醒，促母歸。姊窺其顏色不善，遂同行。至樹間，探手入抽刀，樹忽合，力拔不出，視之，已長成如一矣。過者駭問，緬述其事。每日僅食一餐，云有神守之，不令多食。就樹架茅爲屋，以蔽風雪。遠近觀者如堵，輒助其母數文，母以是稍自贍。年餘，子兩腿肉片片自落，漸及胸腹肩臂，若鱗剮然，五臟皆出，頭乃旋落。妻收其骨埋樹下，夜暴雷雨掣出，擊如粉，妻亦震死。

## 凌大郎

凌大郎，先伯兄乳嫗子也。少貪色成瘵疾，臨死猶緊握妻手不放，擘之始開。後其母因無子，令媳贅村人爲嗣。婚有日矣，媳偶上樓取物，見凌，驚跌梯下。合巹夕，男女皆陰痛如割，不能成禮。母怒，向棺以桃枝鞭之，始不復祟。

## 狐薦館

永定河北七工官廨一所，備觀察防汛暫駐，平時則扃鎖之。駐工縣丞吴某，因衙署窄小，暫借爲子弟讀書所。館師某，浙江秀才也，每作文輒被墨污狼藉。知是狐，虔禮之，而擾如故，不得已避去。吴乃焚香往祝曰：「某師爲仙人所驅，不敢再來，但某官貧署窄，子弟又不能不令讀，仍須借此設帳，願勿再擾。」次早，几上得一帖，曰：「某生人品既陋，文理亦謬，何可使教子弟？君如欲延師，上海蘇秀才現在京師西直門某衚衕待聘，宜往延之。」吴如言專人往，蘇方於某都統家辭館出。延至署，循循善誘，諸生日有進益。間述及狐仙相薦事，蘇茫然不解狐何由賞識而爲之推轂也。

## 蔣二尹

吾常蔣二尹，需次永定河，胡鍔初通守與居最久。鍔初嘗爲余言：蔣目能視鬼，常偕行街市，輒作遜避狀。云鬼喜近人，得雲温氣，凡人烟湊集處，鬼尤多。一日同游河上行宫，返寓，饑甚，欲飯，遍尋廚夫，不知所往。或言曾見其偷入行宫，蔣大驚曰：「果爾，必爲鬼迷。」胡問：「何以知之？」曰：「適偕君遊，見山石後五六鬼，蓬首垢面，伸頭探腦，似作尋人狀，恐不免爲所弄。」覔之，果倒臥石後。畀歸，救逾時始蘇，云：「頃見宫門美婦二人招之，隨至石邊，突出數獰鬼，攫之倒地，欲拖入井，抵拒間而人來救我矣。」胡嘗偕蔣解餉赴順義，止宿署西城隍廟殿後。次日蔣欲移寓，時方盛暑，室頗涼敞，胡不肯。蔣決舍去，曰：「此非善地，冥官繫囚所也。挨肩疊背，余榻皆滿，故欲挪避耳。」多市錙楮焚之，問蔣鬼作何狀，曰：「皆有喜色，不復擾矣。」越日遂行。蔣以疾早卒，蓋目能視鬼，其陽氣多不振也。

## 雷異 四則

蘇州某殿元家門前石牌樓上，雕繪人物數百，極工妙。一日暴雷從牌樓下直入大門，由廳後穿出。雨過，牌樓上石人皆失其首，悉置廳後窗格中。

常郡莊秀才某，館鳴珂里鍾姓。館門外常有一癩犬卧焉。一日雷擊犬斃，得小鑿一柄，非石非金，銛利異常，削玉如泥，病瘧佩之輒愈。後爲江西賈以百金買去。

先伯祖任廣西方伯時，夏月晝長無事，幕友二人圍棋。忽驟雨，雷火擊入，二人駭絶伏地，雷逕穿後院去。起視棋盤棋子皆失，尋至後院，乃在墻陰下，滿局如故，一着不亂。牆上有字跡類蟲篆，莫能識。

常之横山橋鄉富户某，一子病瘵，卧樓垂危。其婦偕一老嫗守之。樓下召縫工爲製殮具。忽大雷雨，衆縫工見火毬滚入，由樓下滚至樓上，逕登榻，踞病者腹。婦及嫗皆駭仆。少頃霹靂一聲，穿屋去。疑病者必震死，奔視，病若失，云雷踞腹時，覺腹中五臟如灼，似有物蠕蠕然自下體出，俄聞爆然震響，不知人事矣。檢視一物，似蛇非蛇，長三寸許，已頭裂而斃。火過處衣衾悉成灰燼。

## 石生足

邳州西郊農家子，偶山行，見道傍一石方正，可作礪，裹以袱，負之而行。及半程，石忽蠕動，有四足，破裹出，攫入膚理。農駭痛暈仆，遇鄰人舁歸，移時始甦。石足已與肉合，稍一觸動，痛徹心骨，遂背負傴僂而行十餘年，農死，并殮焉。

## 狐穴

張公運泰觀察永定河，拆一舊埽，空洞如屋，桌椅碗碟皆備，悉泥爲之，極光滑精致。穴中遺二小狐，張命取去。河卒王喜恐其爲幻，喂以果餌，裹以絮而匣藏之。及旦已失，惟存朱提二枚，狐蓋德而報之也。

## 狐放火

永定河三角淀通判署後有屋一間，狐所居也，向扃閉。胡君筠初涖任，以人多啟而居之，遂大擾。偶以錢二千置床下，串不解而中二百已脱去。胡夫人臨窗刺繡，一巨石擲入，石大於窗楞，從手際擦過，窗嵌玻璃，絲毫無損，手亦不傷。後圃草垛忽火，方撲滅，别垛又燃。舉家共聚晚餐，卧房突有烟起，燭之，烟自所挂畫後出，揭畫，所糊紙盡焚，畫固無恙。不堪其擾，仍讓屋，具牲醴祭之，乃絶。

## 瑞金奇案

惲子居先生令江西瑞金，有瘍醫陳某忽發狂疾，持菜刀奔署，殺斃皂役數人，逕入宅門，閽人夏貴被斫數段，又殺五六人，乃奔捕衙，殺斃五人。門子探視，甫伸頸被斫，急以手按其頭，闖屏入白殺人狀，言畢首墮。兩署共殺二十四人，集多人擒詢之，陳曰：「今日飯後卧，忽有猙獰惡鬼數人，授以刀，入署殺牛馬猪羊甚夥，不知其爲人也。」刀極鈍，切肉且不能入。家奴陸順時在惲署，見其行兇，躲鼓架下，陳竟未見。時子居先生方公出，幸免。處分後，陳定斬梟，未及正法，瘐死。

徐子楞曰：非常之變突出几席，惟内省無疚者可自信焉。

## 僵屍與龍鬭

河南西華縣東鄉繆叟，瓜時結團蕉田畔，以便看守。每三更許，輒見一女子紅衣緑裙，從田左過，將曉則返，尾之，入破廟去。明日至廟，塑像外悉無有。顧村中少年及小兒往往暴死，叟疑其魅，莫可爲計。適驟雨，一龍飛至廟前，一物渾身白毛，狀極獰惡，立廟脊上張口吐氣，赤如火，兩手作攫拏狀。龍鬭移時，敗去。既而疾雷暴至，物吐氣如前，霹靂一聲始仆。衆趨廟視，神座下提出一棺，衣衾灰燼，一女屍僵卧棺中，如所見物狀。焚之，村中遂安。

## 産　怪　二則

常郡城隍廟後孫姓，産女三目兩角，赤髮藍身，自斷臍帶，繞地走，倏忽長二尺餘。産母驚死。其父率家人婦持杖仆之，活埋後圃，三日猶聞啼聲。

表弟劉季良妻産一胎，連胞墮地，剖視，貓頭兩眼，開口作翕張，頦以下渾沌如布袋，無手足。釘之樹上，半月後口眼猶能運動。

## 樟柳神

余少時至戚家，適術者爲人算命，每日止算八人，大抵已往事多驗。出樟柳神囊中，則方寸木刻童子形，向人呭嚶作語，能誦《千家詩》數首，置人手掌中，人立拱手，宛轉如生。

劉福田刺史官無爲時，寵一伶，性嗜博，金錢到手立盡，衣裝盡罄，惶遽欲死。或教曰：「何不購一樟柳神，得預知采色，則博可常勝。」信之，購以重金，每博必先夕叩問，往輒大負。厲聲語之曰：「賭神即財神，禁我勿實言，我何能爲？」投之火中，號呼而絶。

## 室女被焚

上元張氏女，年十七。一日有内戚至，飯畢，其母偕女送登輿。至門，適鄰人燃放爆竹，火一星落女衣，登時焰發，愈撲愈熾，須臾焚死。及殮，遍體焦黑，面如生。

## 都司討債

武進西鄉巢翁，善居積，財雄一鄉。與都司某交最密。都司積數千金，陸續交巢營運，而未立券。一日暴病死，家人雖微知之，而事無左證，巢遂乾没。巢年已五十餘，忽納妾。有娠，夜夢都司來，遂生一子，名恩，絶聰慧。翁束之嚴。少長，漸出門與人飲博。性揮霍，不數年，翁所蓄盡罄。憤懣成疾，將死，呼恩至，曉之曰：「我負汝者，汝盡蕩去，我亦不較，惟我生平手自積累，與汝無干，何乃亦欲傾之耶？」恩笑曰：「上帝命也。翁所致財産，其來尚可問耶？」翁隨卒，今遺櫓尚露河濱。

## 火焚人不當水死 二則

余族人某，渡鄱陽湖，舟覆落水，爲夜叉所得。忽朱衣人至，曰：「渠非刦中人。」叱令送歸。夜叉挈之行水底，迅疾如風，擲之岸灘，半日而蘇，則在江西界矣。附舟而歸，以爲神助，福且無量。一夜醉歸吸烟，遺火榻上，遂被燒死。余所目覩。

家奴子朱川二，隨楊星園觀察赴粤東，渡海船壞，附一板浮沉洪濤巨浪中，五日始遇救。以爲大難不死，可望長年。越歲，在臬署飲燒春數斤，大醉，吸烟數口，火自鼻出，須臾焚死，而衣服如故。

## 龍 四則

余童時，及見先太宜人乳母李嫗，言渠家太湖濱，水中浮龍身一段，長十餘丈，粗二十餘圍，鱗甲大如箕，兩頭似刀截者。村人用長絙拉至岸，斧之，甚腥穢，骨節可作舂臼。分鱗一片，盛夏懸室中，蚊不敢近云。

海州有垣丁，赴雲臺山，歸，道經一山，遠望黑龍昂首山嶺，尾蜿蜒繞山足，四爪皆露，鱗甲翕張。輿夫知有異，亟繞路歸，未半途，霹靂一聲，龍入雲際，俄而急雨傾注，雹大如盂盎，屋瓦皆碎，牲畜在野者多擊死。蓋蟄龍之上升者。

長隨孫某，在安徽太湖縣服役。縣東北八里即太湖，湖中觀音山，四月八日香火極盛。是日奉差經過，見山下排列香案。士人云：「迎龍來朝山者。湖中赤、青龍各一，每年一龍來朝，青龍居多。」言甫畢，風雷大作，波濤洶湧，高阜望之，果一龍隨波而至。近山半里，風定浪平，龍昂首水面，屹立不動，牛首，兩角長七八寸，旁有小叉，鼻旁白鬚二，長五六尺，頭以下俱沒水中，腥聞數里，蠅蚋飛集無算。約一時許，波浪復起，風雷從之南去而沒。

淮北青口鎮一白龍，墮入鹽池，長數十丈。半日許，蜿蜒入一古寺中，塞户而進，吼聲如牛，群蠅數百萬隨之。僧大駭，焚香誦佛，兼爲洗濯。留寺三日，忽大雷雨，挐空而去。寺井有石正方，甚光滑，龍以舌舐之，涎著石上。初甚腥，曝乾後結成碎粒，錯落如珠，刮之得三兩許，即龍涎香也。

## 西園怪

揚州西園多梅，花時遊人甚衆，尋常扃鐍。王秋卿郎中桂爲諸生時，偕數友往遊。時新雨甫霽，命園丁啟門入。行至後院，聞婦女哭詈聲，似妻責其夫者，云：「終日閒遊不歸，墻倒兒被壓死亦不知，人之無良，何至是耶！」其夫不答。婦又唧噥之。夫曰：「汝不避屬垣耶？」婦問：「何人？」曰：「王道台也。」其聲遂寂。王視後院墻内外並無居人，破屋一椽，半壁新塌而已。

## 水鬼被紿

余少時家僕佛元住門前水閣中，每夜聞人呼其名。知爲水鬼，不之應。一日河邊濯足，有物從水底掣其足，甚急。佛元嘆曰：「似此人身，生不如死，何不略寬，待我脱衣入水，與君等共浴耶？」語畢，掣者頓釋，逃歸。夜聞繞門駡詈聲，月餘始止。

## 西湖廢寺

西湖上有廢寺，佛像露處，寺僧覆以蘆席，歷募修復，苦無檀越。有僕從甚盛簇擁一人，入寺遊矚，慨然嘆息，有興復之志。越日，遣送千金至，令僧鳩材庀工，尅日修舉，並自延塑匠十餘人，先新佛像。月餘，刮洗淨盡，扃殿去，已而寂然，遍訪絶無音耗。一日啟殿，得片紙於佛耳中，云：「寺爲明鄭貴妃令太監鄭衆監造，十八羅漢、三世佛用赤金塗成，眉心佛光皆東珠，余悉取去。敬留侍者二尊，刮金熔之，修寺有餘。」僧大悔恨，如言得金四百餘兩，糾工興修，煥然一新。

## 蝟怪

陽武縣某村有小廟，神最靈，觸之殃禍立至，以故遠近敬禮，鎔赤金爲眼珠，靈性亦範銀爲之。有虞某者，負博不能償，乘夜着青蓑入廟，推神仆，盡攫其金去。明日神附廟祝召村人至，告以被賊。衆叩竊者姓名，神曰：「睡夢中見一物，青而毛，比醒追之，已杳，不知爲何類也。」虞將金銀付質，連博大勝，不數月所負悉復。心終不安，仍夜往還之。甫啟門，見燈燭輝煌，知爲村人所陳牲醴，乃伏暗陬。少頃，神龕中一蝟長三尺餘，據案人立，引觴大啖。須臾頹然伏案。虞頓悟憑神作威福者此也，逕前捉縛，負以歸。蝟醒，謂虞曰：「與爾無讎，如見釋，當以千金奉報。」虞不顧，趨妻沸湯，投釜加薪焉。香火頓絶，廟亦燬。

## 財運 四則

京師隆福寺，每月九日百貨雲集，謂之廟會。有王翁攜幼孫方十歲往遊，見一紫檀界尺，愛之，强翁買歸玩弄。偶擊几上，劃然一小抽屜脱出，中藏東珠十枚。翁狂喜，驟獲珠價，加以營殖，遂成巨室，至今呼爲珠子王家。

一士人遊東華門，見古董肆懸小皮簟。時夏月，思襯腕作書頗凉爽，以二百錢得之。數日皮縫裂，中藏東坡行楷十幅，倪迂山水十幅，皆真蹟也。售之得二千金。

京師黑市，大抵皆鼠竊輩，詐僞百出。貪賤購覓，往往被紿，亦間有獲厚利者。桐城方某乘夜往市，一人以袱裹一裘求售，捫之，袱頗光滑，裘亦輕軟，以賤值得之。迨曉啟視，則錦袱裹貂裘一襲，不覺狂喜，展裘，墮地有聲，又得珊瑚素珠一串，鬻之陡獲千金。

杭州張某，遊京師數年，無所遇，困極欲歸，苦難就道。聞多棋竿廟神甚靈，凡人命註財禄皆可預借，驗後酬以棋竿，或二或四，久而成林。張因往禱，夜夢神教其往神武門以俟。醒而異之，如言往，竟日杳然。如是月餘，寢倦矣。一日伺至日中，饑甚，姑向餅師謀果腹。見間壁荒貨店有鐵象棋一盒，漆光黝然。張素嗜此，出數百文買之。持盒回寓，進門蹉跌，盒碎，子拋落地，有一二子略致墜損，微露黄質，細視皆渾金而外塗火漆者。平之，得一百四十餘兩，市牲牢酹神，擁資而歸。

## 燕郊鎮廢寺鑪臺

通州燕郊鎮爲山海關出入總路，道旁有廢寺，殿宇傾頽，惟一香鑪、兩燭臺在焉。鑪高七八尺，臺丈餘，重莫能舉，以故久而獲全。乾隆四十二年純廟謁陵，經其地，入寺以鞭扣鑪，曰：「此非鐵聲也。」令侍衛錐破之，皆黄金鑄成，外塗火漆。命移入内庫。寺之緣起，州志不詳，後於牆陰掘得一碑，乃明嘉靖時太監李璵家廟。按明世宗約束内侍頗嚴，李璵名不見史册，似非當時權貴，而已豪富如是，足知前明璫類之横矣。此物委棄荒烟蔓草中四百餘年，往來行人何啻億萬計，而皆不之識，留待駐蹕，始入大内，於以知黄金積至數萬斤，斷非臣庶所能倖獲也。

## 海寧相國

海寧陳相國未遇時，入都，道經曹州。適當牡丹盛開，聞富室周氏園尤艷麗，遂往觀。亭中列大玻璃缸，朱魚百頭，唼喋可玩。略一摩挲，缸忽開裂。方竊惶愧，主人歡笑承迎邀入，酒饌款待極殷。展詢邦族，喜溢顏色，曰：「夜夢黑龍盤缸上而缸裂，今君適應其兆，他日必貴。願以兩息女附爲婚姻。」相國辭有妻室。主人曰：「即備妾媵，亦無不可。」相國夙精星命，見其意誠，索二女生造推之，並夫人格也，惟次女帶桃花煞，竊疑之，解玉佩一枚聘其長女。是年捷京兆，旋入詞館，迎女合巹焉。後出使，道經茌平，輿中見一女郎雜村婦行，酷似夫人，女亦頻視相國。使紀綱訪之，果夫人妹也。自翁故後，嫁東阿士人，早卒，連遭荒歉，遂落平康，非所願也。相國千金贖歸，重爲擇配，嫁滿州都統，亦八座云。

## 張魯傅先生

吾鄉張魯傅先生，盛德士也。年四十許，夜夢二青衣持名柬請，乃乘肩輿隨之。行至公廨，刀山劍樹，森列兩廡。少頃，傳呼開門，王者冕旒盛服出，迎張上座，徐曰：「聞君品學，心竊欣慕，欲屈暫司筆札，何如？」張辭有母。王曰：「太夫人遐齡未艾，且有哲弟奉養，幸勿固辭。」張曰：「不特侍母必應躬親，即兒女何能拋撇？」王復欲有言，張怒曰：「就否須人自願，何不近情？」拂衣逕出。王送至廡下，出署則乘輿不知何往。傍皇道隅，一叟扶杖至，比鄰某翁也，送之歸，乃醒，已死一日夜。後壽至八十餘，少時猶及見之。

## 小河口水神

余己亥房師爲漢軍慶漁衫先生勛。先生由農部郎以知府檢發浙江，將題補湖州，奉太夫人諱，扶柩回京，道出徐州小河口。夜夢河神持柬來訪，曰：「此席待君久矣。」辭以母喪未葬，言次泣下。神曰：「然則待君葬親後，再遣奉迎。」遂醒。葬畢，謂家人曰：「小河口書吏來迎矣。」沐浴更衣，趺坐而卒。

## 史孝廉

溧陽史孟賓孝廉，敬惜字紙，數年如一日。隆冬，方焚字紙，滿屋作桂花香，咸卜爲發解兆。乙酉春，館欒亭令陳公上谷署，課其少子甚嚴。一夜至四更許，生徒尚未去。老奴張某至館緩頰，史怒其干與，叱之出。明日告陳，陳亦嚴飭之。張夙有閉氣疾，至晚不食，死。是科群赴京兆試，史固善卜，占之，得游魂卦。疑張死由己，堅不赴，同人强之行。瀕入闈，又疑而逃，衆掖之，不得已，匆匆終卷而出，是科竟捷。

## 浙江臬署鬼

同鄉汪君雲槎，在浙江臬署掌刑名，從學者三人。汪居正房，三徒分居廂屋。嘗夜閲洋盜行劫一案，傷痕不符，呼徒問之，屢呼不應，乃自出唤。見無頭鬼不計數，依窗窺伺，急呼從人并其徒至，鬼始散。盜七人皆應斬，恐有冤濫，細爲檢閲，實無可縱釋者，仍照原詳定擬，所見豈被害之冤魂歟？汪無子，是年得舉男。

## 長三四六

紹興某村富家生一子，年七歲，愛如掌珠。清明門前賽會，鄰有無賴子方博負，見兒臂金鐲，遂以絮塞其口，竊抱至野，盡所有，投兒厠中。其家徧尋不得。一農人早起，過厠見兒，報其家。赴縣控驗，遍訪無蹤。乃宿城隍廟虔禱。夜夢神贈以牙牌二，視之，長三、四六也。疑莫能解。易服親至其村訪焉。適一廟演劇，令於廟外牆陰啜茶，一少年扯少年辮髮出，曰：「長三，此地殊擁擠，何不往後臺去看婦女？」其人曰：「四六，勿强扯人。戲文正做到好看處，我不往。」令頓悟，密呼役拘之，一詢吐實。長三、四六，乃其小字也。由是山陰城隍香火益盛。

## 鰻　怪

徽州上里潭白鰻爲患，每出，挾冰雹損人木稼，有腥霧，觸之即死。土人患之，詣龍虎山求天師驅治。天師曰：「此鰻修煉千年，頗有神通，余亦不忍誅。」乃付箸一雙，紅白各一，囑至潭先投白者，如無風雷，水不洶湧，箸不浮起，彼即貼服，否則更投紅箸，不敢再肆矣。仍當飭徽州城隍就近彈壓，患可永除。歸如其言，甫投白箸，風霆交作，水起立數十丈，箸浮其上。急投紅箸，始息。其後每潭水漲溢，或遇腥霧，舁城隍神至潭邊，即平静。

## 落星石

蘇屬離里鎮，夜有一星墮蒯星伯少府家，大如方桌，着地有聲，火星四射。家人輩以竿觸之，軟如綿。至曉光斂，堅凝如石矣，竿觸處一孔可貫繩索。憶童時崔瘦生丈，嘗攜一落星石見示，大不盈把，作鐵色，云是途中見落星所化。以刀刮之，屑隨手落，嘗之味極甘。

## 烟戲

劉文恭公生辰，有巨公薦一術者，云善烟戲。呼至，則癯叟也。出烟管尺許，烟斗大逾盎盂，盛烟令滿。吸一時許，徐起，登高几吐之，水波浩淼，雲霧瀰漫，旋而樓閣重重，森立水面，乘鸞跨鹿者紛集。一鶴銜籌，翔舞空際，爲海屋添籌之戲。吐畢下几，烟凝結半日始散，真絶技也。憶少時見一僧，向烟肆募烟，出其烟具，略同術人。吸畢徐徐吐出，盤旋空際，歷時乃散。又一旗丁吸烟畢，吐圈無數，連吸連吐，箇箇皆圓，徐出濃烟一縷，直穿圈中，纍纍相屬，如青蚨之在貫也。

## 纓帽制虎

湖南有卒，由亂山中飛騎送文書，道經一山，見虎蹲巖石上。卒馳馬過，虎驟起，攫羽纓帽去。帽胎被爪穿透，纓纏爪上，虎急欲擺脱，愈擺愈粘，狂躍不止。卒窺見，亟呼村人執杖往，虎已墮澗中，遂被縛。

## 生魂忘死

都門開黄酒館，多山東榮成縣人。有某與鄰肆錢債細故銜恨，伏要路刺殺之。刑部審明擬抵，刑有日矣。某故與劊手善，賂以金，囑曰：「願少令痛楚。」劊諾之。臨刑，劊力拍其項曰：「刃加頸矣，速走！」某竭力一掙，魂從竅出，奔雄縣飯館中爲傭。故善割烹，大得主人歡，贅以女。年餘，主人死，遂掌櫃焉。一日，劊訪親至雄，適投其店。某見之，謝活命恩。劊驚問伊誰，曰：「我即所縱囚某也。」劊曰：「君誤耶，若是某，則爾日伏法矣。」某聞，瞠目仆地，衣冠如蜕。

## 生魂搶食

海州分轉洪芹野司馬，徽人也。徽俗中元節延僧施食，超度亡魂。某寺主僧了塵有道行，能視鬼。癸酉七月，洪延施食。適本家叔祖至，坐移時方去。了塵問爲宅中何人，曰：「本家叔祖。」曰：「此君恐不久人世矣。昨夜渠生魂至壇下搶食，被我用米打回也。」未半月，果暴亡。

## 城隍辦差迎節母

二伯祖母汪孺人，未嫁，守節五十餘年，長齋奉佛，凡恤孤賑貧一切善舉，無不樂施。年七十二疾亟，有鍾氏媪病死復甦，云：赴冥司，道經陽湖縣城隍廟前，見其戚李媪招手，隨至其家。問李何爲，曰：「兒在廟中作吏，故遂家此。媽媽來得大好，今日城隍迎節婦，甚熱鬧，盍往觀乎？」拉鍾入廟，西隅一臺，結彩懸燈，殊極絢爛。聞鼓樂聲，城隍盛服出廟門外，旗幡羽葆，逐隊前來，女童二十餘執幡提鑪，導輿升臺，一白髮嫗盛妝出，汪太孺人也。俄頃彩雲一片落臺前，登雲向西而去。鍾隨李出，至一橋，李從後推之，一跌而醒。令人來問，則汪太孺人已於申刻辭世矣。

## 李天寶

家奴李天寶，秋日患熱病死，一夜復蘇，云：死後見城中街道不類平時，茫然獨行，不知投足何所。遇其素識之顧阿三，泣求送歸。顧曰：「我現有要事，不能奉陪。」指前曰：「向東轉彎即城隍廟，哥之外祖母沈老親娘現在廟中伺候太太，可往尋之。」李至廟，懇人帶入，沈方喫飯，問：「汝饑乎？」遂留其食。飯畢求歸，沈曰：「勿亟，俟老爺退堂再説。」須臾城隍入，本朝衣冠也。沈攜李出，跪階下，向神不知何言。神曰：「爾甥何名？」沈白之。神曰：「並未勾到，可速放還陽。」以手向其額一指，大汗而醒，越三年始死。

## 陰兵

乾隆四十五年夏秋間，蘇松常鎮一帶訛傳陰兵遍野，樹頭皆有火光，光中隱隱有旗幟，黑衣紅褲，層布如林，惟面目模糊不可辨。往往入人家翦鷄毛，割辮髮，尤喜割婦人乳頭、小兒陰莖。鳴金逐之，東伏西起，至曉始寂，舉國若狂。有李生者，夜卧，置盆水床前，聞窗上畢剥聲，甲士長尺餘，從窗榜入，逕登榻。擊之，墮盆内，一紙人，背插鷄毛，持利剪，唇際血點殷然。就燈燒之，呦呦作兒啼聲。未幾，山東臨清州有王倫之變，皆其妖黨所爲也。

## 川福

尹川福，從叔祖樸齋家奴也。嘗籠畫眉從陸家園歸，掛桐樹上，樹下有五通祠，就其旁溺焉。歸即病，云魂爲神捉去，罰令變豬，不從，則以萬針渾身叢刺；又令變羊，不從，則燒鐵遍烙胸背。如此兩旬，奄存弱息。一夜，神又捉尹在樹下痛笞。適先君從友人家飲歸，神曰：「主人至矣。」抱頭竄去。尹得脱，病亦隨愈。

# 申之璧

申之璧，海州板浦鎮人，娶徐氏，兩家甚相近也。偶薄暮過外舅家小飲，不覺深夜，無月色而星光燦然。外舅命二子送之歸，過劉姓酒肆。申見二人立檐下，不覺寒噤。一人探懷出一紙示申，即收去，字跡不甚了了，有硃圈如官衙勾攝票狀。兩妻弟見申立不行，問曰：「君飲未醉，胡若此？」申曰：「無之。」送至門，兩弟去，而前見二人已先在。申叩門，門啟，二人遽入，申頭目暈眩，上階而仆。家人掖起，已不省人事。方申暈絶時，見二人欲牽衣行，有翁媪自外入。翁向索票視，叱曰：「票係楊家集孫之璧，此板浦申之璧，音同字别，安得妄勾？」扭與見官，申隨行。至一處，殿宇高峻，燈燭輝煌，上坐冕旒，綴珠五行，衣黑錦袍，金光閃爍。良久，聞上坐者曰：「誤矣，速送還陽。」二人并翁媪同送之歸，遂醒，病亦若失。翁媪乃亡祖父母也。訪楊家集，果有孫之璧是日死。

## 劉加年

劉加年，新興疃人，性至孝。刈薪爲生，每日入市賣柴畢，必購炊餅數枚，歸奉其親。平日必以甘奉親，然後自食，終身無倦。乾隆乙巳歲飢，人相食。時加年已死，其弟繼年除夕夢輿馬喧閙，二貴官各坐一輿，旁吏抱尺籍從，問：「汝疃有大紳，住何處？官將往謁。」繼年不解，連指數家，皆不是。至加年舊居，加年一品服端坐其中，儀狀甚偉。二官人下輿入謁，復登輿沿門録册，或三口，或五口，或一門全入册。繼年心疑賑濟，得注册爲善。從叔劉正玉者素有隙，不爲請命，未入册。至劉緒賢門，冀其全録。官人曰：「此鄉正直，不宜入册。」惟疃前後數十家登記姓名户口去。春夏間，數十家相繼疫死。

## 惜字益算

海州諸生張慎修，家板浦，一生誠篤，敬惜字紙。乾隆辛巳，年四十，膈症甚危。

其友葛竹筠先得是疾，昏去十餘日，瞑而不言。張扶病往視，葛曰：「我將死，下一牌即君也。君有一事未及行，可速行之。」言訖而卒。張慟之，歸途念生平敬惜字紙，凡路見片紙隻字，拾歸焚化，惟烟鋪包裹必用印記，鄉愚無知作踐，欲具説帖普勸，立願未行，今葛所言，毋乃爲是？因力疾書數十紙，送各烟鋪竟，即遵行。夜夢神謂曰：「汝本應死，因勸人惜字，加壽二紀，勉之。」遂以刀刺其喉，驚醒，吐紫血數升，疾頓瘳。惜字益勤，年至八十四卒。子士熊亦得是症，其弟士庶慰之曰：「先子患此，因勸烟鋪不用印記，遂得增算。今烟鋪復染舊習，吾兄曷刊板普勸，以善承先志乎？」果不藥而愈。

## 陰陽差役串騙

海州大伊鎮馬姓，充本州衙役，奉差之南鎮。路遇一人，亦伍伯裝束，彼此問訊，俱屬勾攝公事，遂同行。其人謂馬曰：「我，陰差也，所攝川資將罄，盍圖之？」馬曰：「何如？」其人挈馬入村，有小兒嬉戲門外，遍摸以手，群兒驚仆，村人各抱負歸。其人曰：「兄往借宿，詐言善療，令焚冥镪樹下，我即使群兒立起，不惟某得路費，兄亦可索謝儀，豈非兩得？」馬如言，所獲過望。其人欣然分道去。比差回，夢拘至城隍廟，陰差先在，云：「群兒祖父首告陰陽勾串騙詐錢財。」未幾升堂，馬與某同入，見數人跪禀畢，神拍案責具供狀，各笞三十，革役。驚醒，兩股青紫，數月始愈。俄緣事被革。

## 生人血可魇鬼

歙人吴東生嘗遊京師，與某王府張姓相識。張家離城數十里，旬日一值班。一日回家，行至半路，見五人立道旁，或前或後，叱問不應。抵家，轉念欲窮其異，乃結束作急裝，復至其地。五鬼仍在，若相待者。直前相搏，半晌，鬼勿退。因咬指尖出血涔涔然，復揮拳奮擊，獲一鬼，挾之歸，燭之，如冬瓜形，色白，兩目甚細，口鼻悉具。衆勸放之，血魘不能去，多方洗濯禳解，始杳。

## 小　人

姑丈趙伯周州佐，其尊人官粤歸，攜二小人，盛以木龕，長尺許。一翁一媪，手似鳥爪，語啁啾不可辨。飼以生米蔬果。龕中有小箱，盛冬夏衣服，應時易著。極畏寒，嚴冬須密室籠火。云西洋人所贈，得自小人國者。後翁死，媪哭之慟，不數日亦死。盛以小匣埋之。其僬僥國之民歟？

## 魏　封　翁

魏封翁建齋先生，太僕贊卿先生襄之父也。精岐黄術，爲人治病，遇貧者往往贈以藥資。一日赴鄉，治一大户子婦疾，枕邊有金簪，旋亡失，疑魏。次日魏至，家人婦迎問之。魏問是何式樣，重若干，笑曰：「簪實我取，因款式特佳，攜歸仿製，失於告白耳。」歸，覓金製如式，付之。未幾，天時漸暖，婦易床褥，金簪宛然，大慚，入城還簪，并謝冒昧。乾隆乙巳歲大飢，封翁積米不滿百石，即門前平糶，以數升爲率，頃刻而盡。衆譁然，封翁指囷示之曰：「此特行吾所安耳。」一夕有移屍懸其門，鄰人謂翁此某所爲，及官驗，翁不言。事平，翁語所親曰：「余與某無仇怨，累我特數十緡耳，又何必更累以移屍之罪、証佐之牽涉耶？」比屋屢不戒於火，翁居獨無恙。子以乙丑成進士，膺五品封，年八十四而卒。

## 幕友阻撓善舉

白門蔡友石先生世松，觀察廬鳳，見管内民生計薄，愀然思有以拯之。商於其友某孝廉，孝廉曰：「鳳陽地瘠民貧，俗尚强悍，偷惰成風。以明太祖開國全力，屢遷蘇松數十萬户實之，尚不能變爲富庶。迨叔季兵燹蹂躪，蕩焉無存。我朝自開國以來，歲有賑貸，今且二百年，即鳳陽一邑而論，糜帑不可勝計，而地方毫無起色，固由地瘠，亦民俗偷安、不知操作也。地濱全淮，溝洫不講，疏濬無方，旱則赤地千里，潦則萬頃汪洋。此時治欲端本，非大興水利，俾民悉趨農畝，然後簡良守令撫綏，非數十年不可。以言乎急則治表，惟有因勢利導之法。國初白敬齋先生教民織絹，至今猶享其利。顧野桑飼蠶，絲勁而繅薄，其利不廣。宜先於四鄉各置田千畝，遣人赴嘉湖購桑秧，就便募蠶婦四五十户，以爲民倡，教之育蠶。數年後桑田成熟，湖民願留者與爲世業，鳳民承種，酌給而收其租。利之所在，人自樂趨。久之，丐遊四出之民孰不願安土樂業，聞風而歸？二三十年，蠶桑遍野矣。」觀察慮費重。孝廉曰：「鳳地賦輕土薄，田每畝僅值錢千，計每鄉千畝，所費不過千金。加以二三年桑種人工，亦不過數千金。得萬金則事可立就。」又慮桑非土宜。孝廉曰：「即署中大桑合圍者且數十株，且糞種如豆餅之屬，多出近縣，藝成而後，獲利必豐。凡書院、義學、養老、育嬰、敬節諸善政皆有所資，是一舉而衆興也。」觀察喜，明日以語鳳陽太守汪芝生霖。太守願倡捐五千金，觀察亦欣然出五千金。太守歸告其幕客某，某思無成案可援，果辦則事事皆須草創，自度才不能勝，乃力阻不可，謂：「民俗强悍，蠶桑利成，必肆攘奪，釀成械鬬重案，誰職其咎？」議遂中止。逾數月，某以事與太守意拂，改就他幕。方治文書，忽二隸入，綰以索。至一署，殿闕巍峨，王者上坐，叱曰：「汝知罪否？」某愕然。王者拍案曰：「君子成人之美，汝阻桑田善政，致數十萬生靈萬年衣食之資一言而敗。汝算應九十，一子進士，官四品，一子孝廉，官六品。今因一言削盡。」命鬼卒以金瓜擊其胸。大叫而醒，未幾卒。

## 乩仙前知

完颜曙墀太守廷鏴，見亭河帥父也。守泰安，治尚清簡。署設一室設仙壇，叩以詩文醫學，亹亹不倦。問休咎則不答，答亦模糊不可解。太守暨諸幕友皆與道號，問答以號稱。逐日所請，各書之册。一日，太守默禱，請示前程，乩判「幾百幾十」字樣，太守茫然。再請，又書聯語十四字，似新婚所用吉語，益不解，書而藏之。明年冬，撫軍歲會甄別，謂太守多病，請以部員內用，剋期北上。時河帥觀政兵部，亦請假來署，料理啟行。太守夙患疝症，至是益劇，肩輿隨二僕先行，眷屬後發。至一飯舖，僕從皆覓食，停輿店門。食畢將行，忽旋風大作，飛沙走石，繞太守輿數四，目不能開。風過揭簾，則太守已昏卧輿中，急抵尖站宿焉。眷口亦至，争覓醫藥，兩日而卒。其旅舍堂聯，即乩判之十四字。核計默禱至交替，蓋幾百幾十日，豈數果前定歟？至誠之道，可以前知於乩仙，曷異焉！

# 遇合定數

某部郎性恬返，竟日伏案以經史自娛，久之并堂期亦不至署。一夕夢其父謂曰：「明日應上衙門。」醒而異之。少頃又夢，聲色俱厲。因告夫人，叱爲奇事。夫人曰：「此不奇，君自奇耳。司官僕直，循分應然，君視到署若登天，實所罕覯。既阿翁諄諭，何妨破格一行乎？」從之抵署，同官都已到齊。時禄相國康管理此部，是日有公事將至。相國內一少年戲之曰：「君今日殆爲中堂道喜來？」某問何喜，少年隨口摭事以實之。相國至，諸司謁畢，某獨行賀禮。相國以面生，疑爲别部司員，宜從謙抑，匆忙答禮。某慌遽謝不敢，不覺手拽相國素珠。珠絶，相國怒，問知爲本部司官，怒曰：「俟入內，回再與計論。」登輿去。群責少年，少年亦惶恐，轉懇排解之策，凂相國較契之某某帶某至朝房，候其出，爲之關説。良久，相國出，顔色温霽，指某曰：「便宜他！」衆不解所謂，環立悚然。相國啞然曰：「某省知府要缺，請簡放。上詢汝部郎中員外内有才具勝任者否？乃諸君姓名概不記憶，不覺以某對，已奉旨補授矣。」某向相國叩謝，前嫌亦釋。

## 酒仙

揚州士人聞湖上桃花盛開，偕友沽酒往遊，籍地對酌。又來四人，皆舊交，因亦留飲，傳壺把醆，玉山並頹，而斟酌不窮，如有挹注。客曰：「君今攜酒幾何，而百吸不盡耶？」言已啟壺，則涓滴無存。衆謂得遇酒仙云。

## 鼠報恩

山左日照縣焦叟，晨起，於堂屋觀書。忽一鼠人立，做拱揖狀，不爲動。須臾又至，亦如之。聞梁上窸窣聲，塵土亂落，異之，移步出院而屋塌矣。蓋叟家已三代不畜貓云。

## 某太守

刑獄至我朝欽恤備至，無枉濫者，顧往往轉輾駮注，由縣府而司院，定讞幾經歲月，罪名仍無出入，而案外之拖累死者已不知凡幾。丁酉冬，某太守設攝開封，余爲入幕賓，承詢通省要務有益百姓者，舉三事以對。一，濫派夫馬須設法禁革，以杜州縣官役分肥。欽使大吏過境，所需車馬有數，而州縣按里科派，折價入橐，胥役騷擾分肥。一，積欠應豁免者亟宜清釐，以寬小民敲朴。時方嚴追積欠，河北三府州縣有仰承意旨追徵全完者，大吏以為能，超擢之，而民之斃杖下、鬻田產者多矣。一，暫繫之待質平民，宜專員設局經理其事，並寬爲捐給口糧，以免無辜拖斃。太守於前二事多見施行，惟暫繫一條，謂兩造皆官爲養贍，是導之使訟，非息事寧人之道。余默然。適王澄川參軍在座，閱其稿而善之，攜去。後余來兩淮，事閱十年，太守已歸道山，久已忘之。今夏聞太守之子孝廉某遊淮安，失足落河死，方痛良吏之後不振如此，扼腕久之。月前太守之戚薛君道出邗上，細詢狀，薛愀然曰：「太守遺櫬尚留大梁，長君眷口羈京邸，一家星散矣。」因述其夫人曾夢太守，謂：「生平居官清正，間有偏執，功過相抵。惟駁湯君所論，冥司責其見善不爲，罪罰甚重。今王澄川已將此稿付梓，汝速印萬卷，流播人間，庶少救墮落也。」薛不知所論何事，舉以問余。余檢篋無存稿，郵書河南，録得一通，附記於此。略曰：國家以民命爲重，幾於皋陶曰殺之三，堯曰宥之三。有犯必懲，明律具在，而於平民暫繫待質，未有專條。伏思臬司爲通省刑名總匯，倘案情重大，司不親提研鞫，無以昭公道而服人心。惟案經提省，則一案之干連人證不能不與之俱來。此輩或情節牽涉，或挾讐誣攀，初非皆有罪之人。其在本邑，已被胥吏追呼，里保逼勒，迨至隨同批解，冤苦填胸，羈管公所，既不能營趁自給，又無人爲之送衣具食，所恃每日官捐之十數文，而此十數文之入腹與否尚未可知，惟聽典守者之恣情尅扣，非意凌虐。夏則人多穢積，疫癘薰蒸，冬則啼號切膚，饑凍交迫，有目不忍覩、耳不忍聞者。試以遊跡所到言之。於杭仁、錢二邑，縣門不時有屍抬出，初以爲獄囚，詢之，始悉其故，計一歲瘐死者不下四五百人。至皖館臬署，每過懷寧，橫屍待驗，或二或三，大約與浙上下。及入保定，則刑獄尤繁，歲斃且七八百。河南稍善，然亦不下二三百人。誰非赤子，乃令無罪而就死地，如是其衆耶？我朝祥刑普化，從無枉濫，惟此等死者大吏不知，本官莫問，案內正犯或且事雪生還，待質者則旅殯孤魂，長填黑獄。嗚呼，冤慘極矣！國家每歲大辟不過數百起，今以目覩情形，令各省計之，拖斃者奚止萬人，其何以慰聖主如傷之隱乎？按罪囚入獄，例有衣糧，病則醫藥，死則斂埋，孕則停刑，令典昭然，有加無已。而此獨聽之地方官捐辦具文，坐令困阨至死，無冤可鳴，無傷可驗，或屍親領回，或就近瘞埋，從無告發之事，首府縣及委審諸賢，亦遂習而忘之。余以爲其弊有四：一由於臬司審斷不速結，一由於州縣解犯不齊全，一由於捐辦經費無正項開銷，一由於司事官役無責成考核。蓋審斷不速則壓積必多，提解不齊則動淹歲月，經費絀勢將敷衍刻剥，苟且率責，稽核弛甚且禁卒蠹役高下任情。果能案提到省，臬司隨即審結，遇有牽連無關緊要之人，立時省釋。即由臬司明定章程，凡解省人証，遲至一月不齊，作何參處。至於經費，宜從藩庫撥款，酌定數目，按季支銷，仍派委同通一二員專司其事，月具清册，詳載舊管新收，開除實在。一有疾病，立即醫藥取保。猝有死亡，詳院司，年終核計多寡，以定功過。督撫定議入奏，仍請通飭各直省，一體遵照。聖明在上，無不允行，事非難成，而生殺人之轉移在是矣。嗟乎！惻隱之心，人皆有之。士大夫抱己饑己溺之忱，居大有爲之地，操能挽回之權，果能起而行之，造福不公而且普哉！

## 幺四

幺四姓胡，新安伶也。幼入都，隸春臺部，色藝噪一時。貴陽某侍御狎之，觀察河東，攜之赴任。父事其閽人陳某，大見信用，援例得官長蘆。會侍御轉運長蘆，與陳表裏，大招權賂。既而寵益固，乘機擠陳而逐之。凡鹺政無鉅細，皆入掌握，商惴惴不敢少出氣。母誕日，召優演劇。一老伶扮李龜年出場，指胡大聲曰：「幺四，今日富貴，遂忘出身耶？我爾師也，奈何倨見我？」乃痛訐其昔日在都媚人狀，並近日威福諸狼藉不堪事。座客轟然散。胡大慚，棄官，家揚州。一日偕友遊湖上，忽起，跪庭心，以手批頰無數，曰：「忤奴敢背逐而翁耶？」語絮絮多責其負心事。知爲陳所附，家人許焚冥資百萬，無應。未幾，疽發背，盡力醫禱，罄所有乃死。小人之交，固不足怪，然謂他人父，始藉其力得志，而遂背之又下石，獨何心哉？得死於疾，幸已！

## 鬼預看停靈之所

山東士人流寓京師，賃下窪子僧寺授徒。攜一僕一徒，與寺僧對房居。一夜，僕被魘，口操吴音，唱崑曲數折，宛轉合拍。知爲鬼祟，叱之，摑以掌，始就臥。次早問之，茫然不知。入夜，其徒出遺，惶遽奔入，面無人色。問之，但以手指户外。士人出視，見藍衣婦徘徊庭心，似不甚懼。士人默念《易經》辟邪，就案頭取擲之。唤寺僧醒，閉户燃燭以待。約一時許，以爲已去，就窺門縫，直立如故。至鷄鳴，始就寢。次日有人至寺覓停靈所，尋送柩至，見所懸影像，則夜來婦也，始悟初死之魂預來相視云。

## 鬼父護兒

甘泉某甲與某乙積釁已久，乙恒思於陰處殺之。甲防衛嚴，不能逞志。甲死，一兒方七歲，家人命蒼頭挾之掃墓。乙懷夙恨，匿墓所。兒至，拔刀刺兒。甲忽從墓中出，伏兒身。乙刺十餘刀不能傷，蒼頭號救，衆奔集，縛乙送官，置於法。嗚呼！父子至性，死猶忘身禦難如此，爲人子者獨奈何忍死其親哉！

## 錢生

錢生英秀，住常州東門外。家有空園，恒往游矚。見花間一紫蝶大如盤，美人長一指許坐蝶背，翩翩如跨鳳。撥花尋之，已不見，疑爲仙，忽忽若有所忘。次日，又一蝶銜小紙條翻飛生前，撲之翔去，紙墜襟袖間，上有蠅頭小楷題一絶云：「花發滿園红，尋香小徑中。懷人春意倦，無力倚東風。」味詩意，益深遐想，遂什襲藏之。一日晚在齋中伏几卧，覺有人以物穿其耳，醒視，一女郎旁案側，手撚釵股。見生醒，却退。生低聲問：「何來？」女曰：「妾家東鄰，來索詩箋耳。」生曰：「詩箋誠在我處，但不知所懷何人。」女笑曰：「閨中女伴，偶爾相違，便生離感，豈必馳情閫外？」生曰：「蝶使良媒，彩箋作合，前緣已定，何必非屬小生？」留與繾綣，備極歡愛。既而日漸消瘦，父母詰之，不承。僮僕聞夜間切切私語，窥見與女並坐，排闥入，張皇間已失所在。父母恐爲魅所蠱，急爲畢姻。合巹之夕，方展氍毹，行交拜禮，忽風起堂廡，異香滿室，生失所在，遍覓無蹤。後三年，戚某遇於錫山，驚問何往。生曰：「近日攜家惠山，新居咫尺，能一顧否？」遂與同行，至山下，果有小園，點綴頗工。延坐絮絮詢里中近事，徐出酒饌，亦極豐腆。云：「贅此三年，家事皆賴室人經紀。」即呼妻出拜，約二十許人，神光合離，如朝霞和雪，爲之目眩。生以一裹託帶歸，奉其父母。某歸，細述其事，發其裹，桃脯數片而已。家人再至其處，已隔宿遷去。又十數年，家中老媪遇生於郡城甘棠橋，遽攬其袪，生摇首曰：「勿爾，我本欲回家，可即與汝同行。」媪一脱手而生已杳，遂不復見。

## 十九貓同時殉節

汪稼門尚書次公子均之上舍，夫人愛貓，二十餘頭，各有名號，呼之輒至。手調香餌飼之，貓不食亦不食也。夫人卒，貓號慟不食。方殮，躍入棺中，伏屍旁不動；出之，繞棺哀鳴，淚如雨下。不數日，或投池中，或入灶突，十九貓悉并命焉。

## 鸜鵒報讐

魏子實鹺尉，於役淮北之青口鎮。畜一鸜鵒，日飼松子，毛羽可鑑，渾身皆有異香。性特馴，善知人意，魏奇愛之。偶因事赴板浦，一夜夢鸜鵒浴血，向之哀鳴。醒而疑之。比返青口，入門即問鸜鵒所在。家人答以某夜爲黄鼠狼齧死，計其日，即見夢之日也。

魏祝曰：「汝有靈，當誘所讐出穴，吾爲汝報之。」越日將晚，見群奴操杖鬨逐，云一黃鼠狼從户外入，竄進柴積内矣。發柴殲之，爲鸛鵲設祭焉。微禽脆羽，卒能自雪其讐，固與尋常翅肖異矣。

## 山陽狐

山陽陳紫涵秀才，薄有才名，而狂傲特甚。每緣事侮其兄，兄固長者，含忍之，暗中引泣而已。陳一日早起，於案頭得一紙，書曰：「陳某自負通品，倫紀未明，尚得謂讀書人乎？余向居汪文端宅，近因文端喪歸，暫借汝居。乃日來見汝無一可取，惟知欺凌其兄，故發憤一道。汝宜及早痛悔，勿謂暗室無人也。」陳閱畢，疑兄所爲，益怒詈。忽空中碎石雨下，頭面皆破。陳往延文端長君侍御至，聞大聲曰：「尊人道德文章，足爲當代欽式，我故敬畏。君不過藉蔭得官，乃以道長自居耶？不早去者，視吾石。」俄一石擊侍御前案，立碎。陳方念呈控嶽帝。空中又一紙飄落，曰：「陳某，汝某日某事欺兄，如何昧心？」歷疏二十餘條。「余以正言相規，不見聽納，反欲讐我。今夕當以烈焰燒汝矣。」至晚，方共妻卧，火自發，陳裸身投地，長跪乞哀。叟曰：「求我無益，當求汝兄釋汝。」陳不得已，與妻偕至兄所，跪房外涕泣求哀。叟令自陳向日負心事。兄不忍聞，亦痛哭，掖之起曰：「吾弟知悔，祖父之福也。」叟曰：「既汝兄弟復睦，我且去。」次日，兄弟同詣家祠，誓改舊轍，設筵望空祭謝焉。陳由是門庭雍睦，家法爲一邑最。

## 剪鷄毛

乾隆間，蘇松常愼諸郡譁言陰兵，婦人乳頭、小兒陰莖往往被割，辮髮剪去，一時鄉城如沸，皆邪教匪徒流布爲之。某紳有老妾，畜鷄二籠，三更鷄聲不已，亟燃火往，一籠毛已剪落，一紙人手持利剪，鮮血殷然，蓋剪毛時適爲是婦所魘而不能遯也。燒之啾啾作聲。

## 徐旭

常州府吏徐旭，少年娶婦，琴瑟甚敦。甫三年，妻病卒。徐改業爲某大令長隨，流轉至四川酆都，貧困不能歸。聞南門外有陰陽界，試往遊。行十餘里，但覺天色昏慘，白草黄沙，彌望無際，意頗中悔。忽一車載囚服多人，一役坐車轅，見徐躍下，道寒暄，則陽湖班頭馮某也。徐求附載，一路叙語，始知馮已死，仍在城隍廟服役，解犯來此。須臾入城郭，見肆旁一小門，其妻在焉。下車與語，妻拉之入室，細話別後事，則轉嫁於八殿閻羅前之牛頭卒。方叙契濶，卒已外至，雙手捧牛頭下，如除巾幘然，則白面少年也。妻告前夫肉身來此，卒呼出見，相待極恭，令治具。妻曰：「鬼饌不可飼生人，奈何？」卒攜筐出門去，俄頃返，漿酒羅列。徐欲一觀冥獄，食畢，卒仍取幘戴，攜叉前導。刀山劍樹，肉磨油鐺，種種駭目。遇一溪水赤如血，婦女哀號其中。徐意即血污池，問：「皆産婦否？」曰：「産育乃天地生化之常，烏得有罪？凡世之主虐婢，嫡虐妾，惡姑虐養媳，繼母虐前室子女，生前非理慘毒，無不入池，受此酷報。」遊畢而歸，留住三日。卒言明日將解盞飯僧十八人赴常州，便道可送歸。次早呼徐起，至門，諸僧皆綑縛車載。卒與徐各跨一轅，妻泣送登程。食頃，已抵里。至門，卒解索驅諸僧由狗竇入，遂去。徐叩門，母啟納，怪其面如黑煤，縷述所見。是夜家中母猪産十八豘。徐於天寧寺披剃爲僧。

## 木客

吾鄉小南門城隅鮑氏三女，色藝擅一郡，鴇母奇貨居之。木客某耽戀忘歸，挾貲數千金，悉寄頓其家。踰年，鴇漸出惡聲，令諸女分宿於外。客方冀多金返璧，含忍俟之。一日置酒，三女疊起行觴。鴇曰：「客眷吾女，屈指兩年，徒以客故不外交，食指繁多，所存金已盡。客少年離家久，不如暫歸。今具贐銀二百餅，願賜莞納。」客無由與較，太息而出，抑鬱遂死。同鄉某憐而殯之，而鮑不知也。一日長女對鏡理粧，客揭簾入，堅卧不起。鴇以其久不至，或回家仍攜多金來，覓人詢問，始知已死。轉告女，匿女鄰家。甫就枕，冷氣竪人毛髮，客已先卧。從此寒熱不止，每夜交接，疲不可堪，未幾瘵死，又淫其妹。趙秀才某與鮑次女昵，叱曰：「生爲敗類，死復淫昏，何不知顏甲耶？」鬼擲以枕，懼而逸，於是次女亦鵑化。其小者名蘭英，尤娟媚，母載往姑蘇。甫三日，鬼尋至，曰：「汝母欲留此錢樹子耶？」挾之臥起，數日亦病。凡有眷蘭者至，鬼輒現形相恐，未匝月，娟香亦萎。夫客迷戀烟花，死由自取，以乾没其貲，半年之間連斃三命，豈冥中但論報復，不禁淫殺耶？抑與三女本有宿世冤耶？

## 漢口災

道光某年，漢口被焚數千家。有術士與一富翁、一開棉花行者最契，預洩其機，先期兩家各搬運百里外。而富家有地室，火作，親丁數十口皆避其中，以爲安然無事矣。鄰廟爲銅錫舖貯貨公所，廟焚，銅錫鎔汁入地室，合家併命焉。花行俟房主營造訖，運回貨物，擇吉開張。是日敬神，炮星落花上，傾刻灰燼。乃知數不可逃，而富翁尤慘。

## 女鬼開燈

自雅片盛行，江南州郡街巷皆滿，謂之「開燈」。武進汪阿正者業此最久，後妻死，扃屋他適。一夕李某經其門，聞烟味甚濃，叩扉，有少婦啟納之，歡笑承迎，取烟具出。李臥榻連十餘口而癮不解，問婦，婦曰：「想癮大，非黑土不可。」李付錢，婦入房另捧烟出，味如前。婦面漸青黑，不類生人，懼而起，奪户出。婦從後追之，李向前狂竄。時夜已深，市肆皆閉，見剃髮舖燈火尚燃，急入，備述所遭。衆攜燈往，出門見婦人在前徐行，綴之，漸近其處，忽不見。次日入視，榻上青蚨宛然。

## 鬼贅婿

武進錢生，家可中資。其父於惠民橋開米肆，每夜輒有小婢挑蓮燈導少婦至糴米。如是經年，店夥疑之，尾之過橋，即不見。疑爲鬼，而所用錢皆真。會中元節，婦以小筐攜茄餅十餘枚持贈，適值生，相與目成，取餅大啖，頓盡數枚，婦笑而去。生忽發狂，類傷寒，謂家人曰：「婦與之訂百年約，詰旦輿馬來迎。」次日，具衣冠，叩別父母，登榻而逝。是夕鄰人皆見燈籠數百，沿河繁如星點，隱隱有鼓吹聲，咸謂錢生入温柔鄉矣。

## 伍八

郡城伍姓，設元豐紬肆。小夥伍八者，族人也，貌頗清俊。每日有美婦來買零紬，久之而稔，叩家何里。婦曰：「覲子巷。男子遠出不歸，又無婢媪，故獨行耳。」伍以言挑之，秋波斜睨，似甚欣屬，低語曰：「明夜月上時，可過我。」伍時未娶，狂喜。次夕如期往，婦已俟門，遂相繾綣。由是蹈隙輒往。將至中秋，婦預約三更後當治酒以待，爲長夜歡。至日初更即往，則小扉雙扃，扣之不啟。問諸鄰，則夫久出不歸，婦已死三年，停柩扃鐍焉。次日啟視，果有酒肴一席列左室中。

# 四喜

中州南陽府附郭爲安陽縣。雲氏者，安世族也，甲第連雲，食指千計。有東平遲孝廉與至戚，計偕北行，順道來訪，館之齋中。夜半，覺有人撼之醒，一美婢着縹綾半臂，斜簪馬纓花，綽有風格，睨之而笑。驚問何來，曰：「妾四喜，慕公子雋才，來相伴耳。」心悦其美，不暇詳詰，摟之入衾，歡爱備至。次夜復來，曲意承迎，更善撫摩之術，筋骨皆酥，不覺沉沉睡去，日高乃起。由是更定輒至。試期將近，雲贈資促行，遲戀戀不忍别。四謀偕遯，約以前途相待。明旦遲行，夜宿逆旅，細雨廉纖，方慮夜深泥淖，非纖步所能遠涉，忽聞扣門聲，啟户則四翩然入。遲喜，一路攜以自隨，頗忘旅寂。是科捷南宫，觀政户部，將接眷入都。遲恐嫡妬，四言無慮。夫人至，果虐遇之。四伺應惟謹，莫敢當夕，嫡無隙可乘，相與安之。無何，遲授南陽府，挈眷履任。遲以竊婢而逃，内存慚悚，每慚見雲，而雲殊坦然。一日遊雲後圃，見短碣書「亡婢四喜之墓」，驚問何人。雲蹙然曰：「荆人愛婢，十七夭亡，瘞此十稔矣。」遲駭絶，備述前事。雲夫人遣媪詣署覘之，四方拈針窗下，遥見媪入，遽仆，衣履如蜕。遲悼歎欲絶，請於雲，遷櫬歸葬東平。

## 煞神

常俗，人死殮時以瓦罐覆地，葬時起棺，請巫誦咒破罐，則曰煞神退矣。或曰其形如雞。高雲瀾明府，先太宜人中表也，所居有馮氏鄰，新喪，罐爲群兒擊破，煞神乃逸。高後樓五楹，久封扃，忽時聞拍拍聲，啟視一雞，冠距甚偉，不知從何處來。罩以巨籠，倏失所在。

## 佛手傾家

濟南張某，家巨富。性愛花木，庭院栽種皆滿。畜佛手柑一盆，結實長八九寸，圍尺餘，寶愛之，不輕以示人。適撫軍購得大玉盤四，欲盛物四種，或以張佛手告，令歷城令往索之。張不肯，令大恚。未幾，張婢爲妻所撻，投繯死，婢父母以逼姦致死控。

縣令拘張至，慘搒備至，逼誣伏强姦，罄産營救，僅得貸死，流新疆，訟解而家計蕩然矣。

## 左中丞驅縊鬼

左杏莊中丞未遇時，夏夜讀書苦蚊，納兩足甕中。見蓬髮婦探首窺簾，公念家無此婦，夜深突至，必魅也，出齋遍矚。前婦衣藍衣，頸拖長繩，俯身向内室門縫悄然而望。公出不意，取木棍從後擊之，踣地而號，連撻之，化黑烟一縷穿鄰壁去。急呼鄰至，告以所見。次夕，鄰女無故投繯死。

# 卷六

## 獨樂神燈

薊州獨樂寺，每元旦有神燈二自盤山白塔頂出，直投寺中。寺建唐初，有太白書「大士閣」三字額，觀音像銅錢鑄成，高七丈，與真定大佛相伯仲。余遊薊門，聞神燈之異，思得見之。一夜與段晉康對飲，忽僮呼曰：「神燈出矣！」見空中初止一二點，旋散作千萬點，乍離乍合，忽高忽低，皆有行列。須臾聚成一團，復成一點，入寺中去。次日遊盤山，乘騎夜歸，見滿山皆火，行漸近，作閃，碧色，或在馬前，或在馬後，馬惕然欲驚。圉人曰：「此易制耳。」脱鞋倒著之，踊躍再三，火皆滚聚足下，隨蹋而滅，俯拾則棺釘一枚。連蹋連取，火悉散滅。圉人藏釘腰間，云可治小兒驚癇。士人曰：「此漁陽古戰場所見，蓋燐火也。」

## 借屍還魂

直隸長垣縣農家侯姓，女貌頗佳，共母紡績，未嘗出門。一日舉家赴田拾麥，獨女留。比鄰孫生夙稔女美，乘其獨居，往挑之，拒不納。孫淫詞穢語，備極調笑。女怒，自房内以剪刀由門縫擲之，孫駭走，倉皇間遺一扇一帯於地。適女嫂自田回家，見孫神色有異，至庭中復得遺物，疑女有私，白之翁媪。翁媪不察，女遂自經。孔姓者，鄰村巨族也，有女年十七，患瘵死。忽蘇曰：「此何處耶？我何爲至此？」家人詰之，自言侯姓女，爲嫂冤死。冥王嘉其貞節，因陽算未盡，判令借屍還魂。急欲歸家，以明前生之冤。家人苦禁之，告諸其家鄰，詢前生事良確。其父雜稠人中往見之，女逕前抱持大哭，備述冤死狀，欲仍回家。孔不可，父母亦勸止之。嫁同村秀才以終。

## 假狐

刑部主事山西常君，賃居西河沿宅，旁臨小衚衕。娶妾天津，貌極佳，性嗜酒，早晚飲烧春一壺，啖鷄子數枚。自到家後，宅中抛磚擲瓦，婢媪頗涉疑怪。一日曉起，門户未啟而妾已杳，箱篋一空，疑爲狐，置之。越半年，有控追獲逃妾因争斃命者。女至，則逃妾也。窮治之，始知預賂家人，代爲傳遞，托狐而逃。常大怒，盡法懲之，女發官賣，毆人者抵，案始結。

## 巧騙

石埭蘇某，性浮誕，讀書不成，質産得數百金，赴都謀充供事，冀得一小官。初至，寓東長安門。有戚陳姓南歸，因行李累重，以衣裘十餘箱寄蘇。蘇欲誇耀同人，私啟箱，日衣華服，往來酒樓舞榭中，人不知其爲貧士也。客有談廣東陶太太者，夫某省同知，入都候選，病卒，陶擁厚資，欲贅壻如前夫官而資相等者。蘇利其財，謂客曰：「似我何如？」因詭稱由部郎改捐同知，欲就試，故未投供，且言喪偶，并許重賂。客貪其利，向陶關説。陶必欲面相其人，蘇乃盛服素珠，冠水晶頂而往。至則閈閎洞開，巍然甲第也。坐頃，群婢擁陶出，立琉璃屏内，側身俯首，高髻雲鬟，髫鬀豔絶。蘇狂喜，議定財禮千金，贅其家；不足，益以陳物。北俗合巹之夕，新人拜堂即揭红巾對坐，飲同心盃，啖子孫餑餑，然後上床。是日蘇至，一婢耳語曰：「娘齒痛不能奉陪。」蘇會意。少頃，解履登床，備極歡洽。天明，新人起梳洗，則六十餘齒落頭童之老婦也。然喜奩資固厚，可滿所欲。忽有男婦幼孩二十餘新衣入拜，則皆伊子婦及孫曾行，細稔其家，一無所有，上下食指四十餘人，均仰給於蘇，其宅亦暫賃者。恚甚，控之刑部。婦挺身對質，口如懸河，部不能詰，斷歸蘇。蘇無奈，乘夜剃髮逃去。婦尋至其家，且控於邑，因蘇未歸，怏怏去。

## 莊、錢二公積累之厚

吾鄉莊南村先生柱，與錢鑄庵先生人麟，中表也。莊官浙之温處道，適所屬大荒，人相食。莊蒿目災黎，稟請發帑十萬，赴臺灣買米，平糶賑飢。大府駁斥，謂臺灣遠隔重洋，須候潮汛，往返稽時，萬一船多飄没，帑歸何著，實屬不曉事體。正深懊悶，適鑄庵先生來訪。莊心緒惡劣，神情索寞。錢怒曰：「至戚遠來，未必分潤官橐，何遂無中表情？」莊告委曲，即求良策。錢曰：「然則君固身家念重，而視民命輕也。既爲監司大員，視有便於民者，能辦則辦，何必拘拘稟白？君果能出庫項，我當爲君赴臺。君既不惜功名，我亦何惜性命？」莊計遂决，啟庫出銀。錢連夜起身泛海去。莊移宿城隍廟，禱於神曰：「幽明同有民社之責，如不忍數百萬哀鴻就於死地，願賜帆風，俾米速到，起此溝壑。」果未半月而錢返，米百餘萬悉集，數郡賴以全活。後莊兩子皆大魁，錢生文敬公，亦以第一人及第，子孫科第不絶。

## 羅漢出遊

常郡南門外端明寺，宋時所建大刹也。羅漢十八尊，耳目體態，宛轉如生。寺旁荷花池有白翁者，天乍明，乘曉涼種菜。見少年僧十餘衆，或浴於池，或歌於岸，既而各折荷花荷葉，相攜入寺。尾之至寺，門尚未啟，諸僧棄花、葉於地，以次由門縫入。最後一僧回首見白，笑以蓮實一枚與之，亦入。翁攜歸，覺漸重，視之，則渾金所鑄也，平之，重斤許。由此起家，稱素封焉。

## 來文端公識名將

肇將軍惠，生而能行，未逾月，父母俱亡，育於其姑。七八歲即長大多力。偶過市，見群不逞攢毆一人，肇勃然奮擊，皆披靡竄去。方四顧尋鬬，一道士從後掣其肘，即隨之行。至西山一茅庵，道士口吐一物，令吞之，留教拳勇并孫吴兵法，半年乃歸。姑疑已死，哭之慟，蓋去已三年矣。家貧，無以爲生，於滿營就步糧爲街卒。來文端兼攝九門，見諸卒潑水不過丈餘，肇獨遠及十餘丈外，奇之。呼與語，甚戇，命鞭之，如擊石焉。肇曰：「性耐刀鋸，不耐鞭笞。」公見其狀貌即已奇之，及聞言，益大詫異，令明日至府面試。挽强命中，揮刀運石，力大無窮。與談行軍紀律，侃侃而言，動與古會。來大喜，閲日見上，叩頭者再，曰：「爲國家得一大將。」上問何人，曰：「街卒肇惠，其人雖賤，大將才也。」即日召見，命射，九發皆中，授一等侍衛。平定西域，屢立大功，卒成名將，文端力也。世傳文端精於相馬，豈知其隨時隨地留意人材，遠出九方皋上也。

## 勝國孤臣

無錫杜翁某，明鼎革，隱居惠山。偶遇一客，長眉疎髯，灑然有出塵之概，揖問之，則北來避兵者也。言北直秦姓，與談經史，淹貫賅洽，上下古今。語及明季事，唏噓流涕。知爲明之故老，留課其子。閱十餘日輒一出遊，數日始返。一日出金付杜，囑市羊豕酒饌等物。次夕有三客來，杜偕其子伏窺之，一少年全真，鳳目龍顔，美如冠玉；一清癯白鬚，儀狀甚偉；一燕頷虎鬚，氣象威猛。秦跪迎，奉全真上座，餘分東西席地坐。少年泣謂諸人曰：「某播遷數省，幾無寸土可以立足，近又聞某王被執。觀時度勢，天意可知。諸卿間關萬里相隨，本欲延某一綫祀耳。時事已去，何向而可？」燕頷者跪啟：「今鄭氏奉我朝正朔，不如且往投之。」秦與白鬚曰：「鄭氏名雖奉明，志在自立，且臺灣蕞爾，非用武之地。」秦乃於袖中出一圖進曰：「臣籌之六年，惟此一區，可以暫時立國。昨海上諸將各有書來矣。糾集精兵十萬，若六飛親臨，勇氣自當百倍。先取八島以爲根本，然後練兵積粟，觀釁中華，大事可圖也。」燕頷者再拜曰：「軍師言是。臣已備海舟二百，明日即請啟蹕。」於是各坐就席大啖，天將曉始罷去，秦亦不返。

## 地師張某

宜興地師張某，性妄誕，好爲大言。妄求福利者信之，亦往往有奇驗。桐冠山有地一區，地主欲賣富户焦姓，知焦與張暱，乃賂張求撮合。張先往視地，並無龍脈，密謂地主曰：「可於某日時從某處起，委蛇高下，縱燒硫黄，使烟氣騰出，我當偕焦來視。」至日，張拉焦往，指烟氣曰：「此龍氣也，不特發貴，且可久富。」焦信其説，遂千金購之。及葬其妻，掘地得窖金。既又有舊紳欲鬻其宅，賂張使言於焦。焦往視，見廳柱楹陷土中。張曰：「此大吉宅，柱下必有藏鏹。」既成交，掘之，果得銀數萬。張索謝甚豐，家頓裕。生平以術惑人，惟恃口舌，初不知《青烏書》爲何如也。晚年聲價益高，非安車駟馬、卑禮厚幣不能招致。一日遇皂衣卒，引至一署，見古衣冠人憑案喝曰：「賊奴，汝在世妄以術惑人，婪取多金，試問《葬經》何人作乎？」張瞠目不能答。古衣冠者曰：「汝亦知術不精而妄言屢應之故乎？汝本應得一品，享萬鍾，因妄言削盡矣。」呼左右力創之，痛極而醒，盲廢十年而死。

## 啖鬼

藍嫣者，余家澣衣女僕也，粗笨多力。偶夏日薄暮，於西廊下見一蓬首婦，著葛衣，在堂簷下竊飲菉豆湯。細看面如紙灰，知爲鬼，繞出其後，徑抱其腰。鬼驚跳，藍亦跳，家衆集，鬼宛轉化爲朽木，燒之啾啾作聲。木中得血筋長三指，許啖之以酒。自後兩瞳變碧，晝能視鬼，有病祟者，藍以桃枝擊之，即逃去。

## 拔鬼舌

常郡南門外茶山路，唐宋以來皆栽茶。宋末茶税過重，茶户不勝苛索，盡伐其樹，久之，遂爲叢葬所。相傳其地多鬼，人不敢單身夜行。有劉二者，頗習拳勇，心粗膽大，肩錢數千，夜經其地。時微雨初過，節近中秋，月光隱約，可辨徑路。正行間，忽墳隙中躍出一鬼，披髮滿頭，兩目流血，舌長數寸，突前相撲。劉徑前拔其舌，著手冷膩，揣之，豬肝一片也。騰足踢之，噭然倒地呼痛，乃一婦人，叩頭云：「就近窮民，冀嚇人拋棄衣服藉以過活。」劉曰：「汝害人多矣。」以指抉其睛去。天明，人見婦僵臥，撫之猶温，呼其家人舁歸。茶山路鬼遂絶。

## 父母愛子幽明如一

福建李鳳岡太守威，初任刑部司員，隨大僚出京審案。夜宿旅店，一美婦推門入，悄問：「睡乎？」其聲嬌細。李心大動，明知非人而豔其貌，遂與共枕，臨别重訂後會。及差旋，復經其地，特遣僕預定此店。至晚，婦果至。方共敘離情，忽見李太夫人操杖入，指婦曰：「妖狐敢惑吾兒！」逕前撻之無算，倒地化爲狐，哀鳴鼠竄而去。太夫人亦不見。李大哭，蓋太夫人殁已多年，而遠隔七八千里來此捍禦，足知愛子之情幽明如一也。

## 懷慶樹神

河南懷慶府二堂院中古槐一株，虯枝屈拏，作鳳舞龍蟠之勢，數千年物也。槐上附何首烏二株，藤粗如椽，盤結離奇，勝於怪石奇峰。相傳樹已成神，每太守陞遷，則白髮叟攜二童出。署中有廟，肖像祀之。某太守志在必得，循藤發掘，壞民屋無數，至城根，勢不能毀乃止。後太守以暴病卒。開歸道陶松君觀察守懷慶時，因箭道窄，小毀其祠，一月內四公子相繼暴亡，復新其祠。余至署，適當花時，緑陰滿院，白花碎攢，望之如風飄柳絮，亦奇觀也。

## 狐仙請看戲

河南蘭儀工次行館，備河督防汛駐工暫憩。張芥航河帥按臨，甫入上房，即堅閉其户，令各屬來見者一概謝絶，惟留一僮侍起居飲饌，亦屏不進。如是三日，諸河員莫測其故。公出門，問公。笑曰：「狐仙請看戲耳。前日甫入門，有白髮叟率麗者六人叩頭曰：『知公將到，特備梨園一部，伏乞寵光。』轉瞬間戲臺已設，酒筵甚豐。叟以倭几率諸麗者席地坐，兩伶呈戲目，扮演登場，關目宛轉如生，曲白之妙，有非俗伶所能者。叟殷勤勸酒，麗者以次行觴。叟曰：『皆息女也。山荆偕豚兒入都，在武英殿當差，故眷口分半居此。』問當何差，曰：『禁中殿閣各有專司，三年輪替，由祖師與天師派點。』問姓名，曰：『胡定。前七科生員。』問：『仙尚考試耶？且生員何又論科分？』曰：『泰山娘娘每六十年集天下諸狐考試，擇文理優通者爲生員，生員許修仙，餘皆不准。六十年考一次，爲一科耳。』公與縱談甚樂，戲至八齣，叟起致敬，曰：『公倦矣，盍少休？』遂入房就榻憩臥。入夜，燈戲尤麗，魚龍曼衍，目所未覩，連觀三日，並忘其倦云。」

## 毒虫相食

嘗見一蝦蟆踞地，若有所伺，一蜈蚣長八寸許，相離丈餘。蟆張其口，蜈蚣徐行蜿蜒入，須臾，自蝦蟆後竅出，已縮小僅三寸許。蟆復轉身張口向之，蜈蚣仍前走入，久之不復出，已果腹矣。又一蛇長丈許，盤旋蛛網下。蛛大如錢，緣絲下垂，蛇昂首欲吞，蛛即緣絲上，蛇低首則又垂，如是六七次，蛇少倦，頭漸低，蛛疾下據其顛。蛇狂竄跳擲，移時死。又於破廟壁上見一蝎虎，與蜈蚣遇，直前囓蜈蚣首。蜈蚣急以箝夾其頸，相持不動。次日往觀如故，試拂之，則兩物隨手落，俱斃矣。噫，以小制大，以弱制强，强大固可恃乎？

## 一角怪獸

武進呂明府遣僕張某，由靈寶回常州。因大路雨後泥淖，遂乘馬，隨一役，由山路繞道而行。至一處，怪木森拏，亂石棱峋，矗如刀劍，羊腸一綫，詰屈甚紆，乃捨騎步行。忽見前路數人狂奔而來，問之，不及答，但揮手曰：「速返速返！怪物至矣！」急隱身石後，覘之，一物馬頭一角，高二尺餘，渾身赤毛，已疾追至，向人以蹄踢地，塔塔有聲。人即撕衣倒地，怪以角觝腹，肺腸盡出，噉之立盡數人。張思必將及己，憶衣包中帶有小火鎗，急取出，敲火擊之，物狂吼竄去。視役已脱衣臥，謍救移時始醒。仍由官路行。沿途問人，莫知何物。

## 惡犬

東河道明府元勳，需次武陟。房簷下掛風魚臘肉甚夥，每夜必失去一二，疑家人所竊。家人輩乃輪值夜起伺之，至三更許，見竈下犬以首頂桌人立，徐行至房簷下，又頂一椅加桌上，乃躍登，嚙繩斷，肉墜地，犬下，仍頂桌椅歸原處，銜肉大嚼。明早白於道，命擊殺之。犬似已知，狂吼撲道。執械環撻之，始斃。充其黠悍之性，若不早除，爲患未可知已。戾氣所鍾，獨於物乎？

## 紿猴

天目多猴，山行者往往被嬲。村人販蕉扇經其地，手持一扇，且行且摇。群猴驟至，攫所販立盡，而各效客之所爲，客摇亦摇，客止亦止。村人憤甚，閲日，乃多覓剃刀，肩擔至其地。視猴且至，取刀作自剄狀，委之而去，群猴取而效者多斃焉。土人擇其出入之所，就山石鑿小竅，內寬外窄，僅可容手。取木爲彈丸，丹漆其外，放穴中，潛伺之。猴見丸，探手入攫，人即鳴鑼驚之。其手虛入而不能實出，遂被縛。噫！猴視他物爲靈矣，貪而忘身，雖黠何爲？

## 龍取水 二則

山陰村農某，夏月河邊洗菜，見一龍掉尾入河，水即沸湧。轉瞬間頭被吸入，鱗冷如冰，腥穢不可耐。極力掙脱，墜於秧田，已嵊縣北界矣。農向患禿瘡，至是愈。

新興場垣商楊某，由洋河赴海口。中途大風驟起，不能行，泊舟荒岸。見雲中龍尾下垂，水一綫直上如疋練，覺所坐舟起騰空際，下視田塍，歷歷在目，大駭，以爲舉舟粉碎。霹靂一聲，大雨如注，舟墮沙灘，則阜寧濱海地，距泊處已四百里。

## 三官就難

吾鄉莊南村先生柱，觀察温州，接眷赴署。經鶯脰湖，舟中失火，風烈日燥，救撲不及。隨從及舟人皆跳避小舟去，夫人攜兩郎一婢正惶遽間，見修隄一綫，浮出水面，扶攜而上，遂得達岸。回首失婢，隄亦不見。須臾，家人輩駕大船來，船已灰燼，意舟中人已付一炬。試尋覓，則夫人攜兩郎坐地哭，皆無恙，大喜，請登舟。岸邊拾得檀香三官像各一尊，夫人喜大難得免，歸功神護，後建三元閣祀之。兩郎長方耕侍郎，次本淳殿撰也。

## 查翁暴富

海寧查某，年四十餘，困於場屋。貧甚，禱於關聖祠，籤詩有「南販珍珠北販鹽」之句，遂擬入都。遍貸戚友，得二十金，以十金付夫人作家用，以十金作川資。臨行謂夫人曰：「此行如無所遇，不復返矣，幸善撫子女。」泣而行。入都，寓騾馬市某店。年餘，典質漸盡。店主見翁醇謹，延課其子。一日，有長蘆鹺賈查某來寓，忽夜半急足至，稱緊要事，立待覆書。商之店主，欲覓人代作信函，以查翁對。鹺賈喜曰：「我家亦自海寧移來，必同族也。」延見與語，深相契合。賈曰：「在此無所事，盍偕我歸長蘆作記室，不愈於閒住耶？」遂偕返天津。查故商總，鹺務案卷皆存其家，翁暇翻閱，凡長蘆鹺政得失，無不研究，查不知也。乾隆某年，某侍御指參鹺事十條，連查者七八，欽使拏問。查窘，謀解其事，皆惶遽無策。明日，欽使將至，翁夜半往叩門云：「已得善策。」查喜問計。翁曰：「子速逃避，欽使至，但云子幼，一切鹺事交本家某辨理。欽使必縛我往，我自對案，保無慮也。」查大喜，逸去。欽使拘翁研鞫，翁援據成案，燦若列眉。某侍御所劾，皆無指實。查獲免，益德翁，以鹺業之半贈焉。翁洞悉利弊，三年，手致百萬。入都購宅於繩匠衚衕，即嚴分宜故居也。治屋，發得藏金十窖，遂富甲長蘆。迎夫人至，出所留十金，原封宛然，蓋別翁後皆仰給十指。內助得人如此，宜其熾昌滋大矣。

## 黄河水怪

道光二十一年夏，南河桃南工次，一物昂首水上，頭方廣如糧艘前彩畫狀，有雙角，身濶十餘丈，長倍之，以爪拍浪，逆流而行，一時許始不見。未幾而河決開封之祥符六堡。

## 騾異 二則

北路同知駐昌平之鞏華城，户書白某畜一黑騾甚健，無事繫之堂下。某年冬，白騎往昌平，渡沙河，踏冰而過，至中流冰裂，騾驚躍上岸，人墮水中。騾逕奔廳署大號，淚如雨下。群察其異，令數役隨至裂處，急打撈，已氣絶不救。

宛平令沈君，嘗五更駕車出城，上車蹉跌轅下，暈然如睡。家人謂已坐車中也。御者驅騾行，不動，毒鞭之，屹立如故。以燈來照，始見沈仆臥於地。其時騾一展足則斃矣。沈感其義，芻豆終身，不復乘騎。

# 盜妹殺兄

蘇州賀履元秀才，美秀而文。嘗買舟赴淮上。舟子兄弟二人，一妹年十七八，有姿色，時進艙爲之温酒瀹茗，四目縈注，深相傾慕。至無錫，舟子上岸拉縴，女謂賀曰：「君知吾兄意乎？」曰：「不知。」女於板下出刀示之曰：「欲以此奉贈，所以不即下手者，内河耳目甚多，再兩程，君休矣。」賀大駭求救。女曰：「我兩兄皆非可理勸者，勢須用武，幸而獲濟。妾孑身女流，將安歸著乎？」賀指矢天日，已有聘妻，必娶女爲次室，終身偕老。女曰：「此事須密。」越三日，出江，晚泊荒渚，女以刃授賀曰：「可息燈伏伺艙門，入則刺之。」賀接刃，戰慄不能動。女急奪刃伏暗中，兄入，揮之殪。次兄在篷上伺，久之無聲，疑有備，不敢下。女至艄後，悄呼之語，刃之亦斃。相與回舟，赴縣首焉。女出一小布包，其中辮髮累累，皆其兄歷年行劫所殺，女剪藏之，爲己脱禍計者。數之得三十五條，乃薄女罪，斷歸賀。賀見其手刃兩兄如割腐鼠，殊惴惴，及成婚，女事姑孝，與嫡處不敢争夕，以孝謹聞。吁！使女幸而不遭家庭之變，充其智勇，沈幾觀變，豈不皎然烈丈夫哉！

## 張得禄妻

張得禄，管椒軒中丞僕也。管官户部主政，張爲騎奴，甚勤謹。娶妻倪頗豔，其父心涎之，乘張值宿，逕撬門入，欲姦之，死拒得免。張歸告知，念翁鰥居久，故出此。京師向有上炕老媽，第多與僱值，妻妾不啻也，遣事父。父戀婦美，意不屬，仍調婦。誘脇百端，倪終不動，乃夜起密紉其衣，以帶自勒死。嗚呼！若倪者可謂貞孝矣！遇人不淑，自古歎之，而不料其所遭乃在所天之父也。委曲求全，卒以死殉，蘧除戚施，奈此燕婉何哉！

## 王和尚

江西萬州佐啟昌，補官永定河之雙角淀。丙戌春，遇於胡筠初別駕署中，温温如書生，與談釋典，終日不倦，勸人茹素，自云奉本師戒已十六年。問其師，王和尚也。和尚揚州人，少無行，走京師數年，落拓無所遇。困甚，遂披剃於廣惠寺。習幻術，談言多中，一時朝貴崇信甚篤。後積有金錢，蓄髮娶妻，改名樹勲，入貲爲通判，擢襄陽府。有狼藉聲，爲石侍御承藻所糾，逮刑部獄。諸嘗師事之者左右之，得薄戍伊犁。此嘉慶丙子丁丑間事也。余詰萬曰：「和尚一無賴，君何奉之爲師？」萬艴然曰：「咄！余師活佛也。」余曰：「娶妻生子作貪官，活佛固如是乎？」曰：「此皆轉劫應爾。」請畢其説，因言：「余初入都注銓，偶過白雲庵，高軒駟馬，環列如市，皆來參活佛者。心念活佛未知何狀，次日往謁，師垂目趺坐。先有珊瑚冠者數人膜拜座下，隨向頂禮。一炊許，師開目視，指兩旁禪榻令余坐，餘人揮之出，復合目如故。余就榻，甫交睫，覺已至家，見老幼倉皇，奔走絡繹。祖母臥棺中，屬纊未畢，一慟而醒。師笑曰：『見乎？』余白所以，懇求指示。師曰：『半月後自知。』後接家書，祖母果卒。駭其術之神，求爲弟子。師授以梵咒，囑曰：『第持此，久當自驗。』由是日往來師所。一日師入定，忽謂曰：『汝從我半年，不可不覩我法身。』乃戟指作符，令閉目，少頃開，看一佛高丈六，四面金光，妙麗莊嚴，不可逼視。喜極伏地，方一舉目，法像收矣。又取水一盂，咒之塗目，令入市，遍矚市人，多牛羊犬馬，曰：『皆前生像也。此時汝能見人不能見己。』乃又以水令濯眼畢，付一鏡令照前生，則朱衣崁冠，白鬚飄拂。取鏡呵之，中易一人，今生像矣。再呵之，則一屠縛一豕，持刀欲殺狀，曰：『此汝來生像也。』余力求懺悔。師曰：『我將娶妻生子出仕，以了宿因。後十年，仍期子會此，當授解脱法。』余簡發直隸，需次十年，以解餉到京師，已錮刑部獄。至庵，舊時道侶諸鉅公咸集。須臾，見西邊白氣一縷上騰，屈曲下垂，則王也。謂諸公曰：『刑部欲薄余罪，余以受杖荷校，皆有定數，請治如律。明日出獄矣。』索筆硯作偈語分贈衆人，曰：『脱有緩急，吾當自至。』遂騰空仍入獄去。」所言有類囈語，詳書之，令世知崇奉如王和尚者亦終不能逃國法也。

## 窮北海

康熙時，命侍衛哈達往窮北海，假道俄羅斯。北行歷數十譯，至一部落，無君長，其人枯黑如墨。叩北海何在，曰：「不知。由此而北，已無人居。快馬行三十餘程，有兩山環抱，中有門，門上似有字。門以内皆堅冰，至日極長時方可往。」其人甚樸魯，聞哈由中華至，頗尊奉。無五穀，以青稞磨粉調鹽，雜牛羊肉食之。氣候嚴冷，燃火掌中，不知灼痛。男女自相配合，少不如意則棄去。無書契，以刀劃牛革記數。哈留其地四五月，覺少和煦，其頭長曰：「可行矣。」脱身上火裘厚衣之，以羊革蒙面，選明駝令乘，派部人五十餘衆導往。日食乾脯，夜即伏駝背臥，歷數十昏曉，始抵其處。遥見門高數百丈，寬百餘丈，門外積冰中有蚌，皆長丈餘，每蚌藏一夜叉，藍面赤髮，極可怖。門有大金字二，小金字三，虯屈不可識。以刀劃牛皮誌其點畫，藏於懷。門内深黑，聞水聲如雷，方再諦視，夜叉作欲躍出相攫狀，其背粘連蚌殼，不能脱。翻滚上岸，其行甚速，馳驟急歸。既至，則偕往之部人已凍斃五六矣。遂别其頭長，行二年餘始回京。以所劃牛革進呈，乃蝌蚪文，譯之爲「幽門姒禹題」五字。豈《尚書》所載「宅幽都」即此地耶？哈有《窮北海記》上下兩卷，莊芬佩先生爲余言，曾見其抄本，多載外國奇事，惜無人爲之付梓以廣見聞也。

## 僵屍野合

宜興儲生與同里朱生，中表也。游清涼禪院，有樓五楹，樂其幽静，約讀書其中。

樓前後厝棺甚多，二生素膽壯，不介意。一夕月色甚皎，朱已就寢，儲不能寐，啟北窗玩月。見對面空室中剨然有聲，室門啟，一少年出，逕趨牆左夾室中。髣髴有燈，一婦紅衣緑裙，拉少年入。儲推朱醒，告以所見，躡梯下樓，悄至夾室，伏窗窺之。婦人以棺蓋覆地，偕少年裸臥其上，備諸褻狀。乃返，取《易經》、憲書，赴對室，置棺中，而藏棺蓋隱處，登樓以覘其異。雞將鳴，少年歸，逡巡不敢入棺，仍至夾室而滅。天明喚僧起，往夾室，一棺微啟，揭視，兩屍裸焉。一前和書「崇禎六年三月崔孺人柩」，一「康熙十二年邑庠生周禔」。舁野外焚之，嘖嘖有聲。至晚，儲就燈夜讀，少年偕婦人至，曰：「長夜寂寥，偶爾幽歡，干汝何事？」直前搏之，儲仆。朱聞聲趨出，見婦人以圈套其頸，亦仆。家人輩驚救不醒，輿抬而歸，先後一日卒。向謂僵死無知，此必有厲鬼附之，非尋常戾氣所結也。

徐子楞曰：兩生素稱有膽，吾知其中餒矣。不然，當其直前相撲，何至遽仆？焚如之餘，並以身殉，是以君子惡夫色厲內荏者也。

## 水鬼討替用轎

常州覓渡橋韓媪，女嫁東門某姓，將産，媪乘小輿往視。歸過白雲渡，見白髮老嫗在水中向之招手，回家即惘惘若有所失。次夕，聞打門聲甚急，啟户，見二輿夫提燈肩空轎一乘，云其女臨産，呼輿來接。媪倉猝起，其子婦恐夜寒，取衣被送之，登輿去。至曉，譁傳白雲渡口一婦溺死，趨視，韓也。報信女家，並無遣接之事。自是里中夜有扣門聲，無敢出應者。

## 河内朱某

河内縣朱某開藥行，折閲殆盡，懼見債家，逃入王屋山。山頂一廟，春時香會，廟門始開，餘時皆閉鐍也。朱登山頂，欲投繯，躊躇不忍。餒甚，掘廟旁草根食之，覺甘芳不類常草。渴則覓飲澗水，習以爲常。數月後忽輕舉。夜宿殿中，曉則出外覓食。一夕月夜，仰視銀河咫尺，星大如瓜，似可手摘，雲中七八人羽衣星冠，倏爾飄墜。朱知爲仙，跪求傳道。一長髯者諦視曰：「汝無仙骨。」指階前草命恣採取：「曝乾藏之，可治噎症，半生衣食在此也。」朱再拜，回首諸真已杳。明年三月，將屆香會，廟衆啟門，見朱大駭。詢知河内人，報信其家。家人至，泣挽之，始歸。復進肉食，軀重如故矣。後懷慶守夫人患噎，百藥不效。朱索千金，煎草，服立愈。以治噎症，無不應驗，果致小康。

## 三叟

房山仙蹟甚多。山腰一古寺，後殿三楹，三叟趺坐其中，不飲不食不言。相傳元時隱此，每三十年寺僧爲之易衣一次。黑夜殿中光明如晝。其室常扃，終年無點塵。

## 元神

新安江貢山布衣遊黄山歸，餉雲一鐔。鐔口糊封厚紙，刺針孔，即有濃烟一縷自孔出，由窗隙徐騰簷際，聚成白雲一片，久之始隨風去。云所歷仙蹟，不可枚舉。嘗夜宿僧寺，曉日初出，見對屋脊上一嬰兒，長尺許，眉目如畫，手掬日光啖之。僧曰：「此茅棚諸真之元神也。」導至寺後，有茅棚十餘處，棚坐一叟，枯瘠如木石。棚結草爲之，數百年不壞，云宋末避難居此。有無故自焚者，爲功行已滿，遺蜕可棄。有忽然朽腐者，則由道念不堅，復生塵世。若元神一日在身，其軀殼一日不壞也。

## 喇嘛異術 三則

余遊京師，見喇嘛僧異狀，心頗惡之。浙江莫筠士孝廉謂余曰：「渠初亦甚惡喇嘛，嘗館某都統家，都統崇信極深。一日並載赴雍和宫，入門，見大殿下男婦膜拜頂禮者不下萬人。須臾一喇嘛持一空罈至，供庭心，以紙糊之。大喇嘛率其徒自殿下，繞罈咒數十匝，罈砉然裂，出米數斗。大衆各與一撮，衆人囊盛帕裹，視若珍奇。余亦不甚置意。是秋回家，忽患痢，日泄瀉數百遍，醫藥罔效，奄然待盡。都統來視，亟命其從人歸，取米至，熬湯服之，一啜而愈，即罈中物也。」

漢軍鼇方伯圖卒後，其子于邗山太守扶櫬歸，召喇嘛誦經。第三日，靈前置水一盆，向之誦咒，隨以有柄小鏡插水中，即直立不動。召其家人視之，見公著古銅色袍背立其中，宛然如生，鏡仆始滅。

滿洲吉公昌放盛京將軍，時方酷暑，頗苦就道。有某公告之曰：「子與某喇嘛善，曷載往求朵雲，勝於輿蓋也。」吉如言。喇嘛取人指骨一節，咒誦良久，付吉云：「可製囊佩之，抵任後幸速寄還。」吉遂行。及抵盛京，常有黑雲一片覆其頂，即遇雨亦未嘗沾濕云。

## 搬運法

京師幻人甚多，某鉅公召爲搬衍之戲。術人請何物，曰紹酒十罈。術人以紅氈覆地，運出九罈，其一屢呼不至。適鉅公家西賓軒後推窗，忽一罈被碰落，酒潑滿地。蓋鬼正舁罈從窗下過，不虞其驟啟也。鉅公異之，因命曰：「能將我手上翡翠搬指取去，乃信汝術之神。」術人應而下，以盌覆桌上，向之喃喃不知何語。鉅公注目手指不轉瞬。術人揭盌，則一白玉者覆焉。嗤其妄，術人再以盌覆几，鉅公覺指一鬆，搬指已失，而術人捧獻座上矣。或云驅狐爲之，或曰聚髑髏咒成。余嘗見一戲法者，於壁上筆畫一門，隨意問坐客索一玩物，或一衣，啟門納入。少間，門内出一質票并錢若干，持往質庫取之，則原物具存，絲毫不誤，亦奇矣。

## 某漕帥

平原某漕帥未遇時，貧徹骨。嘗斷炊，詣族祖某乞貸升斗，至則某已出門，坐待之。天暝，某始歸，遙見廳事紅燈爛然，比入，燈已失，獨公在焉。私計他日必貴，少周濟之。後公督漕淮上，署有室三楹，歷任封扃，葺而新之，爲公餘吟嘯之所。偶校詩集，置之案頭，越宿丹黄已滿，蠅頭小楷，評隲極當。至夜移榻室中，以覘其異。有二女自户外入，據案展誦，妮妮悄語，似有月旦。公驟起坐榻上，女亦不避。公曰：「拙詩評閲甚愜所懷，知二女史固深於詩者，未知如此清才，何以不早登仙籍而久滯人間？是何代人？籍里姓氏可得聞乎？」女曰：「北宋時避兵南下，殉節埋此，八百餘年矣。昨展大集，頓觸所好，兒女之識，貽笑方家。」因與論漢魏六朝三唐兩宋以迄元明，無不究覽。曰：「苦吟半生，乃不能如女子！」舉集盡焚之。後將督漕赴通，二女來別，以詩一册求公序而刻之。旋調廣東巡撫，未幾卒，詩册遂失，姓名亦不傳。

## 嗜鱔業報

貴筑鄭某嗜鱔，每食必具。年近六旬。一日赴市買鱔，必欲得肥大者。魚人令就缸自取。鄭揮袖裸臂，探手摸之，群鱔繞臂競嚙，旋繞旋緊，痛絶仆地。其子急擡回家，以剪斷鱔，齒盡入肉，長號而死。

## 鬼求移居

康茂園先生爲江寧方伯，邀吾鄉吴見樓中丞與其姪蘭臯中丞共讀於署之瞻園。園有樓五楹，極寬敞，二公讀樓下而設榻於樓中。一日，康見假山後一毛人出，長丈許，挺然竟入。亟呼吴，共叱之，仍隱假山石後。越夕二更許，聞樓梯槖槖似有人欲下者，坐樓門守之。一朱衣人推户出，驟覿，仍閉門去。如是種種，二公見慣，亦不之懼。有日方對榻臥，見朱衣烏紗襆頭偕二方巾人跪榻前，曰：「上有生人居則鬼不安。二公貴人，某等不敢犯，相忍已六七月。署中房舍極多，何處不可讀而必相逼耶？願少垂憐。」叩首而没。遂移榻，扃其室，後無他異。

## 龍鬭

嘉慶十八年春，江西木客結筏數十，順流而下。將達石頭城，忽江中出一巨爪，攔筏不能動。群知有異，集夫發筏，纔數層，一小赤蛇蜿蜒其上，轉瞬飛騰空際。江中龍躍起與鬭，江水壁立，雨雹交下。半時許，江中又出一龍夾攻，物乃西遯，龍逐之，瞥不見。是日江行船隻無一免者。不知何處孽龍，附筏偷渡，爲龍所覺也。

## 獺怪

吴縣程某，常出遊。妻年二十餘，貌娟麗，夏夜獨居，見新月横斜，星河高耿，不覺離思盈懷。甫就榻，轉輾不能成寐。忽足後窸窣微動，一渺小丈夫據腹上，乃偉男。婦久曠，意頗適，秘之。次夕復來，自言賴姓，東鄰子。久而白晝亦至，工縱送術，婦樂之，終日閉門酣睡。家人見其神色恍惚，面目憔悴，知爲怪所媚，作書招程歸。婦擯不與同寢處，程俟其夜臥顫聲時，操刀入，床上一物躍地，似貓而長，黑毛修尾，儼然一獺，奪門而竄。自是祟益甚，婢媪悉爲所淫，多方禁制不能遣。或告之曰：「熊食鹽而死，獺飲酒而亡，載在《本草》，何不試之？」遂具壺酒魚膾置婦室，伏壁窺伺。須臾至，長不滿三尺，戴唐巾，據案見肴酒，狂喜，食魚至盡，引壺傾之，滚地現形。程急入掩執，聲呦呦如兒啼，殺而剥其皮，怪遂絶。婦調治月餘始安。

# 狐入腹

商城俞芝田孝廉，長身玉立，儀狀甚偉。讀書蘭若，偶晝寢，似有人以手摩其頂。驚而醒，一美婦坐榻側，笑謂曰：「午睡酣乎？」俞疑鄰女，正色拒之曰：「此係僧舍，娘子胡不避瓜李嫌？請即去，此非汝坐地也。」美人怫然而逝。俞晚餐後，忽聞腹中吃吃作笑聲，且悄語曰：「腐頭巾就之不納，今我已附魂飯顆，入汝腹矣。」捻其肺腸，痛徹心腑，舁抬而歸。家人奔問，女腹一一酬答，聲嬌細，操北音。問何冤，曰：「此前生事。」禳解百端，竟不能制，曲順其意，痛少減，稍拂則捫腹攢眉，呻吟欲絕。俞舅氏官廣信太守，聞其事，遣役招俞，就近向天師求治。女不願，曰：「若敢動，當碎齏臟腑。」俞逡巡不敢成行。舅叩天師，遣李法官至，設壇，取大鏡，書符遍塗墨，持入房，令孝廉袒腹向之。腹忽表裏空明，一美人長三寸，踞膈上。遂斷竹箸寸寸，咒以符水，箸軟如棉，令孝廉吞之，嘔出一狐。李勘訊，狐言俞前生山西某縣秀才，姓寧，與交好。狐修真有年，寧乘睡盜吞其丹，致功敗垂成。幸狐父續授以丹，得不死，修煉三百年，始得復元，寧已轉生六世。今方尋獲，意在復讎。李曰：

「汝以媚道蠱人，失丹孽由自取，欲鼬隔世無事之人，豈非謬誤？本應斬決，念汝修行年久，備文申解祖師發落可也。」具牒焚之，見二金甲神縮狐騰空去，生遂愈。

## 妖猴

永嘉陸某，娶婦朱，極美，翁媪皆鍾愛之。夏日後圃櫻桃熟，獨往攀折，樹頭一美婦裝束極華，方採摘，顧朱而笑，因擲櫻桃與朱。須臾得百餘顆，攜回房，盛以磁盌。轉念素不相識，且樹高尋丈，何能逕緣枝杪？呼家人婦往視，已失所在。方共疑怪，朱忽暈絶。移時始稍蘇，從此喃喃不絶，與之飲食則啖，否亦不索。如是兩月餘，醫禱並窮。或謂翁曰：「察其神氣，似有所憑，恐非藥石能治，曷控之嶽帝？」翁如言，具狀焚焉。三旬無驗，又具催牒。是夜翁夢嶽廟牌示：「陸某媳爲妖所迷，著值日神押發温州府城隍訊究。」醒而異之，偕媪詣朱，方理髮著衣，云將赴城隍聽審。言畢僵臥，次日始蘇，云方暈時，樹上美人挈之同至一洞府，樓閣華焕，有二三女伴在彼閒玩。朱至，群謂下界人何忽攜來？美婦曰：「此與我有恩，欲度入道耳。」啟床頭葫蘆，取丹一顆，令吞，頓覺輕健，巉巖絶壁，如履平地，奇花異卉，目所未覩，飢渴即啖果餌，游行自在，樂而忘歸。一日方共飲，突有金甲神縛婦及余，至一公廨，擲堂下。顧婦已化白猴，堂上朱衣人叱曰：「朱婦陽壽未盡，汝何得惑之以死？」猴曰：「朱前生爲弄猴婦，顧卹備至，後脱鎖逸，入山修道，丐婦轉生五世爲朱。因有夙恩，欲度爲鬼仙，非禍之也。」神曰：「朱尚有陽算三十年，合生二子，何得躁妄，促其生年？念汝無惡意，姑省釋，速送歸。」猴叩謝，轉輾仍爲美人，臨別云：「三十年後當相邀也。」後不知踐約否。

## 海分司巨鼠

鄧司馬諧爲海分司時，署有巨鼠二，盤踞十數年，滋生無數。衣裘什物，輒被毁嚙，白日亦往往徐行無忌。鄧憤甚，遍覓善撲貓，入穴，轉爲所噬；以藥，似預知者，悉傾之。合署爲之不安。適因公赴揚，見浙江旗丁粘一招帖，以失去神貓，有送信者，酬銀八兩，異之，呼問旗丁，曰：「此貓所在，鼠皆就死。」鄧喜，因與約曰：

「汝貓果尋得，能爲我署中除害，當以五十金相酬。」因告以寓所。丁抱貓至，短項突睛虎斑，狀果雄偉。與鄧偕行抵署，鼠已先期五六日寂不聞聲。乃先覓一常貓，至穴口欲入，已爲巨鼠嚙其耳，狼狽去。神貓繼進，佯若不勝，臥穴外。二鼠躍出夾攻，狂吼一聲，牝鼠傷，牡鼠悉力相搏，斷喉死，秤之得三十斤。鄧許購以百金，旗丁不肯，攜去。

## 新婦退敵

常之東鄉王得禄父子，皆善鎗棒，尤精於彈。常挾鐵丸爲人保鏢，群盜無敢近者。南北往來數十年，稱「鐵彈王三」云。子藝亞其父，未甚知名。偶爲人送鏢至東昌，盜魁徐彪勇絕倫，糾夥直前，彈早至，陷徐左目，衆負之去。思欲報復，乃改裝乞食至常，訪王三家，求爲傭。王不察，留之，愛其勤慎。徐執役亦謹，冀得當而甘心焉。顧王父子雖家居如臨敵，故同居數月，無隙可乘。一夕，王子娶婦，徐意此雪憤時也，俟夜分抽刀拔關入，揭帳，一足飛起，刀落地，新婦著紅襖躍出，駢二指削徐肩，痛如刀割，手不能舉。復騰足蹴其頷仆地。新郎亦起，欲誅之。新婦曰：「此等不直污刃，不如縱之，使諭群盜，俾知我家仁勇兼至也。」後徐改行，爲粮艘篙師，逢人輒言之。

## 女仙佐治

四川陳明府選初游京師，無所遇，寓內城廢寺，爲僧作抄書傭自給。偶早起，至殿後荒園如厠。廚旁有小樓窗，適一婢露半身潑水，淋漓滿身，欲詈之，已避入。一美女向陳斂衽謝，秋波斜睨，絶代姝也。陳不禁返嗔作喜，逡巡回室，縈注頗勤，蹈隙輒往窺伺。一日，女俯窗謂曰：「君目眈眈，意欲何爲？」陳極道嚮慕之誠。女笑曰：「合與君有緣，夜當相就。」三更許，女至，遂相繾綣。是年陳捷京兆。女曰：「君無甲第分，毋禮試。昨已爲君具呈報捐知縣矣。」駭問安所得資，但言無慮。越日，果報喜者盈門，引見有期。陳自顧寒儉，苦無裘馬，商之女。女曰：「都已預備，明旦便可移寓。」黎明果有健僕數人率輿馬至，請移半截衚衕巨第居焉。豪僕十數，皆鮮衣華服，衹侯極恭。登堂入室，陳設華美，婢媪捧公服出迎，亦不知何自來也。既而選授章邱。章號難治，女佐之，發姦摘伏，有神明稱。陳妻子在家，女勸迎至同住。事嫡甚恭，撫子女如己出。五年，陳以賢能調歷城，旋遷德州。女忽欲歸寧，留之不可，遂去。陳驟失女助，一切廢弛，以誤判某案被劾。落職日，盼女至，久益杳然。乃遣奴入都，擬謀開復。一日，於内城遇鈿車，朱輪繡幰，疑爲王公眷屬，近視，則女端坐其中。逕前叩謁，致主意。女曰：「我不能去，有書一緘，便可攜歸。」奴如言。陳啟視，曰：「與君十年緣耳。君命官止五品，財止八千，宜知足，亟歸。倘慮晚年貧乏，箱中錦皮盒貯有禁方，一生吃著不盡矣。」陳遂絕意仕進，歸隱成都，賣藥自給。年八十餘，猶强健如少壯。或謂女殆授以却老方云。

## 隱娘尚在

即墨褚生，善畫能文。遊大梁，中丞某公與其父同年，以年家子往謁。中丞善其才，爲之揄揚，遂擅名豫中，迎母與妻家焉。鄰衛媪者，夫官靈寶縣尉，不得於觀察某，假事褫職，斃獄中，眷屬無歸。一女豔絶，與褚妻相過從。衛常斷炊，母令褚分卹之。未幾，衛媪死，女益煢無所依，褚母養之於家。女紅精絶，通書史，知大義，付以家事，内外井井。沈默寡言，相處年餘，未嘗諧笑。母偶爲之議姻，以母喪未除爲辭。無何，中丞爲褚納資得雲南臨江尉。褚母欲偕女赴任，女不可。方爲籌一棲止，至夜，門户不啟，忽失所在，奩中得一函，云：「撫育恩深，義當終從，惟父冤未雪，不忍舍近趨遠。今且暫别，埋首夷門，酬恩當有日耳。」褚赴滇，以畫受知制府，檄使開礦，宦槖獲豐，乞養歸。以母老塗長，聘壯士護送至黔界。止宿逆旅，見竹輿舁女至，各忻慰。詰所自來，女曰：「大冤已雪，圖所以報母耳。」同行至洞庭，夜泊荒岸，盜艘數十駛至，壯士出鬭，悉被殺，投屍湖中。褚母子不知所爲，女忽短衣窄袖，卓立船頭，但見白光盤旋，盜首紛墮，餘衆駭逸。女一招手，則三寸許匕首耳。褚母感謝，並訝何人授此絶技。曰：「自父冤死，切念雪讎，每夜向空泣禱，淚盡繼之以血。忽有蓬首婦，以青布裹頭，願投服役，遂留之。婦乘機以劍術相授，三年而成。問爲誰，則聶隱娘也。」女送母至即墨境，曰：「前皆坦途，可無虞矣。願母善自珍重，兒去矣。」燿然而逝。

## 麒麟送子

德清蔡聲甫先生，自言前世爲杭州買腐媪，勤修精進，得轉男身。一生茹齋奉佛，慈惠和平，京師有「蔡婆婆」之目。年二十四領鄉薦，聞報日，意頗自得。夜夢一羽士謂之曰：「君鄉捷雖早，會試同年尚未生也，盍往觀？」隨行，登高山極頂，仰視蔚藍尺五，星辰可摘，忽天門豁開，旗幡羽葆紛紛結隊而出。俄有峨冠博帶者數十人騎馬前導，旋聞仙樂繚繞，空際一嬰兒如玉，跨有角獸，若俗所繪麒麟送子者，按轡徐行，向東南去。羽士指謂蔡曰：「此汝同年狀元潘某也。」蔡醒，以爲夢幻。既而九赴春官不第。癸丑，已無進取意，同人敦勸始就試。隔號遇美少年，問氏籍，曰：「蘇州潘某。」即今相國芝軒先生也。榜發，果同捷。

## 借屍還魂

長山陳翁，一生積學，貫穿經史，困於場屋，年七十餘。一夜與媪並臥，覺氣自丹田上升，旋而腹，旋而胸，旋而至頂，頂骨忽開，暈然墮地。極力掙起，復就床，摸頷下鬚頓失，竊怪膚肉豐潤，衾褥亦香軟異常，不類布素，同床更有人臥，觸手滑澤，非復老妻。大駭，披衣起坐，同床人亦醒。呼婢以火來，則己與同床人儼然二十許少年夫婦也。少婦問有何不適，翁曰：「此何處？我何由至？」群駭其夢囈。須臾，翁嫗並集，滿室皆操吳音，始悟借軀轉生。顧貧苦一生，忽享華膴，意亦良得，遂囁嚅效吳音曰：「我無疾，惡夢心悸，不須服藥，静養數日自愈也。」至天明，投湯送餌，紛雜左右。細稔爲吳下李氏，以道員擁厚資歸林下者，己乃其子也。書齋清潔，託疾憩息。數日後語音漸通，始敢入房與妻妾近，偎傍之際，意殊腼腆。每憶前生妻子，輒背人流涕。李子本不能文，翁夙學，是年即秋捷。赴禮部試，繞道長山，尋其故居，見老媼白髮頹然，二子窮窘，前身柩亦未葬，爲之憮然，厚恤金帛而去。入都捷南宫，仕至粤東方伯，謝病歸，年八十卒。

# 威靈公

乾隆年間，常郡太守胡文伯，清廉慈惠而政尚嚴肅，豪猾屏跡。適大旱，六旬不雨，羽士緇流更番虔禱，迄無應驗。太守曰：「天降旱災，過由守令。」乃清刑獄，斷屠酤，率屬宿廟，蒲冠草履，步禱諸神。赤日如故。爲文禱於城隍神，曰：「胡某與神總司八邑，旱乾水溢，同有民社之責。魃虐如是，神豈得安坐而享血食乎？」夜夢神謂曰：「此天意，冥吏分卑，安能違天？後夜五更，鍾離祖師過境，天寧寺門外有頎而長者即是。君挈以左手，竭誠求之，當可致雨。」越日，胡宿天寧寺以待。五更許，果有數丐宿寺門外，胡如神教，伏地泣禱。丐曰：「我行乞者，安能祈雨？」猛推欲行，胡堅執其手，膝行隨之。丐曰：「念汝實心爲民，當違天降雨一尺二寸。城隍饒舌，並當奏聞天帝也。」因西指曰：「汝不見雨來乎？」一回首即失所在。頃刻陰雲瀰漫，大雨一晝夜，八邑霑足。復夢神曰：「殆矣！我以妄泄天仙致雨，上干譴咎，出月某日將斬於東門。」胡曰：「守爲民求神，願先期自殺以贖神。」曰：「無益。今幸爲期尚有三旬，君能以衛國衛民詳請，速奏加封，仰邀封號，則免禍矣。然郵遞恐誤期限，君速具文，我當遣神助送，星夜馳達。」胡醒，據實申請，得旨加封威靈公，往來迅速，半月即返。是歲他郡皆災，吾常獨轉歉爲豐。太守倡捐修廟，至今神靈猶赫濯焉。李玉坡年丈爲余言。

## 酷吏慘戮

湖州宗灝，初爲筆客，遊蘇、常間。飲羊登隴，心計絶工。弘光立，夤緣馬士英，以貲得官指揮。鹵簿巡街，意氣自得。適吾鄉管太史大紳起用爲禮部侍郎，遇諸途，白之吏部，謂此等市儈，列之衣冠，失朝廷體，遂褫其職。宗銜之入骨髓，乃以千金購麗人，渡江迎大軍，獻之豫王。王大喜，欲官之。宗辭曰：「王平江南，俾爲常州守足矣。」金陵破，蘇、常望風歸順，宗遂守常，屠管全家，坑士儒千餘人，縉紳皆重足立。先是，白公貽清，天啟朝官倉侍，爲璫所惡，罷歸，居東鄉白家橋，杜門不出。一日聞門外喧閧，問之，閽者曰：「游丐求食，未饜肆詈，傭工悉爲所仆，無能敵者。」白出視，丐虎頭燕頷，顧盼非常，叩其生平，云：「尚姓，名可喜，關東人。與閩撫有舊，千里相投，不意作古，資用歉乏，故沿途乞食。奈飲啖可兼數十人，數月未得一飽，非得已也。」白即爲具豚蹄斗米，更贐以金。時遼左用兵，囑其乘時立功，爲樹立計，尚叩謝去。及薙髮令下，宗暴益熾。白乃以磚壘門，期紓家禍。一日，傳某王統大軍至橋下，執居民問白所在，發磚徑入。白疑爲宗邏卒，積薪欲自焚。王至出謁，王令家將按上坐，再拜曰：「昔年賤丐，自分流落，得荷拯援，始有今日。願以所有奉報，且勸出山。」白始憶爲尚，辭曰：「亡國衰朽，不堪世用，願老林泉。」尚以巨金爲壽，亦力辭。因請所欲，白具述宗守威虐，士民惴息，能易他守則獲報多矣。王憤曰：「賊奴乃爾！」立出令箭，命偏裨往。一飯頃，宗已戮西門外，剥皮揎草，懸尸通衢，闔郡稱快。後白獨得不薙髮終身，尚王力也。

## 幕友慘報 二則

武進畢某，遊幕閩省連江縣，主刑名。居停吴某倚如左右手，事皆取決。邑孝廉某選浙之石門令，留婦侍姑，兩年，婦有娠，生一子，姑怒出之。婦家巨族富紳也，恐爲門户羞，謂孕由胎弱遲生，不得據以出婦，控之官。姑列訴府縣，婦族負氣不下，逕控制府，且以萬金賂焉。制府檄令歸案質審，並向問官授意旨。首縣吴商之畢，以制府意，遂坐姑疑姦誤出，仍斷歸。姑憤投繯，石門令亦縊。數日，吴忽暈仆，及醒，呼畢入，謂之曰：「先生誤我！」畢辭館歸，甫出署，吴卒。畢抵家，患腦疽潰爛，數年罄所有償醫藥費，卒藉束藁而死。制府獨無恙，殆惡貫未盈歟？

余在盧鳳觀察蔡友石先生幕中，與府署刑名紹興朱某善。庚寅春，朱病痢泄，求治於余，應手而愈。是秋，余歸省，小春返署。坐甫定而朱至，喜形於色，曰：「救星到矣！」察其眼白面青，神氣全失，問：「何狼狽至此？」朱曰：「相違未十日，症復發，一無頭人荷刀立左右，頃入署猶見之，至君齋失所在，足徵君正人，諸邪遠避也。」勉爲診脈，析析如亂絲，勸善自保攝，且詰生平辦案是否有誤，冤鬼之來，恐非無因。朱曰：「昔在山左辦一盜案，所獲三人，應斬者二。居停急於升官，並置如法，至今悔之。所見將毋是耶？」朱初擕眷署中，至是移出，無故火出笥中，衣物悉燼。閲數日，病益不支。其妻見白髮翁授藥一丸，曰：「持此活汝夫。」朱不敢服，商於余。大如彈丸，朱衣金裹，嗅之有龍腦香，堅囑弗輕試。既而病益深，腹中灼熱不可耐，朱遽吞之，入口而斃。殮後，朱妻時見白髮翁勸勿歸家，歸必爲惡姑毒虐死。余聞其事，急與諸同人醵金，令扶櫬歸。

## 謝煥章入冥

羅墅灣謝煥章秀才，偶寒疾，獨臥齋中，夢二役持票喚質。隨行，天色陰晦，至一城，街肆與世無殊，行人甚夥。一叟白髮朱履，扶杖至，則業師鄭清如先生也。駭問何來，謝指二役曰：「被召至此。」鄭曰：「汝可速往，事畢過我寓共談，尚有事相託也。」謝偕二役行，凡歷兩殿，殿各有王者據案坐。至第三殿，王者狀獰惡，刀山劍樹，油鍋肉磨，排列森嚴。先有二人跪案側，一從叔某，一姑也。姑生平私積二百金，借與叔某，謝作中，未立券，叔因無據，頓萌乾没意。時謝遠客漢中，無由質証，姑含憤逝，叔亦旋亡。謝一一質証明確，王命釋回。見左壁釘一婦人，絶似其嫂，不知獲何罪而慘刑若此。王似已覺，謂曰：「此婦奇妒，死婢妾，罪所應得，汝尚不忍耶？」謝駭懼叩頭出，則鄭已候於門。殷殷問家中事，曰：「向司某社，今秩滿當遷第四殿判官。」謝懇代查壽數功名。去良久，抄一紙至，曰：「汝本壽可八十，以乙榜授廣文。因生平授徒，不實心訓課，且遇質鈍者罰令跪地頂磚，非法淩虐，折除將盡，僅餘陽算五年耳。來生尚須罰作游丐三十載。」謝大驚，堅懇挽回術，曰：「果能力行善事，或免來生墮落。」送之歸，乃醒，則死已三日。嫂手足生疽，以帛掛床如冥見狀。告以所見，嫂大悔，長齋禮佛終身。又閱五年，謝卒。

## 回煞

俗傳回煞日，於亡者房內陳設如生前，列筵以款煞神。江陰趙生伉儷最篤，妻亡慟甚。回煞之夕，設筵房外以款煞神，而設亡人衣履房內，伏帳後窺之。三更許，煞神赤髮獰面，一手持叉，一手以索牽其妻入。見酒肴羅列，解索逕坐。妻至榻前，揭帳坐床上，歎息曰：「郎君安在？咫尺家庭，不能一見耶？」因泣下。生突出抱之，妻駭，囑勿聲，以手指外曰：「勿爲所覺。」生問死後何如，曰：「薄有罪罰，現已無事，可望轉生。不能拋君，故一來相視耳。」生窺煞神方據案大嚼，抽刀從後刺之仆地，捉納罈中，封口畫八卦鎮壓焉。啟棺，抱妻魂納入。至天明，妻起坐，又三十一年而亡。

## 戴子山

鎮江鄒耕南，由淮北販貨歸，往視其友戴子山。戴患臌脹，彭亨如鼓，臥談數語而別。越日，鄒赴袁江旅舍，戴忽來訪，則平復如故。鄒留住，另設一榻臥戴，置燈窗前。忽見戴伸頸出吹燈滅，大駭，恐其來犯，藏刀以待。戴果來，砍之，應手而斷。呼從入取火至，則一大蛇長數丈，已身首異處矣。返里，戴病已痊，蛇死之日即戴愈之日也。

## 土地逐鬼

張經馥孝廉館濟南時，爲扶鸞之戲，土地日降壇，往來甚稔。自言章邱善士，歿爲神，已十年，遇小休咎亦肯言。張有素識李某，販貨至省，時過張閒談。見其神氣恍惚，疑有病，詢之，但言無他。張往李寓，見其隻身閉户，喃喃似與人語，詰之，李曰：「適同鄉趙姓約與同歸，見君至，避去矣。」張懼其染邪，夜召土地問之。次夕神至，曰：「惑李者，係君同鄉趙三。昔年販貨來省，暴卒此室，旅魂久滯不歸，欲求李攜回家，初無他意也。我已給路引，君但囑李少贈楮帛，即先行矣。」次日李至，告以神語。贈以冥鏹，趙申謝去。

## 方敏恪公逸事

桐城方氏因《南山集》一案遣戍者十餘人，敏恪公父亦在遣中。敏恪間歲至塞外省親，恒隻身徒步，往返萬里。嘗流轉至浙，往寧波訪其戚某。比至，歲已逼除，某公門前諸奴皆貂帽狐裘，甚豪倨。自顧襤褸，彳亍不前，乃於其巷中賃屋以居。欲往投刺，恐遭呵逐，遲疑未決。顧以資斧將盡，進退兩難，日於門檐下探聽某公居鄉若何。對門一屠見之，奇公狀貌，展詢邦族，并道來意。屠摇首曰：「我與同巷二十年，未見其恤一親族，去恐無益。」方聞言，深悔輕至。屠問：「先生既係士族，必能書，未知解算否？」公曰：「略諳之。」屠曰：「時將度歲，我有帳目煩先生結算，代開帳單，以便索欠。寒舍不遠，便可下榻，何如？」公見其意誠，遂往。屠呼妻出見，款留甚殷，人亦爽直。爲之握算持籌，半日已畢。屠出索逋三日，得錢比每歲獨豐。除夕，具酒肴，延公上坐，而與其妻分坐左右，作守歲宴。屠一女五歲，亦隨屠婦側坐。元旦，公欲行，屠曰：「雨雪載途，願小留數日，已囑荆人製絮袍相贈，庶長途可以禦寒。」公爲勉留五日。至期，方黎明，屠捧絮袍，婦攜襪履至。奉公服訖，見公帽破碎，乃脱己氈笠易之，并贈青蚨二千，遂別去。至杭無所遇，閒步西湖，見數百人圍星士談相。星士瞥見公，撥人叢出揖曰：「貴人至矣！」公疑其揶揄，曰：「我不求相，何遽相戲？」星士上下諦視：「此非深談處。」遂收卜具，邀公同入小廟，延坐曰：「子某年爲何官，某年至總督，惜不能令終。現今官星已露，可速赴都，以圖機遇。」公曰：「無論罪人子無仕進路，即有機緣，徒手亦何由北上？」星士曰：「此不難。」開箱取二十金贈之，曰：「速行勿遲。」并出一名條，囑曰：「他日節制陝甘，有總兵遲誤軍機，當斬，千萬留意拯之，此即報我也。」叩其姓氏，不答，遂行。至直隸，行李爲人篡去，欲繞道至保定，訪其素識某。行抵白河，大雪，凍斃古寺旁。寺僧啟户，見虎臥，走白主僧，出視果虎，偪之，乃公僵臥雪中。扶入灌救始甦，留數月乃行。先是，寺中老僧蓄金石極多，老僧圓寂後無講此者，因悉出所蓄，挽公鬻之。捆載至保定，就督署前設行肆焉。制府出，前導嗔公收肆遲，叱加鞭撲。公憤甚，棄去赴都，至東華門拆字，以資旅食。適平定郡王輿過，見招帖，善之，呼問，知爲公書，延歸掌記室，甚蒙禮遇。久之，藩邸楹帖盡出其手。高廟臨幸，見之，詢何人筆。王以公對，即召見，賞給中書。從此受知，由監司而至建節，不過十年。公既貴，招屠至，贈以三千金，令改業，並爲其女許嫁士人。遣人至白河，新古寺。總制陝甘，督餉嘉峪關外，總兵某違誤軍機當斬，力爲開脱，則星士乃其父也。公思「晚節不終」之語，恒懼不免，迎星士至署，求解免之法。星士曰：「定數也，惟大善事救千萬人命，或冀感動彼蒼。」公遍查案牘，見直隸通省報流民路斃者，每歲多至數百起，思設留養局以拯之，方定見而未發也。早旦往見星士，賀曰：「公滿面祥光，必已爲莫大功德，不特獲免刑戮，并可望累代貴顯矣。果何事而致此？」公詳告之，遂奏行焉。後陝甘軍營事發，兩督撫、一將軍皆伏法，公亦應坐，特旨原免。公有自序長册，存宗祠中。

## 金春畦

金春畦，平湖人，狀類婦人，搔頭弄姿，更善修飾，性復佻㒓。十餘歲即出門作狹邪遊，鄉里少年爭交歡之，得其一顧爲幸，青樓留宿，不責夜度資也。家饒於財，母恐其蕩廢，適西陲軍興，開捐例，令入都就丞尉。既至，悦歌郎李素棠，傾囊脱籍，賃屋以居。既而旅用告乏，遣奴歸措，移寓法源寺待之。一日，人報李中惡死，馳往，因暑熱已殮，撫棺大慟。獨居蕭寺，意極無聊，數月後悶損成疾。一夕對燭坐，有人款門，啟扉延坐，客言佟姓，藴藉善譚，不覺傾倒。言次問曰：「京師梨園色藝之盛甲天下，君亦有物色否？」金爲述素棠事，不勝美人黄土之感。佟笑曰：「天下佳麗甚多，即僕家伶數人，似頗不劣，何見之不廣也？」金喜，願求一廓眼界，許之。出門登車，覺途徑多未閲歷。須臾至一第，僮僕數十人祇候甚殷。延至齋中，肴核紛陳，咄嗟立辦。佟曰：「佳客在座，不可寂飲，可喚鳳奴來。」須臾導一姬至，風鬟霧鬢，綽約多姿，貌頗類李。墜歡頓觸，目注頻頻。佟笑指曰：「此新買姬人鳳奴也。」隨令奏技，哀音促節，哽咽不堪卒聽，辨其聲更似，心益酸楚。而鳳歌時亦數偷目金，秋波縈注，淚睫瑩然。佟忽飛一觥至，曰：「良夜歡會，默默何爲？」金勉盡一觴，不覺醺醉。僮導入密室，床榻已設，衾褥香温。方展臥，鳳奴掩入，曰：「别纔數月，不相識耶？」金曰：「固疑是卿，何意雌伏如是。」李泣曰：「我固未嘗死，不幸横遭强暴，威刼閉置，慘不可言。」金抱置膝頭，欲研詰所以。佟操刀入，怒向金曰：「我以汝風雅士，款留暫宿，何乃戲我愛姬？」鳳逃去。金不覺戰慄，投地乞哀。佟曰：「欲求貸死乎？」即有兩僮入，捺置榻上，褫下衣。金欲拒不能，任其輕薄。復拉共飲酒，微有藥味，强盡一杯後不覺沈醉。比醒，已被宫矣。大駭，披衣起坐，四支如綿。鳳入，撫之極哀，言：「佟實阿某，滿洲大猾，勇力絶人，死黨數百，性漁男色，因閉而死者前後已十餘人，現在後房尚有三人，並我與君而五焉。」金聞痛哭覓死。鳳曰：「君新受創，百日内慎不可風。徒死無益，當共圖雪此讎也。」數月創愈，髮漸長，阿逼易巾幗。金鳳密謀刺之，憚其勇，不敢發。相守兩年餘，見鳥鎗排列壁間，頓生計，取火藥密鋪臥床而施衾褥其上，乘其醉睡，轟斃之，縱火焚其居。乘亂挈李出，投其戚某主政，擬控刑部。主政曰：「阿某既焚死，讎已雪，不如速歸。」其時僕已取銀至，失金所在，遍覓不得，招魂而返。金攜李歸，後謁選，得陝西某邑丞，以寺人終。

## 烟　鬼 二則

長隨張某，出差茌平。張嗜雅片，打尖時解裝出烟具，然燈欲吸。一丈夫昂然入，冠水晶珠，短襟窄袖，作行人裝束。張疑客官，避之。其人登床恣吸，徐步去。張俟其出，呼傭保責之曰：「店中各住各房，奈何導客來擾？」傭曰：「今日止寓君一人，並未有他客。」張曰：「頃峨冠而入吸烟者誰耶？」傭駭極，細詰狀貌，曰：「此南河某司馬也。司馬前歲出都止此，烟斷，令人飛騎赴東昌購買。待一日不至，癮發而卒。卒後遇有攜烟具至者，常出過癮云。」

揚州一紳子，吸烟至夜分，見榻上對臥一婦人，掣其烟具。疑爲妻，付之，閉目靜臥。移時張目，視一枯髏就燈，呿翕有聲。大呼，家人畢集，燈滅物渺，鴉片膏一罐已無涓滴。

## 雷誤擊人

丹陽東鄉館師某，夏月晨起，塾臨大河，見過路二客早涼熟睡岸側涼亭中：一老者背負包裹，頷旁插尖角小黑旗如錢，一少年枕傘臥。館師戲取旗插少年頸，忽大雷雨，霹靂一聲，少年死。懵然如夢，聞空中呼曰：「誤矣！華先生速來！」有古衣冠者以藥一醆灌之入口，冷香沁骨，躍然而蘇，又霹靂一聲，老者擊斃，館師亦傷一手一目。華先生殆元化耶？

## 蟒能前知

湖北藩署有巨蟒，長數百丈。每出，挾風雲自隨，方伯必有陞遷之喜。鄂雲圃中丞任藩時，一日風聲大作，蟒探首山洞口，大逾七石缸，旋黑氣彌漫，向空竄起，綿延不斷，約半時許始盡。不數日，果擢豫撫。

## 婢擊賊

西洋諸國皆習武藝。武吃氏者，俗尚剛猛，藝精者父母榮之，鄉黨尊之，曰牛實地，猶華言大好漢也，武斷一鄉，無不樂從。故不論男女，十歲以上即演習鎗刀跳舞諸戲。其刀鎗法有秘傳。柳谷王碧卿嘗泛海至荷囒，買一婢掌珠，年十七八，初未之奇也。隨往馬辰，中途遇賊，倉皇失措。舟師曰：「衆寡不敵，奈何？」婢曰：「事已如此，當共努力。」持鎗逕出，守於樓門。賊擁至，立殪數人。賊相謂曰：「此間何得有武吃氏鎗法？」婢叱曰：「我即武吃氏也。」賊懼，解舟逸去。王感之，遂納爲妾，攜歸終老焉。

## 女見歡

西洋有草名女見歡，長尺餘，無枝葉，狀如王瓜，性柔軟，任人團屈不斷。或有蕩婦，戲作淫具，即勃然而興，不數日長與人等。長定即花，花止一朵，千瓣重臺，形如罌粟而嬌豔過之，有紅黃紫白各種。若不經婦人，雖日久不長。

## 唐龜

孟瀆漁人網得一龜，徑二尺許，背有「大唐天寶七年五月三日奉敕放於凝碧池」小字一行，用銀絲嵌入甲裏。或笑曰：「此龜度曾見太真者，惜無從問天寶遺事耳。」畢蕉麓先生千錢售之，不三日逸去。

# 卷七

## 翠筠

陶竹香，蘇人，入都應京兆試，道山左臨清。日暮貪行，忘止宿處，二更許，入一村落，烟户甚盛，有旅店頗寬敞，遂解裝焉。陶素耽音律，且喜冶遊，聞間壁弦索聲甚清越，呼主人問之，答曰：「此徵歌選勝之區，佳麗雲集。是不足聽，有來鳳兒者色藝並佳，工崑山豔曲，願聞之否？」陶喜，命喚至。須臾，一嫗抱琵琶導女郎，蠻腰細黛，楚楚可憐。坐定命歌，哀感頑豔，令人泣下。歌畢即起行酒，詰之，曰：「妾江南人，遭亂至此，流落平康。今幸遇君，願垂拯憫。」方共款語，一貴人戎服帶劍，僕從紛紜，擁入東屋。女覺愀然。媪遽入曰：「將軍喚汝，可速去。」女堅坐不動。一健僕兇兇入，直前揪之去。陶憤甚，未知將軍爲何許人，又護從多，不敢出聲。僕密語曰：「適向後院喂馬，見人首纍纍，此恐非善地，宜速行。」陶曰：「清平世界，當此孔道，誰敢殺人？想汝眼花耳。」僕不敢言。陶心念麗人被奪，懊喪不能成寐，悄向東屋穴窗窺之。見將軍上坐，擁女膝上，笑問曰：「一吳下酸傖而汝戀戀，汝第好好伺應，明當攜汝歸營，免在此迎新送舊也。」女低首不言，而柔情脈脈，若有所思。將軍連舉鉅觥，酒酣，忽取首下，置案上抑搔之，從容乃屬之頸，翹一足，令鳳拉置榻上，曰：「久不乘騎，髀肉復生，脱之頓輕快。」又飲數觴，摟鳳共寢。鳳以纖翹鉤案旁，抵死力拒。將軍拽之，劃然中斷，亦一兩截人，罵曰：「賤婢屢拒，明當碎割。」遂息燈寢。陶駭絶，不暇呼僕，覓騎即行。見道旁酒肆數十人轟飲，遂入少憩，告以所見。衆笑曰：「此何足異？」遂各取其首下。陶驚絶仆地。移時，僕尋至，救之始甦。問僕何能來，僕曰：「方就寢，忽鳳隔窗喚曰：『汝主人去矣，可急往覓，夜深徑黑，恐有不測也。晤主人時，屬善保重，若晤虞山王子良，但云翠筠日望其來，遲則憔悴死矣。』因入房覓主，無蹤跡，根尋至此。」陶抵都，病月餘始能出門。偶飲天橋酒肆，一客自言虞山王姓，就詢子良，王曰：「某是也。」陶曰：「然則翠筠待君久矣。」其人變色曰：「君何由知筠消息？」陶緬述前事。王泣曰：「我負心！我負心！」因言筠太倉名妓，向與訂三生約，因屢困場屋，不能歸。翠附船北上，至臨清，遭王倫亂，死於兵。常示夢屬覓遺骸，而余以客累重，遷延十數年未能踐約，不意其九泉苦累至此也！」言畢大哭。衆義之，共醵金資之南歸，未知覓得其葬處否。

## 栗恭勤公逸事

山右栗恭勤公，年十七，狀貌英俊，氣度從容。家貧，將廢讀，業師明經某賞其慧，却脩脯而留課之，與其子共讀。明經有女甚端麗，屬意於公，含之尚未發也。比鄰富户子某亦請業，公與明經子同房異榻，而以對屋舍鄰子。鄰子窺見明經女，欲聘爲室。明經意久屬公，拒不允。鄰子懟，辭歸。一夕，公與明經子飲，明經子醉卧公榻，撼之不醒，遂易榻卧。鄰子以拒婚故出自公，思殺之而未得間也，是夕越牆操刀入，逕奔公榻，斷頭去。次早公起，見明經子卧血泊中，駭極而號。明經亟起視，大痛，疑公殺，控之縣。令以公不類殺人者，而一時無主名，獄不能具，長繫焉。鄰子瞰公入獄，仍以厚幣求婚，擇日迎娶，琴瑟甚敦，年餘生一子。一日醉後，微泄其事。女研詰之，不肯吐。女曰：「但實言。今既諧伉儷，恩義並重，何諱爲？」鄰子遂以誤殺告。女乘夫出，絞殺兒，赴縣擊鼓鳴冤。事白，論鄰子如法，女即公廨自剄死。公得釋，明年補博士弟子，立主祀女焉。公貴後，占夢多奇驗。初以縣令需次河南，病數月不愈，夜夢白髯翁手挾兩龍，騎一羊，于于而來。至曉，某太守薦醫至，問何姓，曰楊，住雙龍巷。觸所夢，服其藥立愈。按獄滑縣，夢神告之曰：「此非福地，盍亟行！」明日遂以公務晉省，登輿，見地内騰黑氣高尺許，異之，呼問從人，皆不見。已而有李文成事，滑城破，强忠烈殉節。及督東河，過吴家屯，夢羽士告曰：「公後切弗宿此，恐不利。」後迎欽使至其地，以夜逼二鼓，止焉，是夕遂卒。公歿之次日，河營外委于某者乘騎至開封大公館，見公肩輿至，告以將赴江南查辨事件。後河决祥工，大梁城不没者三板，居民見雉堞懸燈千萬，皆總河部堂栗官銜，城卒保全，開封民尸祝之。

## 素娥

宜興吴生，白皙踈秀，玉立亭亭，翩然裙屐少年也。歲試澄江，寓天寧寺前某吏家。夜夢女子來，與之繾綣，曉而遺泄，以爲夢幻。次夕復然，異之，留燭以覘其異。目甫交，覺有人據腹上，微開眸，則一少女，妙曼無儔，啟衾擁之，即與縱送。女若不勝，曰：「狂郎憨猛如是，弱質何堪！」細詰生平，女言爲狐，蔣氏素娥，與君宿緣，願偕終老。生言家固有妻，恐不相容，素言無妨。由是來無虛夕，談制藝詩文，極有理法，兼長音律，旁涉星卜諸雜藝。生出所作，丹黄無不中窾。因勸吴曰：「子非功名中人，多不過掇一芹。惟安樂壽考，可擬散仙，非措大可及也。」同寓聞吴室中噥噥與人語，窺之，見與一人坐，排户入，已失所在。疑爲邪祟，勸令易室，諾之。是夕女至，曰：「野合胡可久？我將先歸，拜謁太公、翁姑，庶不以私奔爲人竊笑也。」遂去。吴祖名諸生，年六十餘，適自邑歸，道遇一媪攜女郎，就問吴住址。翁曰：「此小孫，詰之何爲？」媪曰：「息女已字郎君，特送之來，拜見尊長，翁即太公耶？」翁駭愕，疑孫在郡或有成説，偕歸，曉之曰：「小孫已娶兩年，我家寒素，不能多添食指，勿自誤。」媪曰：「稔知君家娘子賢，便爲姊妹行，渠儂所願。糟糠荆布，固能甘之，妾家亦非朝精粲而夕佳肴也。」促女拜畢，入内見姑嫜，並謁生妻如禮。媪辭去。越日，送奩具來，滿一室，頗不草草。媪謂女曰：「好事郎君，我得暇即來視汝。」相向汍瀾而别。生試畢歸，入室見女，驚喜交集。翁擇日爲之合卺，閨房雍睦，志各無他。無何，同試生以遇女事漸泄於翁，慮爲孫患，密召羽流爲驅禳計。素已知之，曰：「我至汝家兩月餘，絲毫未嘗失禮。翁生平究濂洛之學，世之妖淫狂蠱，枕席間促人壽算者不知凡幾，翁不能治，乃仇禮法人！我雖非人，固少嫺閨教，長習閫儀，狐而人也，何害？」生以白翁，翁遂安之。素謂翁曰：「某地一區，賤值可得。此地葬後三年可小康，子孫當世科第。」如言買之，以媪葬焉。越年春，素盡出簪珥衣飾典質，屬生市木棉。時棉值極賤，不三月，價頓昂，獲利倍蓰。自後種植樹藝，皆決於素，居然小阜矣。女自適吴，未言歸寧，母亦絶不至。一日言：「母將偕諸姊妹自陝來我家，姊姊一人任庖廚恐不給，合召庖人，分治肴饌。」至期，果有數十人荷羊酒先至，隨後肩輿數十落庭中，素一一承接。生妹穴窺，見少女十餘人，皆珠翠滿頭，列坐喧笑，室中鋪設華焕，非復曩時寒儉。但聞素母曰：「别後傳食諸女家，翱翔六七省，山川風土之具，暇當爲汝述之，可發大噱。」正喧笑間，一蒼頭奴奔入，報曰：「六姑舉家被雷劫矣！」一麗人即倒地大號，衆皆不歡而散。次日，素謂生欲偕歸省視，并唁六姊。生問途之遠近，素啟箱出二紙鸞，撚之即真，與生各跨其一，振翼入雲。俄見樓閣數重，一婢在下呼曰：「九姑偕吴官人至矣！」入拜畢，女問六姊所在，曰：「夜來過哀，臥未起。」令婢導生入廳事旁舍，屬曰：「倘獨居嫌悶，架上有書可讀，户後小園，請散步也。」吴飯罷，隨意抽架上書翻閱，皆《黄庭》内經，幽奥費解。入園，花木繁盛，後有一小樓，攝梯登焉。樓中悉貯大紅皮箱，不敢啟視，仍下樓出。次早，母謂曰：「壻凡軀，此間不宜久住，盍即歸？」呼素出，告以故。素欲六姊同行，媪許之，曰：「乘騎太勞，可由天船去。」即有兩長鬣奴，牽一舟促登，訖，覺風聲出舵中。素以一手挽帆索西東，但聞轟濤鼓浪聲，須臾抵家。另闢一室舍其姊。生妻欲爲其弟三郎謀續膠，念甫萌，素已知之，謂曰：「以吾姊視愛弟，才貌相當，惟六姐自痛壻後，萬念皆灰，久欲入山修道，所以遲遲者，爲老母仙去不遠耳。」生問何以得仙？曰：「異類修真，第一先具仙體，必覓人世端麗之姿，摩仿想像，數百年而形似，更致百年而神似，方能脱却皮囊，游行自在。即狐而論，傳派非一，有正法，有旁門。得正法者倫紀同人，積修行滿，位列仙班；若蠱人自利，所獲較速，而得禍亦烈。」生曰：「子即仙，盍授我真訣？」曰：「此須有仙骨，否則具大功德，爲諸真所欽敬，方可登仙。子夙世既無道根，今生又無厚植，豈敢妄授？但能却病延年，得享修齡，足矣。」後數年，素忽病心痛，轉輾晨夕，竟死，附葬祖塋。生年八十餘，强健如少壯人。有僕赴山東，遇素跨黑衛，從一青衣，問僕：「主人安否？」探懷出包授之，曰：「持歸付汝主。」發之，則殮時簪珥也。

## 金香橼

常郡西鄉西蓋村土地祠僧某，偶於廟後掘地，得古塚，發之，朱棺己半朽，白骨一具甚偉。檢殉葬物，得金香橼，重二斤許，寶之，不輕示人。一日，有差役導一官至，詢香橼所在。僧不敢匿，獻出。官曰：「此禁物，宜貯庫。」攜去。僧以爲地方長吏也。久之寂然，始知爲黠兒所騙。

## 聚螢瓶

老友杜育仁，司余家租事多年。是歲自東鄉收夏麥回，連稱可惜者再。訝問之，曰：「薛墅港一佃户言，數日前鋤地，得一磁瓶，長六寸，口大腰細，金碧色，光彩射人。攜藏室中，入夜，螢火數萬繞瓶内外，一室明賽燈燭。比鄰駭曰：此有鬼祟，久恐得禍。佃户碎之。至晚，螢復集，碎磁片片皆明，遂拾磁投河中。」余詣其處，見土垣旁猶留片磁，晶瑩可鑑，質之古董家，真柴窑也，惜止半指許，鑲嵌帽花，品光四射，無異寶石也。意沈埋久，得至陰之氣，螢本積陰之化，以氣相感召歟？

## 汋突泉怪

濟南汋突泉有吕祖閣。暑夜，一羽士在樓上對月吹笛，逸韻悠揚，臨風飄蕩。忽池驟湧，壁立數丈，道眾皆登樓避水。見一怪如獸，人立，一角高尺餘，鼻下一長鬚縈繞，望樓欲撲。眾大驚，適壁有火鎗，急然放，中其肩，訇然入池，水亦驟退。廟門墻壁皆傾，大殿亦掀去一角。從此相戒，不敢晚吹。

## 鬼爲爆竹驚散

徽州績溪縣爆竹，大者聲震數里。徽商某以贈吾鄉徐太守，裝潢精麗。太守女愛其綵繪絢爛，乞數枚，以帕裹之，擬置衣箱軀𧖴。攜歸臥房，置奩盒中。未幾。女將適某氏。保母見帕裹。揣之纍纍，疑私藏食物，收之，入青廬，爲置枕邊。女於暗中捫得，竊笑保母之誤。少頃，新郎入，已大醉，就榻酣臥不醒。女起小遺，見梁上弓鞋下垂，一紅衫女子披髮吐舌，頸拖白練，直犯榻。女倉猝不知所爲，取爆竹就花燭點之，轟然一聲，唧唧倒地而没。家人聞聲畢集，新郎亦驚起。翁姑曰：「此余過也。屋買自比鄰，曾聞有新婦縊死，業經改建，不圖其仍能爲厲也。」亟移之。自此怪亦永絶，已爲爆竹驚散云。

## 五通請穩婆

吳下五通祠，自湯文正毁禁後，久復爲祟。愚民私蓋小屋，名曰「聖堂」，俗習相沿，不能革也。韓姓穩婆善收生，一夕有人扣門呼云：「陳老爺家難産，請速行。」韓起，其人於隔巷呼肩輿至，舁韓如飛，倏忽出城。至一公廨，甚宏廠，相將入後堂，有少婦臨蓐，云已三日。韓爲診視，則兒頭稍偏，頂住産門，急爲撥正，遂産，男也，母子皆無恙。隨有官人入，大喜，賞兩金釧，仍命肩輿送歸，約三日後洗兒再往。韓出不及洗手，以血塗照壁後，遂登輿。一路與輿夫語，并問姓名，一趙天祥，一朱福寶，云：「皆西廟溝人，狂奔半夜，一錢未得，酒資宜從豐也。」抵家，韓酬以青蚨五百，疲極就寢。天明視所與釧，則金紙爲之。駭極，往西廟溝細訪，輿夫果有其人，死久矣。後過東門陶家園，見聖堂照壁後手印儼然。

## 符咒除患

先祖判彰德。某村有蛇患，屢傷行人，思驅之而乏術。署中有戚莊某，曰：「易耳。」遂至村中，登關廟戲臺，書符誦咒。不一炊許，蛇紛至，大小長數丈者極多。末後腥風四射，一巨蛇頭大如盎，從空飛伏臺下。莊曰：「傷人者罪，餘悉遠徙。」如是衆蛇皆蜿蜒去，一赤者長僅七尺，伏不動。莊黏符於劍，遙擲之，立斷數截，大蛇吞噬挈空去，村患遂息。余過彰德，老吏八十餘言親見其事，惜莊君不知何名。

## 江西冤獄

南昌富家子娶婦三年，甚和好。偶出遊不返，遍覓無蹤，三年後忽自歸，言向在漢陽留戚某家。父母大喜，婦出，各訴離苦，相將入室。子以途中辛苦，欲少憩，遂就榻臥。少頃索茶，婦取茶至，揭帳，則藍面赤髮獰鬼也，大驚，拔床闌懸劍斫之，應手而歿。逼視爲夫，乃大號。翁妒，控婦有私，故殺，加以極刑。婦自承與中表某同謀，並置於法。又年餘，子果自漢陽歸。父母駭極，疑爲鬼。子立辨，且有漢陽某戚友伴送，始信。子以婦冤死，大慟。掘驗妻所殺尸，惟朽木一段，中斷爲兩，劍痕宛然。失入二命，通省承審官皆獲咎。事見乾隆三十七年邸抄。

## 冒充親藩

嘉慶初年，某邸兼管户部，偶因目疾乞假。兩淮鹽院與天寧寺主僧至契，一日有貂纓狐裘、口操京音者數人至寺，云家主入都，道病，欲賃静室養疴，但須房舍精潔，不計值也。乃闢方丈後精舍館之。俄有四五人押行李，僕從十餘輩，簇擁一顯者，乘安輿入。僧出迎祗候，顯者不甚瞻顧，徑登殿禮佛，顧從人曰：「攜來繡幢可施之。」衆荷一大木匣至，啟視則陀羅錦繡諸佛菩薩像，其點綴樹石皆綠碔、珊瑚、珠寶鑲嵌而成，精巧絶倫，惟内府有之。顯者視懸幢畢，不交一語，入所賃屋居焉。僧異之，私詰從人，皆云某省道員入覲者，然詞色詭異類王公，非尋常大員可比。居十餘日，寂不聞聲，日見紀綱入肆購名書畫及珍玩約數萬金。有某肆送白玉如意一枝來，索價千四百金，立售之。紀綱私扣六百，肆主不肯，因口角爲顯者所聞，呼入，付以原值，慰遣之。命縛扣銀者，鞭撻數百，逐之出。其人負傷詣僧叩求曰：「作事不慎，爲主人責逐，奈創劇，暫借一榻地，調理平服即行，荷德不淺也。」僧許之，因懷疑久，乘機研詰。曰：「實不相瞞，主人非他，親藩某邸也。我係府中護衛齊某，主人奉命密查兩淮鹺務，故改裝寄寓。」諄屬僧萬不可泄，泄則彼此齏粉矣。僧大驚，急白鹽政。鹽政固稔某邸狀貌，又知請假事，隨僧赴寺，隔窗遥窺，顯者方據案展帖作書，真某邸也。駭絶，不知所爲，乃與僧懇之齊。齊大驚，咎僧。鹽政力懇，齊曰：「余已獲罪，無從著手。有張老公者，王所親信，試與婉商，或能爲地。」乃倩僧代邀張至，窄音秃頷，儼然宦者。齊爲緬述鹽政意，張變色責齊曰：「爾真大不曉事！爾以不慎獲戾，乃欲更陷我不測耶？」拂衣欲去。鹽政爲之婉謝再四，問王意旨所在。張徐曰：「王已查明鹺務，有三害五謬十不可信之疏，即日復命面奏。」遂朗誦疏稿，皆中時弊。鹽政色若死灰，堅求營救。良久乃曰：「只一術或冀挽回。王昔年從幸五臺，曾許施鑄金羅漢十八尊。分府以未悉庫藏，未之足。公能具此，以了夙願，王必德公。」鹽政大喜，遍市金十餘萬兩，蘇揚爲空。未幾，王登舟，鹽政尾其後，皆張居間爲之關説，送之渡黄始返。旋閲邸抄，則王已銷假，無日不召見矣。大盜不操矛弧，良信。

## 賢母

黔撫顔中丞希深，粤東連平州人。初刺山左平度州，因案留省。太夫人某氏時迎養在署。忽大雨七晝夜，山水驟漲，居民爭登城避水，哭聲殷天。太夫人命速發倉穀賑飢，署内外皆堅持不可，曰：「此須詳細奏準，否則擅動倉穀，處分綦嚴，爲禍甚鉅，願垂三思。」太夫人曰：「此何時，猶拘泥文法乎？平度距省遠，俟其詳奏，數十萬災黎盡成餓殍。君等無恐，速發以救倒懸，吾子功名不必計較，即查封備抵，罄吾家所有尚足以償。」於是盡出簪珥易錢，運米城上發給。其有緣樹登屋不能爲炊者，聯筏載饍餅施之，州民賴以全活。東撫某以擅發倉穀劾參。上曰：「有如此賢母，好官實心實力，不加保薦，乃轉列之彈章，何以示激勸？」立擢知府，母賞三品封銜。將去任，州民具錢帛争買補所賑穀，一日而滿。明年，上奉皇太后南巡，召見太夫人於行在，優禮有加。顔引見，上詢開倉賑濟事，稱賞記名。不數年，巡撫黔中。子孫皆以名督撫世其家，粤東仕宦之盛，以連平爲最，太夫人厚德所基也。

吾鄉董太夫人，莊丹吉先生之繼室也。娶逾年，生一子，即南村觀察。前妻子出痘，太夫人以果餌哺兒，而以乳哺前子。鄰婦駭之，董曰：「吾年尚輕，子失可以復得，前姊僅此襁褓物，痘後家貧，又乏參苓調理，節乳與食，冀早得復元耳。」太夫人五子，四登進士，一以明經貢入成均。南村先生殿試前，呈第一，後改二甲第二，時有「幾乎狀元及第，也算五子登科」之諺。其後方耕、本淳兩先生兄弟，先後一甲第一、二名，太夫人親見之。至今科第不絕。合觀兩太夫人行事雖不同，而存心之厚則一，熾昌未有艾矣。

徐子楞曰：古來陳嬰、范滂、陶侃、王珪諸君母，皆以知人料世保家亢宗，著美曩代。惟歐母治獄數語藹然仁言，千古下讀之，猶令人惻隱之心油然勃發，保全不少。然未有大難當前，力排衆議，捐數百萬金錢，活億萬家民命如顏太夫人者。遭際聖人，璽書褒美，洊膺重寄，世任封圻。使遇中主，則朝聞夕譴矣。卒之百萬倉儲，一日償滿，斯民亦何負於長吏哉！呫嗶小生，當落魄時，目覩催科，身被督責，一行作吏，殆又甚焉，遇偏災翻憂蠲免，幸得上達，無不立沛恩膏，顧得丐枵腹餘生者，蓋十不獲一也。鞙鞙佩璲，奈之何已。

又吾武、陽兩邑，民間自立議圖法，計各圖糧賦多少，按卯數親自齎納，違者重罰。數十年來，皆先期全完。冬漕更爲踴躍，收三準一，恐後争先，惟以上倉爲幸。此皆國家深仁培養，非可强要，爲臣子者宜如何慶幸，如何勤卹？乃轉以民風醇厚視爲可欺，今年議增，明歲議加，斯民多一分急公，官吏亦添一分欲壑，徵求未厭，殆無已時。即百姓之身家不足念，而朝廷數百年積德累仁，蒸爲成康以來未有之風俗，獨不少存顧惜乎？近年屢辦清查，動稱民欠，推各縣未必盡如兩邑，要之逋欠大凡未可明言，每讀蠲除詔書，未嘗不嘆，徒飽豪頑而良懦轉不能沾溉涓滴也。附書以稔世之有心世道者。

## 中庸退僵屍

江陰邢子選秀才，遊陝西華陰，寓廢寺中。月夜偶起如廁，適後圃門開，乘月步入。一人面淡金色，碧睛雙炯，光芒射人，對月跳舞。駭極欲遁，物已躍至。衣爲樹所絓，不能避，信口誦《中庸》數語，物即逡巡不前，誦稍緩，乃躍然作欲撲勢。誦至「夫微之顯」一句，物始倒地。及旦視之，僵屍也。

## 巧　募

國初，徽商王元寶富冠兩淮，每三年必取道於浙，返徽省墓。適静慈寺殿燬於火，主僧欲募重修，計非王不可，乃預遣畫工密赴揚，圖其形，塑一羅漢，露坐殿隅。王游西湖，將至寺，住持率合寺五百餘僧，具袈裟香花奉迎。王駭問，主僧曰：「夜夢伽藍神論，今日羅漢以肉身返寺，故迎。」王不信，見像果似，乃大喜。視殿宇被燬，發願出資重修。此僧可謂巧於募化已。

## 室女姦少男致死

大興民馮氏子，年十五，軀幹類成人，而性憨絶。同院李姓女，年十八，情竇已開，見輒逆以目，馮子不知也，心恨其癡而無術悟之。會暑夜馮子裸臥院中，李女適過，乘其睡熟，聳身俛就。馮子驚醒欲呼，女急以手扼其喉。匆遽間，指甲犀利，刺氣管立時死。馮父母入視頸有指掐痕，下體猶翹然未已也，推求得女，論如律。

## 劍俠

烏程卞某，粗涉詩書而性好拳勇，善擊刺。依其戚某中丞於湖南。嘗爲中丞送萬金返浙，阻風鄱湖。同泊有巨舟類貴人，儀從甚夥。一少年坐小舟，著白帢衣，貌甚清羸，隔舟攀談，吐屬温雅。彼此通姓名鄉籍，知客袁氏，邀卞過小舟，謂卞曰：「君以孑身挾重資，行遠道，不虞江湖暴客耶？」卞腰間出利刃，斫案曰：「賴此君耳。」袁接視殊不介意，袖出一小劍，削刃脆如瓜瓠。卞不覺失色。袁曰：「勿駭，我非害君者。巨艦乃緑林之雄耳，涎子非一日，君榜人亦其同類，風順揚帆，即下手矣。」卞長跪求救。袁取筆以寸紙作數畫付之，曰：「事急焚此，當相救。」卞感謝，持之回舟，舟子即解纜去。入夜，榜人大呼寇至，一艨艟上流箭激而來，鎗礮不絶聲。卞急焚符，一物如飛鳥落，則袁也，黑衣紅束額，持匕首立。榜人舞刀入，揮劍殪之。盜繼登，紛紛墮水死，遂駭逸。事既解，袁謂卞曰：「前途伏戎正多，當護汝行。」遂留舟中，入江南境始别去。

## 東平州牧

東平州牧楊公烇，每夢至一古廟，見大殿五楹，扃閉甚嚴，僅於階除間徘徊瞻眺而已。夢歲恒二三次，不以爲意。一夕復夢，殿上門窗洞啟，喜極，亟登殿。正中坐朝衣冠者二人，爲劉眉生、李海帆兩方伯，皆昔日上僚之已故者，向楊張目直視，絶不假顏色。殿旁横施一案，亦公服端坐，則侯理庭太守也，見楊亦不少欠身。侯生前固通譜契，竟類反面向人。心頗不平，拂衣出，見吏直立門角間，則己形也，始知分位故懸殊矣。

方欲轉謝，忽驚醒。

## 中河通判

河南伊陽縣鹺商有陰事，爲某令所持，輓二尹富陽孫某居間，得萬餘金，孫從中乾没三千，商憤自經死。孫以其資加捐通判，分發東河，未幾補缺中河。故與歸安許君心蓮善，延司會計。一日私謂許曰：「余恐不久人世。」許駭其不倫。孫曰：「與君至好，事不必諱。余之用項，實出商資。今某商已尋至，豈有生理乎？」許曰：「何不延僧道懺之？」孫諾，出銀數千，遣人赴江浙大刹，遍建水陸道場，以期解釋。半年餘，孫又謂許曰：「事關人命，仙佛不能挽回。鬼近日不離左右，惟君至，暫避户外，他人在室亦不之避也。以此觀之，君前程正未可量。」許勉爲勸慰。孫日理料公件及棺衾諸事，入秋益劇。冀延至霜汛，得一加銜，爲身後榮，泣懇於鬼。鬼不應，遂死。後許任山東汶上縣佐，親爲余言。其伊陽某令，又不識作何狀也。

# 漁人遇仙

吾常送仙湖旁韓某，捕魚爲業，性嗜飲，得錢輒付酒家。一日攜酒罌坐磯邊獨酌，一跛道人曳杖跛蹣而來，方盛暑，覺汗臭不可近，向韓問訊曰：「赤日奔波，願得少酒一潤渴吻，何如？」韓盛巨瓢與之，一吸而盡。韓曰：「快哉飲乎！」連酌以瓢，罌立罄。道人蹙然曰：「君杖頭未必裕如，奈何以我故盡其有？」因搔爬垢膩，得一丸，付韓曰：「以此投死鱗立活，終身謀醉有餘矣。」轉瞬間忽不見，方悟所遇殆拐仙也。由是捕魚日多，獲利無算。漁者妒之，乘間攫其丸。韓納丸於口，忽已下咽，不覺頓悟玄機，佯狂街市，歌哭不倫，言多奇中。一日迤邐進委巷，一人馳馬急奔。韓叱：「何往？」其人下騎伏地。韓曰：「懷中物可與我。」其人探懷出一小竹筒，韓持之入巷，聞小門內有哭聲，取筒向門內，烟一縷自筒口出，徐入户去，漸聞止哭曰：「兒醒矣。」人問韓所遇，曰：「四值游神也。設遲來，則多死一小兒矣。」有毛翁七十餘，止一子，年甫弱冠，貪吸鴉片，將傾其家。翁與韓至戚，泣涕求方法。韓命縛其子至，以刀剖取腸胃，滌淨，盡挑去黑蟲，仍納臟腑，綫縫訖，接吻布氣，須臾而活，自此聞烟即大吐。

其他仙蹟甚多。後入陽羡山，不知所終。

## 雷異

歙縣洪氏婦，晨起梳洗畢，聞對門甚喧，啟户佇視，忽大雨如注，迅雷一聲由婦足下騰起，直穿門樓而去。婦驚仆，雨過婦故無恙，而裙衩皆被火焚，履處一小孔，深不可測，所戴簪珥釵環之屬悉擲二里外田畔，鎔成一餅。

## 帚怪

江西新城陳氏，第宅甚廣。有賣花傭日至其門，一美婢擕花入，輒不給錢，於是專俟其出向索。婢曰：「一并給銀何如？」傭以巨宅賸當無誑語，亦遂置之。一日，鐘溪少寇晨起，與其兄玉方侍御坐炕閒談，忽驟雨傾盆，雷轟轟繞二公頂，欲下不下。少寇曰：「豈炕中有物耶？」甫移步，霹靂一聲，炕粉碎，一敝帚已斷爲兩，群花滿焉。

## 大士救阨

江南某孝廉，有兄官山左，省之，贈以千金，捆載而歸。行抵陰平旅邸，夢一白衣婦謂曰：「明晚小心，宜切記。」醒而異之。計陰平至汴塘九十里，可不暮而至，中途候渡尖時已届未申，復行二十里，大雨驟至，山路崎嶇，轅駒墮澗死，僕亦落泥淖中。幸離小村不遠，村農荷蓑來，始得輓輿起。時已薄暮，距宿尚七八里，雨益甚，就村前小廟止焉，觀音堂也。孝廉觸所夢，入殿瞻拜，求默佑。顧庵門窄，輿不能容，懸燈車上，合僕臥守。隔村劉允升者，盜魁也，十餘人冒雨行劫，望燈疾趨。及泗水至，一無所見，繞澗潭數時許，雨益傾注，廢然而返。次早，寺僧探得其情，告之。孝廉感大士靈應，舉家虔奉。

## 同知顯魂

山陰羅某，少時輕身走京師，依其戚某幫辦店務，引羊登隴，心計絶工，獲利無算。

遂設銀肆崇文門外之肉市，一時王公巨卿多寄頓焉。某性喜揮霍，善結納，高車駟馬，僕從如雲，往來大河南北，沿途設廚傳，奔走恐後。爲其子納貲，以同知分發東河，歷據津要，人無敢出氣者。無何，縱欲敗度，挹注漸窮，遂詐僞瘋癲。長白某公以百萬之資託交營運，盡數乾沒。其子在河工暴疾病死，凶未至，魂附其小妹，大哭曰：「兒死良苦。兒不過小感冒，奴輩誤投人參，以至脹滿而死。今魂無所歸，暫寄土地祠。」問：「何不回家？」曰：「阿爺生平多做負心事，暴殄過甚，陰司震怒，此屋已付火部，有神守之，兒何敢居？指日勾票下，阿爺即同兒往地獄受無量苦楚矣。」不數日，羅無故以刀剖腹死，屋旋被焚，妻女至今流落都中。

## 鬼母戀女

趙雲海，邑諸生也。娶妻楊，伉儷極敦。生一女大姑，方八歲，楊感疾卒。臨死執大姑手不放，擘之始開。後趙繼娶方，吉夕撤帳坐床，見楊坐花燭下長嘆，新人駭絶。方偶以事虐大姑，楊輒附魂婢媪，與之相角。大姑年十一，暑夜苦蚊，輾轉不能寐。忽風生枕底，其涼沁骨，舉首見楊揮扇驅蚊，大驚欲聲，楊怒，以手擰其腿曰：「忤逆兒，幾見遇親生母亦怖耶？」大姑大哭。及笄，鬼始不至。

## 紫　鸞

青陽張于九秀才，世家子也。甲第連雲，常虛其西院。于九赴試金陵，歸舟泊蕪湖，有巨艦，傔從林立，知爲本省學使胡公坐船。于九補第子員，出胡公門，乃執贄請見。須臾，一健僕登張舟，曰：「公已早歸，此乃細君也。青陽爲其母家，聞君籍青陽，欲煩賃一大宅暫居，省親畢即返皖署。」張以家有空房，請即同行。抵家，自移西院，讓東院居焉。越日，遣妻往謁，麗人年二十許，歡笑承迎，云秦姓，名紫鸞，本青陽產，特暫歸省。次日過張答拜，贈珍玩極多。顧雖隔牆以居，從未聞喧呶聲，婢媪輩偶過廚舍，亦若未嘗舉火也。居兩月餘，一夕遣人謂張曰：「今夕醢人至，恐須用武，闔户勿驚。」莫測所謂。至三更許，聞刀戟戰鬬聲，繼而鎗礮轟然，人聲沸騰，金鼓震地，屋瓦欲飛。舉家駭絶，次旦往探，床榻依然而人杳矣。後院一坑，大徑數圍，深十餘丈，斷頭缺足之屍滿焉，不知爲人爲妖矣。

## 李嗣卿刺史前身爲戰馬

壬辰歲，余游京師，與李嗣卿刺史錫琨同邸舍。嗣卿爲余言：年三十餘，病傷寒暈絶，一人引至公廨，上坐者本朝衣冠，謂曰：「汝前身爲某將軍戰馬，隨征緬甸，同殉木果木之難。今將軍成神，以汝前身歿於王事，特判令爲人，何得遽來？」叱之下。比醒，則已氣絶經日矣。

## 某相國逸事

紹興某相國，其封翁設酒肆於鎮市。除夕諸客飲散，惟一叟獨酌，時已三更，尚不言去。翁促之曰：「今夕歲除，人各有事，客可歸矣。」叟唏吁再四，曰：「方欲覓死，何歸爲？」翁曰：「叟何事而出此言？願明告我。」叟曰：「余半生止一愛女，昨歲爲姦人誘拐，近得確耗，知鬻於和相國邸第。遠道三千里，非空手能往投，終於溝壑耳。」翁曰：「入都若附糧艘，不過十餘金，我當爲子籌之。」叟喜拜謝去。明歲出金資其行，至都見女，知爲相國寵愛，群姬莫敢當夕。問父何遽能來，叟告之故。是年爲乾隆某科鄉試，時封翁子己游庠，方應舉。和疏其名，發急遞馳寄主司，其卷本列高魁，遂易置解頭焉。次年入都禮試，謁主司。主司曰：「子之得解，相公力也，宜亟往謝。」解首愕然，託病不入闈。和敗，始赴禮試，成進士。或曰即敦甫相國也。嗚呼，易魁而元，出自婦人，使早成進士，則袁絲變色矣。託病杜門，卒致協揆，羅池侯果何爲哉？

## 雷誅暴客

乍浦人俞秋濤，餘東場徐雲門鹺尹之戚也。每歲貿遷蘇杭，由福山泛海達餘東，道捷而費省。道光丁酉五月，至福阻風，寓旅邸。屋凡四楹，最東爲緞客常年所居，俞下榻最西。隔壁先有一客，云係鄞人。俞止宿之次夕，忽雷電交作，夢中驚醒，滿屋硫黃氣，霹靂一聲，鄞客震死。店主然燭來照，客跪床下，手執小刀，腕刺四字，莫識其故。

緞客駭曰：「是殆欲殺我也。連日與我暱問收賬若干，余以實告，且言即日當去。大約今夕正欲下手耳。」細驗腕字，則「謀財害命」筆畫隱然可辨。嗚呼，欲殺者不之知，同居者未之聞，孽由心造，彼蒼蒼者固可逃乎哉？

## 電光金字

廣東海陽令平湖徐春帆先生一麟，少時禮試南歸，至王營渡河，大雷雨。旁一小舟，載三十餘人，彼此淋漓雨中，舟不能發。見電光中現一「金」字，雷轟轟繞小舟欲擊。舟人急呼：「孰爲金姓者，速登岸，毋累衆人。」旋一少年逡巡上岸去，雨即霽，雷亦頓息。衆舟方欲解纜，而小舟已至中流，覆矣，三十餘人皆没，惟少年以登岸獨存。

## 狐求影像

袁江河庫道署有樓，庋藏《河防一覽》、《衡水金鑒》諸書板。相傳狐據其中，頗著幻蹟。觀察使者莅任，必盛具祭之，封扃數十年矣。山陰何中丞裕城爲河庫道，抵任，吏以故事請。公笑曰：「仙人本好樓居，不足多訝，祭何爲？」家人輩時見樓窗自啟閉，向夕即有燈光，時時聞彈棋聲，擫笛聲，吟詠聲，久亦習而安之。一日，遣數役啟樓取板刷印，俱爲飛石所傷。公至樓下責之，答曰：「曾許先人樓居，侍郎大是雅量。此間梨棗當即移至前軒，俟蕆事有期，仍代作長恩之守。更有請於公者，僕三世簪纓，而影堂虛設。聞幕中周生傳神阿堵，妙腕逼似曾鯨，竊願擁篲清塵，敬邀玉趾。」公笑諾之。是夕，周於案頭得紅箇書「翌日早光樓隱拜訂」八字，楷法甚工。周攜畫具往，樓扉自開，拾級徐登。茗椀鑪香，絡繹位置，几前列一扉，上施綾幔，中設大鏡，一方巾道服者儼立其中。周取筆寫神一人畢，則又易一人，共男女二十餘，幾二十日始竣事。每日登樓，必大張酒饌，水陸備陳，並出小童歌以勸酒，醺醉而歸。畫既畢，案頭得朱提二十餘枚，題「潤筆」字。周藏之篋笥，誇示於人。或詢作何佈置，曰：「男如世所繪天官，女則唐人仕女圖，章服從太守，樓先生示子孫以美觀也。其狀貌體態與人無少殊，惟目光終覺白多黑少差異耳。」乾隆丙午秋，運河溢，樓下積水，狐遂遷去。

## 妙鬼惡人

宿遷李蕖者，少時使酒多力，好以氣凌人。冬夜腰多金赴西隄博徒約，遙聞鼓吹聲，見隄下燈火漸近，儀衛烜赫，趨視，爲迎新婦者。河灘本非官道所經，又冰堅，舟不可達，怪而隨之，迤邐進一甲第，簫鼓喧闐，給事者絡繹如織。審其地，距極樂庵不數武，曠絶無居人。知是狐鬼狡獪，欲窮其異，因雜眾中，歷門庭數重。主人服繡衣，偉軀幹，濃髭，口操北音。地上鋪紅氍毹，歌伶皆短袍窄袖，腰繫玉玲瓏，右佩刀荷囊，左手紅巾，兩兩便旋，轉喉發聲，蕩人心魄。一曲終，主人催賜纏頭，即見兩人以紅氈蒙矮脚几，舁青蚨置座前，可十萬。伶擎一膝跽謝，給事者唱曰：「免。」乃起。李素佻蕩，不覺手足矯頓，爲主人所窺，詫曰：「佳客適從何來？」邀入席，伶以歌扇進戲目，李欣然點二齣，靡音促節，一座盡傾。李連引巨觥，探懷中資贈之。主人樂甚，拍其肩曰：「客真妙人！」李大聲曰：「公亦妙鬼！」座客皆變色遽起，燈火驟息，斜月入檐，藉草露坐而已。後家計日落，浪遊塞外，嘗以六月赴歸化城。未至二十里，已薄暮，風雨大至，電光中見林際有廢寺，冒雨就之，登佛堂西壁下蹲焉。牆角一棺，貼近身側，以爲寄厝，亦不介意。俄聞棺內呻吟聲，有多人自外持炬入，黑面者踞佛案上，旁坐七八人，皆急裝攜刀杖。李幸得棺蔽，未爲衆見。旋有二人扶棺中人出，至座前，棺中人浴血聲嘶，若受重傷狀。黑面者撫摩之，大哭曰：「今日又敗，仇不能復，大哥無生理，毋徒自苦。」遽剸刃其腹，衆皆哭。李驚絶。及甦，天大明，棺蓋已合。起視佛前，血痕淋漓，自謂得有天幸，從此不敢復萌故態，特恂恂如處子矣。每謂人「寧逢妙鬼，莫遇惡人」。

## 夢中扶鸞

清河汪愛堂，嘗從李薌林尚書於南陽軍營。每夜輒夢爲扶鸞之戲，所叩休咎殊無驗，而善作雋語。愛堂醒而記之，如「人須求可入詩，物須求可入畫」，「春者天之本，懷秋者天之別調」，「藝花可以邀蝶，壘石可以邀雲，栽松可以邀風，釀酒可以邀我，選詩可以邀謗」，「蝶爲才子化身，花是美人小影」，「當爲花中萱草，勿爲鳥中杜鵑」，「春雨如恩詔，夏雨如赦書，秋雨如輓歌」，「律己宜帶秋氣，處世宜帶春氣」，「一月之計種蕉，一歲之計種竹，十年之計種柳，百年之計種松，千年之計種德」，「有工夫讀書謂之福，有力量濟人謂之福，有學問著述謂之福，無是非到耳謂之福，無荆棘在手謂之福，無冰炭存心謂之福」，「文章是案頭山水，山水是地上文章」，「玩月之法，皎潔則宜仰觀，如識琉璃世界，朦朧則宜俯視，如披水墨畫圖」，「凡事不宜刻，惟讀書不可不刻；凡事不宜貪，惟買書不可不貪；凡事不宜癡，惟行善不可不癡」，「文名可當科第，儉德可當貨財，清閒可當壽考」，「蟬爲蟲中夷齊，蜂是蟲中管晏」，「痛可忍癢不可忍，苦可耐酸不可耐」，「若無詩酒則山水爲具文，若無佳麗則花月爲虚設」。此類凡數十則，皆雋永可愛，得之夢境，爲奇。愛堂少時應童子試，夢人贈綵旗二，上繡「風流今古吴宫怨，霸氣春秋越絶書」十四字，不解所謂。四十年後，隨李尚書戎幕過宛城，南三十里有范蠡祠，相傳爲鴟夷子故宅，祠外編枳爲籬，野花艷如火齊。下馬小憩，見壁間懸葉丹穎方伯佩孫詩，有此十四字，亦奇。

徐子楞曰：此作者以生花筆代其粲花舌耳。再得百十則，便可自成一子。

# 績溪章生

徽州繞郭皆山，時有虎患。績溪章生歲試投卷出，禁鼓初鳴，門將下鑰。生襆被出城，趁月行十數里，野濶天空，一碧萬里，頗爽心目。迤邐行林木中，夾道陰沈，老樹森立如奇鬼欲搏人，有磔磔飛入雲間者，則棲鶻也。生雖膽壯，不覺毛髮爲竪。忽大聲震山谷，腥風驟起，一虎從頭上躍過澗西去，大驚。遥望百步外似有人影，擬與偕行，奔至，乃一縊鬼，舌出下垂，目炯炯與月光相射。急走又二三里，入真武廟。廟久圮，無住持，就神案下匿焉。鬼亦隨至，但往來廟門外，似不敢進，意稍妥帖。徐聞鼾睡聲，出東壁下，疑爲乞兒，呼之若相應，就與共語，闖然一支解人。驚絶奔出，而縊鬼張口大嘘冷風，吹木葉簌簌落，遂暈仆。明晨，路人扶掖至前村，營救漸甦，言其所見。偕父老共詣廟，一屍赫然，乃新殺者。報官獲盜，言是夜劫一獨行茶客，拳勇健鬭，幾不敵，恨而解之，論罪如律。

## 岳襄勤公遺事

岳襄勤公幼時即有膽略。康熙三十二年，從其父敏肅公登州鎮署。敏肅以公事赴省，公偕把總張泰聯騎，腰弓矢，遊城北丹崖山，登蓬萊閣。見欄柱黏片紙，書「海濱有怪，遊客宜慎」八字，墨色猶新。詰知爲海中夜叉出噬行客，公喜，就酒肆擘牛脯酣飲。天漸晚，泰請回，公不從，乃攜斗酒一牛髀往海灘上，席地引滿。明月徐上，海氣蒼涼，俄聞馬蹄蹙踏聲，則旗牌十人奉太夫人命尋蹤至，促公子速回。公曰：「奈何令夜叉笑人，正好擒之，博吾母一笑耳。」顧謂衆人曰：「不願留者速去，若夜叉出而去者，非岳家軍也。」久之，海水突高數丈，一黑人持鎗登岸。公發二矢，皆中要害，若不甚覺，而一馬已爲所啖。公怒甚，遽前奪其鎗，黑人棄鎗跳海去。迴視衆人，悉僵仆，呼泰語，亦不應。而大聲發水上，前怪率群黑人，皆手械躍出。最後一人高數丈，首若譙樓，面貌不甚可辨，但見兩目如炬。公發矢中之，狂吼一聲，怒濤矗立，月色頓闇。自顧手巨如箕，高與大人等，棄弓手搏，衆皆辟易。忽排鎗聲甚喧，火光如晝，則城中百餘騎馳至矣。俱云遙見兩巨人對搏，一則頭似山峯削成，仿佛世所繪狻猊狀，細審辨爲公子，乃敢施放火器也。公後以所獲鎗賜親軍王習，習面黑多力，人呼「王夜叉」云。

徐子楞曰：史載金祖每戰，望其身若喬松，騎如固阜，觀此乃信。

## 狐　慳

南潯沈蘭谷就新授北掣同知張君聘，偕其從子蘅皋先赴淮。時舊官眷屬尚在公廨，因館於故商吴氏。殘冬短晷，入門已曛黑。歷十數院落，始達内室。棟宇深邃，高樓十楹，蘭谷、蘅皋就樓下西偏下榻，虚其左以待司馬。蘅皋怯，命僕移榻近沈，作丁字形。既滅燭登床，沈漸入黑甜，蘅頻頻相唤，蘭作囈語以應。聞樓上金鐵聲橐橐然驟起，蘅駭極狂呼，蘭亦披衣起，大言曰：「鬼安得溷我？」猝有物拂面墮地，視之，茗椀也。壁間懸箜籥十數，自相擊，而樓上曳履聲愈厲。呼僮僕至同臥，雞既鳴，聲始息。早起詢之老吏，知樓上舊有狐。次夜移榻東樓下，健僕數人，明燭危坐。履聲復起，户忽開，燭盡滅。明日歲除，司馬至。以新莅任，又值獻歲，元旦日官屬盈庭，梨園陳百戲。漏五下，傾聽無聲，私幸司馬官威足以懾狐也。次夜飲香雪山房，述之司馬。座有王涗湘者，善伺貴人意，解絲竹，工滑稽，從旁諛之。司馬曰：「是固然。我曩者解內務府餉，攜歌伶琪官至家，爲狐所狎。差竣，狐不令南還，我諭之曰：『琪官可人意，爾眼力不錯，但歲須千金。爾肯破慳，我何愛焉？』豈知狐慳甚，琪官竟載後車而歸。」浣湘復諛不絕口。忽坐後小吏失聲叫奇，則司馬貂冠上水晶珠若轉轆轤。司馬愕然，彈其冠曰：「此朝廷名器。」聲遽止。蘅皋懼益甚，留浣湘共榻，然燭百枝，分置几案。夜既深，轉輾不能成寐，而王就枕即熟睡，呼之不醒，忽於睡夢中詫曰：「公子莫惡作劇。」蘅辨其無。王知爲狐，罵曰「騷狐」。言未畢，從床躍下，則面如傅漆，滴淋漓，燭之，爲烘凍泥雜馬勃塗澤殆滿。仰而言曰：「汝太不自量，我王浣湘一副厚臉，見過多少要人，皮裏陽秋，須值數百金。」語次，一青銅錢擲案上。王哂曰：「貧乞相！」錢遽飛去，天亦嚮曉，自此竟絶。

## 誤啖人腊

張獻忠寇蜀時，嘗駐兵順慶之金山鋪，以西充縣治爲軍府。大兵收川後，吴興某以乙科宰是邑，攜二僕到官，招徠流亡。數月後漸有烟火氣，食單所供，僅資野蔬。一日偶步後圃，披榛覓路，瞥見寶光奪目，得大珠一顆。因集衆鋤治蕪穢，數日始盡。內有精舍一區，陳設悉備，灑掃爲燕息地。東廂列十櫝，黄封宛然，珍奇瓌寶，蜀錦巴緞，充牣其中。西廂櫝亦如數，啟之，駢列磁瓶，籤題「御用」字。試破其一，見爲糟肉。某本南人，食性所嗜，且久不知此味，饞吻大嚼，色香味皆勝，二僕争染指焉。久之爲老吏所覺，喟曰：「我聞獻賊嗜人肉，膳房擇白晳而肥者，治以椒鹽、香糟，蓄之磁瓶，私爲珍饌，此其是矣。」僕告之令，相與嘔吐狼藉，病彌月始瘳。又於故櫝得公牘，多僞左丞相嚴錫命、僞兵部尚書龍完敬等論事疏，皆拉雜摧燒之。而以東廂珍寶歸，遂富甲吳興云。

## 陳典五先生降乩

金陵諸生集洞神宮扶鸞，有仙降乩，云姓陳字典五，前明禮部員外郎，乙酉九月投武定橋死。座有海寧陳蓉初者，默念福王出走在五月，何遲至九月殉節？乩即云：「陳生是。五月南都失守，閩中已立唐王，余欲奔赴行在，未果。九月聞隆武復敗亡，始投水死耳。」問冥中任何官職，曰「是散仙，游行無拘束，大約在金陵之日居多」云云。先生精岐黃術，逆旅諸生姚蓉卿、姚半林皆痼疾，疏方立愈。道光己亥，金陵時疫盛行，先生立方令合丸散，無不應驗。淮南監掣伍松文司馬女孫在省寓，出痘甚危。公子伯華詣乩求治，曰：「已爲庸醫所誤，恐無濟，且慮有繼此而遭厄者。」伯華懼傳染，星夜送眷赴儀徵。其子登舟即發熱，抵儀而殤，益信前知。後松文欲於六月返任，爲大府所持。禱之，有「登高攜手，籬菊初黃，清酒三杯，新炊五斗」等語。果於九月返儀，未幾奉諱。他治病靈應極多，此其涯略云。

## 荷珠桂珠

同時有兩女仙頻降壇，自云荷珠、桂珠，詞意淒婉，似教坊被選入官，死乙酉之難者。叩之陳，果然。後諸生頻召，意近於褻，遂不復至，貞烈之性依然也。附録其詩云：「姊妹同時浪得名，荷珠弦索桂珠箏。安排酒政苛如虎，整頓歌喉滑似鶯。豆蔻有花香未洩，鴛鴦無偶夢難成。瘦腰不似柔條柳，那管春風作送迎。」「聲價居然滿白門，羞誇桃葉與桃根。初分瓜字春猶淺，方整花容鏡已昏。宮裏俄傳天子詔，曲中驚散美人魂。無端聽鼓應官去，回首粧樓淚暗吞。」「昨夜傳呼出教坊，春官待曉使升堂。梨園教習蘇崑老，樂部班頭鄭妥娘。奩篋輕抛何氏粉，繡衣初換內家粧。宵深纔罷春燈謎，燕子新詞又換場。」「正當絲竹好排場，鼙鼓聲聲繞建章。何處朱樓尋宰相，可憐黑夜走君王。裙釵未識兵塵劫，花月空餘粉黛香。一死鴻毛千載恨，半抔黃土葢蕭娘。」「風情初解尚含羞，十五盈盈未上頭。奇字不嫌停繡問，艷歌畢竟爲誰謳。官書火急傳新部，王業冰消付逝流。只恨曇花纔一現，無端頸血濺骷髏。」「傷心月缺與花殘，淚溼宮袍總未乾。燐火夜隨庭草碧，血腥曉帶劍光寒。驚魂落地今猶滯，倩女升天古亦難。寂寂泉臺誰作伴，髫年姊妹自相安。」「記得雄兵入紫宮，逃生無路去匆匆。不多幾步鞋先褪，才欲褰裳帶已鬆。鬼哭天陰昏晝夜，礮聲地動震西東。茫茫世界何歸著，好把青萍一抹紅。」「昏昏天黑復沙黃，二百年來在夢鄉。人到無情生死淡，月將誰恨去來忙。游魂已斷風中綫，燐火難燒劫後香。拈筆詩成天欲暮，歸鴉幾陣過瀟湘。」又絕句云：「濛濛微雨濕花街，小步猶防墮玉釵。姊妹扶肩磚路滑，避人簷下暗兜鞋。」「雨夜風晨最寂寥，新詩聯句漫揮毫。從容檢得雲箋出，乘興淋漓染墨濤。」「無端愁思觸胸懷，白水真人帶劍來。紅袖亂飛蝴蝶影，半沾泥絮半叢臺。」「古墓無人掃落花，夕陽紅樹隱流霞。雙姝不喜塵凡樂，非鬼非仙別一家。」「書生心事頗難猜，一日招魂又幾回。獨向深閨吟皓月，肯教花影過墻來。」又《賀新涼》詞：「鼙鼓驚天地。慘昏昏，烽烟四起，九門盡啟。天子無愁先下殿，忍把河山抛棄。只換得，春燈舊謎。子弟梨園今白髮，認銅駝，蔓草荒烟裏。尋舊院，朱門閉。紅橋一帶傷心地。記當年，倉皇夜出，匆匆走避。姊妹傳催偏促急，教把弓鞋緊繫。也自覺，偷生無味。一劍龍泉漸碧血，向東風，灑盡啼鵑淚。二百載，魂如寄。」玩其詩詞，悲怨和平，不類巾幗。顧以諸生少近狎弄，遂爾長辭。俠骨貞心，死且如是，當不僅高出寇白門、卞玉京輩一流，固宜其寂寂生前矣。

## 蔣孝子

蔣孝子名子元，宜興之豸橋人。生有至性，奉母極孝。目覩鄰婦忤其姑，終身不娶。常售筆鄉塾，轉輾及遠，或晚歸，母已就寢，蹲户外待曉。計母將起，繞他處始歸，詭言臥某館中，恐知其坐守致增憐惜也。母病，刲股以療。越數年，母又病，割臂肉不瘥，割肝以進，母頓瘳。孝子畸行甚多，鄉人無知之者。筆價既廉，而豪獨圓健，争購之。十餘年，家少裕，能畜婢媪矣。母欲進香茅山，孝子恐年高，請代往。既至，炷香虔叩，覺有人擊其背。回寓脱衷衣，見擊處硃印半顆，鮮如猩紅，異之。明年又往，半印忽全，旁增二印，計前後進香，共得印十八顆，愈濯愈鮮，人皆見之。其後孝子將至，靈官輒率群神下迎。衆香客聞夜有鈴鞭聲，即知蔣至矣。母年九十餘無疾逝，鄉里諸君子以爲壽母令子不可無影像傳後，乃屬畫工懸擬，面目宛肖，疑有神助。葬日有白鳥無數護靈，翬隨行，過麥苗踐踏而所收轉倍。蔣卒之前月，天師過常，問：「有蔣子元者，何如人？」曰：「孝子也。」天師曰：「昨法官奉事斗姥宫，聞缺仙官，將具羽葆法駕往迎常州蔣子元。然則孝子上升不遠矣。」未幾果卒。鄭清如先生撰有《蔣孝子靈感記》，惜未及見。丁未夏，李紹仔丈爲述其事，云温然樸訥，望而知爲深於道者也。

## 地震獲免

雍正中，京師地震，房屋側塌，壓斃極多。吾鄉莊方耕宗伯隨任大興縣署，書屋三間已傾，尋宗伯不獲。震定，發掘瓦礫，兩牆對合如龕，宗伯坐其中，睡眠猶未醒也。時宗伯夫人亦隨尊入京邸，方震時，聞梁木格磔聲，急避桌下，屋隨傾壓，賴桌搘拄得不死。一時同鄉官京師者，謂兩人他日必貴，遂爲兩家締姻焉。

## 莊司寇遇盜

明季盜賊充斥，莊司寇應曾未遇時，赴禮試，攜僕偃一騾北上。公固有勇力，精擊刺，一日遇雨，不能進，暫憩於道旁破廟。歷屋數重，入後殿，見二十餘輩皆帕裹頭，急裝持刀杖，具牲牢若將祭享者。一人出問姓名，叩何以至此，告之。衆喜，邀公同祭。祭畢，團坐共飲。公量素鉅，連舉十餘觥。雨止欲行，衆堅留住宿，曰：「萍水相逢，一見分即至深。願俟天明，當少資贈。」公知爲盜，飲次，托故出。有大鐵鑪重數千斤，舉以拒廟門，入席復飲。須臾席散，各執械將行，而門爲鑪所拒，駭問誰爲此者，公笑曰：「特與諸君戲耳。且止，聽吾一言。」衆知力不敵，羅拜曰：「始以爲書生，今乃知非常人也。」公曰：「以諸君勇敢義俠，倘爲國家用，何事不成，乃甘亡命草澤中爲暴鄉里，豈大丈夫所爲？」衆感泣，曰：「願受約。」因相與燃香設誓，各疏姓名鄉貫而散。後司寇貴，入本朝，諸人應招出，各有成就，有官至總戎者。

## 報主卹孤

某封翁，某紳世僕子也。紳家規，凡僕生子，止留一人，餘放出習他業。翁係次丁，習賈，權子母積年，稍稍置田宅，居然小康矣。後紳籍没遠戍，母老子幼，妻孥無所歸，親族莫過問者。翁迎歸，以正室舍主母，自率妻子住宅旁小屋。供頓豐腆，且爲幼主延師教讀，隨時進規，竭盡誠敬，舉家感次骨。紳族某，虎而冠者也，瞰翁富，思魚肉之，乃假與其主母往來，日浸潤，主母不爲動。潛誘其幼主飲博，爲挾邪遊。翁屢諫不聽，白於主母，撻而束之。幼主恨甚，某乘間搆搧，以奴欺主鳴之官。時邑侯湯公號明允，翁泥首泣訴曰：「主人被籍時，親族無一人肯喬寓者，兩世主母攜主無所棲止，奴迎養十餘年，絕無間言。族某當日受主人厚恩，不思圖報，翻誘幼主遊蕩，唆之與訟。今主母幼主俱在，可面質，訟果主人意耶？奴承主人自幼放出，毫髮皆主賜，所以暫守者，欲待主人賜環，少主成名，然後奉身退。今既若此，願盡納所有。」惟主已報家產盡絕，恐人持短長，乃悉出房產券據約數千金，求湯存案。湯大嘆異，痛懲唆訟者，令翁擇紳族數人互結領歸。時翁子已能文，紳族廩生某義之，爲索焚身券而保結焉，遂補博士弟子員。翁親見其登科，後爲教官二十年，孫曾有采芹者。

## 僵屍失棺蓋

常郡西門外地名南河沿，所居臨河，舍後幽曠，荒冢累累，僅微徑可通往來。某館師設帳其間，生徒五六人，皆弱冠少年。一日師回家，諸弟子醵錢沽飲。漏三下，月色甚朗，乘興遊矚。望亂墳縱橫，如起漚泡，一人曰：「此中多僵屍，盍往擒之？」閧而前，見一墳後有穴，大可徑尺，探之，得棺蓋旁立，中空無骸。衆曰：「此必屍已他適。」於是推有力者數人將蓋出，絡之樹間，而各緣別樹杪以伺。未幾，一毛人自西來，入穴即出，張皇四顧。至樹下，踴躍欲上，高不得登，撼樹長嘯，其聲哀慘，毛髮皆豎，天明始倒地，猶不敢下。師入塾，生徒皆不見，尋至樹上得之，各加夏楚，焚其屍。

## 爆竹除怪

吴笛江明府，幼居金陵外家。嘗言城東有住房一所，常見怪異，扃閉多年。有蔡某貪其值廉，購之，先遣匠役修葺。夜分，窗外一手入，掌大如箕，指如漆。眾大號，鄰人登牆擲火把下，始渺。明日，主人弟某，年甫弱冠，極頑劣。聞之就宿，以覘其異。約群匠有胆力者數人，攜酒肴及火具往。是夕月色甚皎，掃除中庭，轟飲以待。將二鼓，手入，某以片肉與之，掌握而去。須臾又入，某探懷中爆竹，燃藥綫，如前置之，亦握去。未幾，霹靂一聲，似有所傾塌者。急出視，則院中銀杏折半株，壓在廊側矣。杏斷處有血滴，乃知樹怪也，掘根焚之。

## 館師捉賊

先從父雲村公，居第與余家比鄰。有書樓三楹，極宏廠，延楊月坡先生課諸從兄。一夜時方盛暑，楊爲蚊擾不寢。忽一偷兒緣梯上，短褌赤足，逕入裏間發箱篋。楊憶日間有吃剩之西瓜皮，置樓門後小桌上，乃密起，取皮散鋪梯級以俟。俄偷兒肩一包出，將下樓，楊從後大聲叱之，力擊其頸。偷兒驚，足踐皮滑跌下樓。呼家人執之送官焉。

## 無常鬼被驚落溷

紹興東關有一屠，善宰割。距關四里農家者呼其宰豬。時方嚴冬，乃夜起，飲燒刀七八杯，帶醉以屠具置竹筐，貫以鐵杖，荷之肩，踏霜而行。至半途溺逼，見道傍一溷，就而遺焉。忽舉首，見一人長丈許，渾身衣白，類廟中所塑無常鬼，俯身伏窺溷旁人家天窗。屠時方被酒，亦不之懼，徐取屠具力擲之。長人驚退，失足落溷中，汩没不能起。屠笑拾具，仍置筐中而去。及宰豬畢，回過此，則是家病人已死。探之，知四更時危險萬分，忽漸甦，天明後滿室臭不可聞，始蹶然死。詰之故，計落溷後良久乃起，仍帶糞勾攝云。

## 靈邱老兵

雨生叔都閫山西靈邱時，有一老兵，徒犯也，限滿不還，遂投營伍，人頗醇謹。年七十死，殯署旁廟門外。叔使健丁某持冥鏹焚之。某戲哭曰：「吾兒舍我而去，我將誰依？」且哭且笑。焚畢欲出，見老兵瞪目自外入，揮拳擊之仆地，以泥塞其耳目口鼻。方危遽間，更夫適至，見老兵方按住健丁擂擊，以爲二人相戲，問何事交鬭。老兵曰：「我年許大，渠竟呼我爲兒。且大人所賜紙鏹，於彼何干，乃敢戲弄而呼我名，是以撻之耳。」更夫聞言，方悟其鬼。呼衆往視，健丁臥地，遍身青腫，灌救移時始甦，醫藥月餘而痊。

## 佔墳被控

宜邑儲某，貿易起家，舍旁有隙地，爲周氏祖墓。周子貧甚，將行乞於外，浼人以地售於儲。儲欲得之，而以墓爲辭。周即約日遷柩，儲使傭助其役。時林東庵僧亦與焉，以骨貯罈他葬。先後受值半，而周一去不返。儲因地價未清，遲至三十年，將餘價作佛事，始築室焉。不數月，其子驟死，閱日而甦，曰：「周控父盜買掘冢而拘我訊供也。周係明崇禎七年秀才，葬於此，溧陽尚有嫡裔。自己亥歲即歷訴宜興、臨津、溧陽三邑城隍，皆未準，近乃控於平西將軍周孝侯。孝侯爲伊遠祖，憫其含冤有年，檄城隍申理。兒供事在生前，實不知情，遣暫歸，行當喚耳。」時東庵僧亦死一晝夜而甦，問之，即以助遷周葬，時見罈小骨長，折之不忍，故周秀才帶以作證。儲即且呈覆訴，云：「地憑中說合，並非盜買，遷葬係周子孫自願，並非唆使。啟墓之日，借傭助力，此乃比鄰通作之常。至有無析骸折骨，己實不知。今願拆屋遷地，妥爲安葬，仍具冥資十萬贖鍰」云云。子與僧又死十日復醒，云：「父呈神已批準牌示，某日會問勘驗。」儲遂先於其地作帷宮者三，架臺演劇，僧衆誦經，楮帛山積。召巫來視，云：「土地神公服至矣，諸神相次升座矣，生爲醫官之吴七來亦至。」儲父子與僧屏息跪階下，并邀地鄰作證，以函骨呈驗。巫曰：「七來先生言：顱碎脛斷，須以紅綿束縛，速取來。」又云：「周秀才嫌張渚紙錁草率，速换。」家人一一如命。時觀者千人，無不駭悚。事畢，儲乃爲安葬。後周秀才不服，又復上控。儲夢孝侯親提審訊，曰：「儲某本無大不是，今既還汝地，埋汝骨，又多出錢爲汝資冥福，亦情理兼至矣。」秀才大怒而去。後儲某孫有以大案牽涉，出亡，死於水者，咸謂此案始結云。

## 烏烟劫

陽湖吏方姓者，夜夢其友蔣某，亦吏之已故者，謂之曰：「烏烟局現造劫數簿，籍煩多，乏人書寫，我已薦君往充是役，君可隨我至局中辨事。」偕行至一公署，正殿用琉璃瓦，高接雲漢，殿上並坐五神，或古衣冠，或本朝服飾。正中一人，白鬚冕旒，儼然王者。階下列巨缸數百，貯黑汁，諸鬼紛紛入，輒令酌少許始去。沈私問缸貯何物，曰：「迷膏也，即世稱雅片烟。凡在劫者，令飲少許，入世一聞此味，立即成癮矣。冥中因國家列聖相承，政平人和，已二百年，地廣物博，滋生日繁，恬熙相習，人心日趨澆薄。從古無久治不亂之理，若降以刀兵水火，恐傷當宁心，故造此烏烟劫，以潛消陰陽疵癘之災，使淫蕩者促其生，驕侈者破其業，流毒數十年，剥極而復。生民經此惡劫，創巨痛深，自當洗心滌慮，重趨儉樸，而世道可冀一變。今劫運初開，册籍浩繁，日集三萬人書之，尚須三年而畢。」因導沈歷諸司，見數千間均滿貯册籍，中一樓貯巨册，用紅黃標簽，曰：「此皆王公卿相入劫者，故另貯之。」沈欲抽看，蔣不可，曰：「子可速歸料理後事，某日當來奉邀，將此事辦完，可望得一優獎，授職地下，無苦也。」沈遂醒，處分家事畢，及期果卒。

## 丹陽城隍子

謝湘秋孝廉，偶與友爲扶鸞戲。乩詩曰：「燕語鶯啼春事奢，晴烟初散曉風斜。緑楊隄畔縈無路，閒殺城東滿院花。」謝等愛其清麗，叩問爲誰，曰：「郜曉村，山右秀才，家君現爲丹陽城隍。」問何事來此，曰：「夙慕吴中風景繁華，因而挾資來遊，乃所見不如所聞，留連月餘，一無所遇。薄遊貴郡之三殤地，佳麗遠勝姑蘇，不覺勾留半載矣。今夕萬籟秋澄，一輪月皎，諸君風雅，忍負此良宵乎？」謝爲設酒果，乩語詼諧，瀾翻層出，恨相識晚。因戲問：「冥中亦有粲者否？」乩曰：「有之。」乃歷舉十餘人，有鮑蘭仙者，謝與最昵，因懇邀致，并焚香帕數事。須臾乩動，則蘭仙至矣，書曰：「莫悵離懷結，須知別夢沈。玉簫空倚月，何處覓知音。」蘭固善簫，蘭死，謝遂與曲中李月香訂交，每聽吹簫，輒追憶，故蘭詩及之。且云：「妾以蓬蒿陋質，辱君物色風塵，方幸長諧，遽成永別。猶荷垂念夙好，厚賜多珍，可勝感荷！然妾更有求者，妾生前孽累，身後仍罰烟花，倘念疇昔恩情，以黃紙泥金書《金剛經》三卷焚之，便可超脱鬼趣。」謝允之。乩又囑：「曉村公子迷戀花柳，纏頭已罄，君既相契，願力勸早去，并望贈以行資，免彼家庭譴責也。」謝因焚楮鏹贈行，部連書「感謝」字，乩遂寂。焚經日，夢鮑來謝，已改作道裝矣。

## 再生

宗叔湘南司馬景，以游幕起家，生平俠腸古道，赴人之難，惟恐不及。次孫昆生，年十四，忽出痘，危險異常，暈絶一晝夜而甦，云：「恍惚至一處，殿宇巍峩，雕甍黄瓦，類王者居。中一人據案坐，金冠絳服，白鬚頳顏，氣象威猛。見昆生至，檢案頭簿籍，曰：『汝本應死於痘，念汝祖年來懿行甚多，特放回以爲樂善者勸。汝果立心做好人，行好事，功名富貴不汝靳也。』」遂蘇。蘇後其魂往往自竅脱出。一日游行至巷口，遇朱衣襆頭者，駭曰：「汝何爲至此？」捽之歸，擲堂上。試往乃祖齋中，連呼不應，見方展《十六國春秋》第十七卷，默記之。及歸寢，則見己白身臥，乃大驚，極力附之始得合。遣人之齋中探視，則所閲果《十六國春秋》十七卷也。痘愈後改字再生，親爲余言。

# 狐丹

吴竹如少府，陽湖雪堰橋人。髫年眉目秀慧，朗如玉山，閉門讀書，足不入市。一日方展卷，有女郎韶顔稚齒，探首齋門，睨吴而笑。吴以爲鄰女，低頭不顧。少頃又至，逡巡欲入。吴笑曰：「欲入則入耳，作態何爲？」翩然入，謂吴曰：「此地良佳，得勿有外人來乎？」吴曰：「書齋耳，非特外人不輕至，即婢僕亦無事不來。」因叩所自，曰：「妾比鄰黄氏女，適從母借刀尺，順過此間，爲愛幽静，聊以停趾。」入以游語，笑不甚拒。由是每夜輒至，事多前知。異而詰之，笑曰：「偶然適合耳。」吴嗜吟咏，相與拈題分韻唱和，每至漏分。夙好既投，又得膩友，以爲登仙不啻矣。顧枕席間女極蕩甚，初猶支拄，久乃奔命不堪。女出藥二丸，紅緑各一，置掌中，奕奕有光。取紅丸欲吞，及喉格格不能下，遂細嚼而咽之，精神陡發，立能起坐。次夕女至，告以服丹故，歎曰：「固知命也。妾以數十年功苦煉丹方成，吞服壽可百歲，若嚼破，則元氣已泄，僅可少佐數月精神耳。」吴固少孤，太夫人見其骨立，研詰甚苦。初不肯承，母泣曰：「我苦節十餘年，甫得爾長成，一旦染魅死，將安托矣！」因泣。吴恐拂母意，吐實。

母大驚，遣人伴宿。夜分女來，以袖拂伴者面，即昏然睡去，仍無虛夕。近村有羽流能誦《皇經》，治諸怪異，延之來，於廳事懸諸神像，展經虔誦。至七八日，女方徘徊門外，忽見三目神闖入，手挽女髮而行，宛轉間化爲一貍，穿户去，由是遂絶。

# 卷八

## 饞虎自斃

吾鄉吴公逑先生嘗乘舟由蜀返楚，中途日暮，泊船山下。其上峭壁矗立，遥望一虎蹲伏，以爲石也。酣寢達旦，覺船身偏重，摇撼不已。舟人起，一虎頭出没水中，以前爪攖舷欲上。急取被蒙其頭，呼衆攢篙刺之，立斃。蓋虎欲下噬人，誤撲入水，適以自斃耳。

## 墩怪

江陰馬姓移居一宅，有怪物長不滿二尺，狀極臃腫，滿身皆眼，緑色烱爍如螢火，躍地登登然。每夜半即出，遇之輒病。偶一僕婦夜半小遺，物適至，以溺桶冒其首，怪不能動。燭之，則鍛工木墩也。此宅距鐵工住時已五易主矣。

## 報復之巧

林于川廣文司鐸閩之寧德，某生家頗裕而多爲不法，屢戒之。某誣林他事，控於府。太守賄護生，送省覆審，又多順太守意旨，呵斥甚厲。林曰：「此事若不得直，當京控。」亦呵斥甚厲，委員大府聞而惡之，獄成，遣戍烏魯木齊。此乾隆六十年事。踰年，守亦遣戍，而林以嘉慶元年恩赦釋回。戒行之日守適到，林手版問起居，白即日東行，呈一詩爲别，云：「五百花邊事小哉，忍將名教掃塵埃。好還天道君知否，我正歸時汝却來。」

## 小棺

盧龍縣鄉民於近長城處斸地，得小棺，長七八寸，啟視，白髮翁媪，冠履袍服，皆國朝裝束。閱明沈景倩《野獲編》載萬曆間寧夏修城，得小柩數千，長尺許，男女並明代服飾，無一古裝者。隆慶間古長城圮，露出小棺無數，衣冠儼然。一僧棺中有梵字小經一卷。一婦人棺銘旌題某王某妃之柩。然則此等異事前代已有之，豈僬僥國果在中土耶？或曰西北多狐，往往變幻，致此異云。

## 疫　異　四則

道光辛巳歲，疫氣自南而北，死者無算。有全村被疫，一家僅存一二人者，棺殮不及，草率殯埋。僧道醫巫，絡繹滿路，哭聲四野，慘不可言。記録數則：

是年六月薄暮，余於茶肆遇董君玉甫。方共談，其子踉蹌至，曰：「小姑娘死矣。」董有少妹未嫁，出門時猶見在房刺繡，急歸視之，微息僅屬。用翎毛探喉，出惡涎，一物纍纍隨涎出，則燈草也：常俗棺殮，多用以附屍，謂益亡者。連出數團，灌以姜汁，始能出聲，研玉丹服之而安。是夜聞撬門聲，臭穢氣如吐出燈草。含燒酒嚼蒜噴之，數夜始寂。

轎夫孟得禄，多力善走。向舍身都城隍廟。一日暈絶，惟心口手足微温。時方盛暑，買棺欲殮，聞屋上大呼曰：「都城隍傳去當差，差回即醒，切不可殮。」次日炎蒸更甚，呼如前，屍亦不變。至五更，大汗而醒，促具酒飯，飲啖倍常。食畢，云：「都城隍出境迎接天使，缺夫一名，傳余往代。竭兩晝夜力行雲霧中，水粒未沾。」問天使何神，則吏部尚書趙恭毅公也。

武進奔牛鎮沈某，入城回，中途微雨。有二人求附舟，似伍佰裝束，沈許之，並款酒食。問至鎮何事，曰：「奉牒勾人。」出牒凡七人，第一名即沈。沈云：「夙無訟事，何以見拘？」二人曰：「蒙君厚情，我冥役也。」沈求拯。役曰：「數由天定，非大功德不能挽回，即城隍亦奉命行事，我等何能爲？」固哀之。役曰：「勾者七人，限且五日。我等次第勾齊，再詣君，此即所以報耳。」言訖不見。倉皇奔歸，告知家人速備棺衾，一切身後事諄囑兄弟妻子。忽憶某年曾爲某姓作媒，彼此赤貧，女家索聘五十金，以此尚未完娶，今我將死，一文帶不去，何如完此姻緣？乃詭謂女父：「某生母病甚，須見新婦。」出袖中五十金付之，曰：「明日即親迎，以此佐酒食費，妝奩衣飾，俟過門後補可也。」女父允諾。又謂某生曰：「汝岳母病，今汝岳不索前聘，囑明晚即以彩輿往迎。」生曰：「即不索聘，而杯酌之資，迎娶之費，一時從何措辦？」沈曰：「此不難，我有二十金，權應急需，他日見還何如？」生喜過望。明日，沈往理料兩姓畢，始歸家。至期，六人皆卒，前二役踉蹌至，曰：「汝四日内全人婚姻，綿人宗祀，土地申之城隍，轉申東嶽，準延壽二紀。惟我等洩漏冥事被責，然因感動善念，亦準記功，將授爲某處土地矣。」沈果無恙，從此益行善事。

## 天師 三則

天師某，爲吾常趙氏至戚，每朝京師過常，必詣趙，留連信宿。趙廚役不信，乘夜竊戲班冠服，面塗黑煤，持刀至臥處。天師出不意，呼曰：「值日神安在？」忽霹靂一聲，廚夫震死。主人聞，急白天師，書「赦」字焚之，立醒。天師曰：「幸是先壇神慈，若遇王靈官，碎鞭下矣。」又一年夏月，天師至，共爲葉子戲以消長晝。苦蚊，客戲曰：「區區蚊不能禁，何術爲？」天師笑以指向壁畫一圈，蚊悉集圈内。是夜，趙夢其先人曰：「天師駐此已六宅不安，汝尚激之禁蚊，致我等汗流揠撲，於汝安乎？」趙驚醒，明日不敢更請禁蚊。

天師過蘇，三縣謁之舟中，辭去，送登岸，忽喃喃似與人語。三縣怪問，曰：「某處土地上舟來參，因送客相擠落水，是以止餘神勿參耳。」使人至某土地廟覘之，尚淋漓新出水云。

方宫保太夫人，天師胞姊。宫保九歲隨至舅家。向有齋宫樓三間設值日神將名位，每旦親謁焚香，即扃鎖，雖親人不得妄入。宫保瞻舅他往，竊登樓，見黑袍神倚鞭於壁，就几假寐，逕前撼之。神持鞭起，大驚，奔至樓邊，急無避處，乃回身瞋目叱之，即退立，乃徐徐下樓去。天師歸怨其姊曰：「奈何縱甥擾值日神將？」姊曰：「無之。」天師曰：「此子異日有名位福澤，否則被殛矣。」明早天師親詣拈香云。

## 奇門捉賊

毛介侯先生以醫名，人極和厚。余習岐黄術，皆先生指示，初未知其善壬甲術也。先生嘗訪李青崖，坐甫定，風吹落簷瓦數片，謂李曰：「今夜防有偷兒。」因取長几十餘張，縱橫排列而去。次早起視，果有偷兒往來几間，問之，曰：「在長衖中盤旋終夜耳。」余聞而異之，欲求其術。先生曰：「凡精此者多不祥。子功名中人，能精醫術，已足濟世，何必耗心血爲無益之事耶？」今先生宿草已十餘年，每味其語，未嘗不慚且感也。

## 巫支祁

盱眙縣東北三十里彭城鄉龜山，大禹鎖巫支祁處，有沈牛潭。縣志載：「唐永泰元年，李湯刺楚州，有漁於山下者，網不能舉，没水求之，見鐵索盤繞山足，莫尋其端。出告湯，命善泅者數十人隨往。其索甚長，五十牛拽之，索盡物出，狀如青猿，白首長髯，雪牙金爪，目緊閉，口鼻流沫，徐欠伸，張目如電，引索拽五十牛投水中没。」乾隆年，學使者謝公按淮安，適河督李公亦以勘工來，具舟數十，由水路至山麓，命力士多人輓索。甫動，怪風驟起，湖水壁立，天昏如墨，舟顛簸岌岌欲覆。急解維從間道去。嘉慶間，屬縣某署中扶鸞，一神至，曰：「余名暴光，淮河神也。」問巫支祁事，曰：

「余所管也。堯時支祁父子黨惡，傷害生靈，禹王遣將戮其子孫，使庚辰鎖之山下，三萬年後，孽滿方赦。彼亦自知罪大，近已屏除口食，服氣潛修，或能早萬餘年出頭也。」問：「神即大禹所封乎？」曰：「此亦不時更代。余北宋時人，金兵南下，殉節淮河，遂授今職。現秩將滿，轉調有期矣。」問：「支祁可得見乎？」曰：「渠雖安心修道，究竟野性未馴。」書畢而去。

## 鬼怕冥官

江陰蕭明府女，字六安周刺史次子。周任滿將行，爲子畢姻。蕭夫人買舟送女，道出鎮江。薄暮，女啟窗一豁江景，忽大呼仆艙暈絶，移時始蘇，作吴語曰：「尋汝數十年，今乃作新嫁娘耶？」夫人許焚冥資百萬。女益張目肆詈曰：「此冤豈白鏹可贖？」問：「冤何由結？」言：「我李氏，吴人，爲雲南施孝廉妻。孝廉令平陰，娶伊爲妾。入門唆丈夫隔絶我好，我憤自刎。冥官不爲申理，在枉死城數十年，受種種苦，今始得出耳。」夫人謂：「冤讎宜解不宜結，往復相尋，詎有已時。當延高僧禳解，懺汝升天。」垂頸若思良久，曰：「言誠是，但我不平，當守勿令嫁，以洩吾憤。」夫人曰：「汝既肯緩其命，若更聽其嫁，則彼益感激，多爲冥福以資汝，反仇爲德，不更愈於取償耶？」鬼大感悟，曰：「我姑去，視其禳解何如，當復來。」遂甦。詢之茫然，云：「方啟窗，見對岸婦繡襖紅裙，踏波冉冉而來，欲呼共觀，婦已猛起相撲，遂不自知也。」夫人遣人赴揚州天寧寺，建水陸道場七七日。女嫁月餘，頗安。一日晨起，忽擲鏡大呼，鬼復附女身，曰：「俗僧酒肉，誦經何益？我命值幾何，所焚烏足償？終當向森羅共質耳。」衆復交懇，詢其生前嗜好，云嗜酒。亟取進之，甫盡一盞，面已赬曰：「不嘗此味數十年矣。」呼爲「太太」，支頤作得意狀。久之不堪其擾，刺史怒甚，乘其叫呼時，命數人執女跪堂下，諭曰：「汝謂死由自戕，吾婦或有淩逼之威，并無致死之意，準以陽律無抵法。倘婦命已盡，可立索去，若猶未盡，而無厭之求，是借端詐索也。幽明雖判，理法則一。今將牒汝於城隍，聽冥官懲治，曲直無難立見。」趨吏速具牒。鬼大怖，伏地涕泣曰：「官場袒護，陰場不殊，一牒投入，立拘囹圄。願勿牒，我去。」女遂愈。

# 左江署怪

先伯祖毅堂方伯，觀察左江時，署多怪異。伯祖母莊夫人能白日視鬼，常見院中有兩鬼負一槓，上坐烏紗襆頭，絳紅袍，項垂白練，意是縊死者。簷下多掛風魚等食物，忽屏後伸一手，長丈餘，攫簷間物。叱之即入。度當復出，命婢抽刀以俟，手出斫之，應刃而斷，枯藤耳。一日夫人獨坐室中，忽大笑。家人駭問，曰：「對户階石甚高，群鬼超距而登，一鬼長不滿三尺，身粗如五石瓠，不能上，一鬼拔以手，半登墮之，俯仰不能自起，群鬼撫掌笑，不覺粲然耳。」署後有屋三楹久扃，方伯奉調進省，夫人夜聞門外喧呼獲巨盜，須立決。吏入白：「此皆積年巨猾，若俟委員，輾轉需時，恐致貽誤，請夫人代行。」夫人曰：「我女流不與署外事，況監刑重典耶？」驚疑間，群婢戎服佩刀，舁肩輿入，扶登輿，簇擁至扃室中，兩行刀仗林立，兵衛甚嚴。夫人正坐，群卒引諸囚魚貫跪階下，吏捧牌請判「斬」字。判畢，以次戮於西廡下。將行，又譁曰：「盜首亦就獲矣。」須臾，果執一紅衣人至，獰惡更甚，即命梟東廡榕樹前。訖，群婢舁夫人返內宅。駭絶而醒，耳畔聞鳴鑼聲，則貍奴觸銅鐺響也。次早遣往後屋，試發扃視，果於廡間得紙人三十餘，皆失其首；尋榕樹下，則紅衣人已肢解，以一髮懸首樹根。共相詫異，由是怪絶，屋不復扃。

## 雷擊蜈蚣

山左孫孝廉，庚辰赴試禮部，艱於資斧，坐小車。輿人性桀驁，行止自由，聽其揶揄而已。有日薄暮，無旅店，止一破寺，蓬蒿滿目，頹垣欲傾，小屋二楹，椽瓦都盡。不得已，卸裝其中。輿人謂孫曰：「我往尋村落覓炊，守此勿動，昏黑莫辨，恐有不測也。」孫恐二人乘夜爲暴，俟其去，入殿遍矚，見佛龕完善，伏其中。約更許，兩人至，呼孫不應，曰：「昏夜何之，豈已飽虎狼耶？既無燈火，莫能踪跡，只可俟天曉報縣矣。」語畢而去。少息，忽對廟山頂聲如霹靂，隨見火光若掣電，頃刻至寺，一物如十三四童子，紅衣丱角，似戲劇紅孩兒狀，而面目獰醜，火熒熒自腋間出。繞殿疾行數匝，拜佛，出至院中，仰首吐一丸，甚瑩澈，直衝霄漢，落下，仍以口承之。復吐出，蹴以足，繞身騰踔，如踢毬然，雞鳴始長嘯去。孫下，輿夫亦至，亟覓徑行。閲數年復經其地，土人曰：「寺中香火極盛，數十年前忽出怪異，僧常暴亡，寺逐廢。前歲夏山中雷震死一大蜈蚣，長三丈許。」所見殆即此矣。

## 狐謔

史湘舲，吾郡人，美丰姿，好修飾，桂官其小字也。少孤，育於舅氏熊。房舍極廣，史讀於後圃。夕漏已三下，未寢，聞户外彈指聲，低呼小字者再。意爲婢媪私奔，啟户，一女即掩入，嫣然絶麗，内宅無此人也。笑曰：「夜深如此，尚爾研摩，得勿寒耶？」問何來，曰：「東鄰談氏。」史曰：「向亦過卿家，惜未得見佳麗，但昏黑何由至此？」女曰：「賴有婢子扶持，梯墻相就耳。」顧户外曰：「秋紅不入何爲？」一小婢捧盒入，芳氣紛騰，如新出釜。史量甚豪，連飲巨觥，不覺醺醉，就榻，裀褥煥然，婢已鋪陳整潔矣。解履登床，備極歡愛。雞鳴婢至，相將俱去。由是來無虚夕，不能支，史乞請間。曰：「良宵何可虚度？」縱體入懷，逞諸冶態。史惑之，昏暈枕上。比醒，女已去。次日館童奔告熊翁，遍事醫禱，無驗。越旬病益篤，甫交睫，女即至，衾褥爲之淋漓。聞元妙觀道士善敕勒，延至。方炷香入室，史神氣稍定，謂曰：「我無他病，一狐相擾耳。」道士書符作法，忽火自下衣發，遍身皆燃，竄去。史復言天寧寺僧某有高行，翁即詣寺陳狀。僧曰：「此妖神通廣大，當以降魔杵搗之。」入室持咒，史大呼曰：「師勿禁，我當自去。」牆左有狗竇，史指曰：「已鑽入矣，可速執之。」僧伏地窺覘，噭然一聲，已被吸入竇，及出，血淋漓滿頭，皆經癸也。翁無如何，聽之而已。戚楊某，生平好干與人事，里黨畏惡之，曰：「青天白日，烏得有妖？即有，亦邪不勝正，何難驅除！」毅然造門，坐守兩日夜，女果不至。翁喜，堅懇勿去。復閲數夕，某困甚，就榻熟眠。狐暴起，褫其下衣淫之，痛極而醒。方盛氣相向，聞吃吃笑曰：「當使小折挫，爾後尚敢武斷否？」史尋愈，而某自此爲之霽暴，鄉里稱善云。

## 改裝存孤

閩俗習尚男寵，斷袖分桃，有逾伉儷。竊疑山川凝結，則有所鍾，如天帝外臣，海外女主，不盡由人心造作也。龍川陳子湘孝廉，少年俶儻，貌如冠玉。新喪偶，乃納一婢侍寢，生一子，視世所謂鄭櫻桃、控鶴監者不屑屑也。會春暮，碧霞元君廟賽會極盛，陳乘輿往，聞途人皆嘖嘖嘆羨。一嫗攜小郎，約十三四，韶秀天成，不覺神移，尾之入廟。嫗謂廟祝曰：「娘娘幡繡成，暇日可即來取。」匆匆出廟去。詢廟祝小郎爲誰，曰：「林秋官，嫗其所生母，家貧新寡。林固舊族，非可勢利誘者。」陳歸，轉側終宵，不能貼席。徐聞嫗與其戚某有連，乃因戚夤緣謁嫗，久之漸熟。秋見陳，依依肘下不肯去，長眉秀靨，展笑嫣然，較初覩時尤妙絕也。無何嫗病甚，陳市參苓，具醫藥，與秋更番迭侍，衣不解帶者數月。所費不貲，悉取辦於陳。而嫗病益篤，挽陳泣曰：「受君厚惠，生死不忘。少子童騃，不辨菽麥，今以累君，令不凍餒足矣。」顧秋曰：「今以汝託陳兄，宜兄事之。」遂卒。陳營棺殮，備極誠敬。既殯，挈秋歸，課之讀書。偶與嘲戲，面頳不作一語，怒曰：「與兄道義交，何乃輕薄如是！」捉佩刀將自殊。陳驚，奪其刀曰：「戲耳，何遽至是！」顧口雖如此，而憒火中燒，形神俱殆。及曉而病，僵臥不食，氣息奄然。秋憂形於面，知病由己，頗亦中悔，謂陳曰：「人非木石，拳拳深情，夫豈不知？」由此兩相款洽，陳病若失。有秦某，倚父宦京卿，爲暴鄉里，見秋，百計誘致。一日詣陳閒談，繼以調笑，秋拂衣起。某怒侵陳，陳憤極，呼童逐之。秦大恚，使其黨刺陳隱事，欲中傷之而未得其間也。未幾，秋服闋，童試冠軍，學使某公賞之，遂游庠，才名大噪，流輩争與交歡。秋腼腆如婦，與人一揖即翩然逝，以此人益忮陳。越年科試，又第一。陳酗酒相慶，酒酣，忽失聲歎，指階前梅樹曰：「纍纍者實已七矣。」秋已帶酒，聞陳言，遽起引佩刀自閹，阻之已不及。秦大喜，控諸邑宰。秋固宰所取士，大怒，謂陳挾讎逞毒，援律申黜，痼獄中。轉輾營救，始准自贖歸家，以杖瘡潰卒，妾亦暴亡，子甫三歲，族衆瓜分所有。秋時能杖而起，密謂其舅氏胡翁曰：「族衆所利者，田産耳，不可以此故害及遺孤。篋中所畜，彼固莫測多寡，不如盡胠所有，攜兒宵遯，猶足延宗祀一綫也。」惟兒幼無母，恐途中盤詰，乃僞爲女子粧，盡發所有金寳，攜兒遁至浙之湯溪家焉。出所有付胡翁，營運不三年，居然素封。秋日坐内室，穿耳裹足，益加修飾。子漸長，取名紹先，自課之，占湯溪籍，年十六捷於鄉，成進士，入詞館。乃乞假省母，相見畢，秋喜曰：「兒今成立，可即返閩復父讎，吾可對汝父於地下矣。」命設酒饌，與胡翁相慶已，乃入房閉户自經死。遺書云：「我本若父友，因若父死家破，改粧攜汝至此，辛苦十餘年，幸已成立。余形虧體辱，不足爲人，死後仍易服葬林氏之塋」云云。詢之胡翁，始悉本末，厚殯之，行三年禮焉。

## 幕友退敵

江西廬陵縣有匪徒聚衆焚香斂錢，久之，附從日多。教首徐德明遂萌叛逆，擇日舉事。縣令满洲奇公遣典史往探，被執，攜印欲遁。幕友蘇方山曰：「此草寇耳，何胆怯爲？一動足則全城休矣。」奇急問計，蘇乃籍民壯差役及城坊健丁，得六百餘人，開庫得刀械百數十餘，借城中各鋪户鑼鼓約數百具，收民間竹簾數千束，浸以油，令人擔荷潛行。離賊三十里，先出示曉諭居民云：「省中已發大軍十萬至，汝等良民，各安毋擾。」俟三更許，衆分四隊出城呐喊，然油簾遍林木中，火光綿延數十里，金鼓不絶。徐黨聞之四竄，遂火其村，救典史出。徐及僞官皆被縳，乃分别首從，誅竄有差。嗚呼，定變俄頃，若蘇者賢於十萬師矣。

## 乩　變 二則

乩仙多奇驗，亦有因而獲咎者。近世士大夫多好爲之。吾鄉吴少府需次湖北，出差漢口，遇陸法官，共爲扶乩之戲。甫焚符，乩疾書曰：「吾真武也。」問何白，吴曰：「求賜詩詞唱和耳。」乩曰：「吴某何人，乃敢無故召我！」飭從者縛去，吴立時仆地。陸乃復召城隍至，問：「可救否？」答曰：「生魂拏去，但憑師法力耳。」陸亟易服，書符作法。至五更時始蘇，云：「方暈絶時，兩童子以紅繩繫頸，牽之行深谷中，黑暗如獄，忽見紅光，金甲神攝我空際，飛行至寓門擲下，則身臥床上矣。」從此不敢復以爲戲。

管椒軒中丞未遇時，攜眷寓京師東城劉文正賜第。偶與同人扶鸞，乩書云：「吾漢丞相田蚡也。」衆問曰：「魏其、灌夫安在？」乩大書：「小子何人，敢訾吾短！速付火部施行。」乩擲院中丈許。衆大驚，取乩復召土地問之，曰：「君等不謹，今攖神怒，降災不遠，並我亦褫職矣。」問田何神，曰：「四大天將之一也。」問可禳否，曰：「幸諸君夙根素厚，能召致仙真，可冀化解。後日丙丁，北斗過此，諸君竭誠齋沐，虔請降壇，或可邀免。」於是衆皆虔禱。是日北斗果至，曰：「汝等宜膺顯罰，姑念無心，爲汝等先禳火災，俟朝天日晤田天將時，再爲緩頰可耳。」命取黄紙二幅，硃書二符，一焚東嶽廟，一焚離帝宫。衆并爲土地請命，乩又書一「免」字，令焚都城隍廟而去。後果無恙。

## 惲南田先生超劫

吾鄉南田惲先生畫爲本朝逸品，直繼雲林，王石谷雖名重一時，不能過也。泗州某刺史聞其名，聘之往。惲愛邑廟幽静，下榻焉。一夕聞殿上喧嘩聲，見城隍盛服，香案再拜。一金甲神自空下，謂劫數已届，切勿遲延。神唯唯，顧判問：「齊集未？」判曰：「惲先生未去，一僧一道未來。」先生大驚，急爲書別刺史。天乍明，匆匆出城，半途遇一僧一道，問何往，曰入城。惲遂趨河干附舟行，甫離岸，聞天崩地塌聲，回望州城已沓，惟僧伽塔矗立水面云。先生書畫人品，歷劫不朽，固非水火刀兵所能阨也。

## 彰德署狐

先祖判彰德時，署後有臺，相傳狐居。臺上積塵盈寸，畫園林樓閣，如錐畫沙。前任满洲鶴公與狐往還，白鬚叟也。每叩吉凶事，不答，或有疑案，禱之，偶肯言，無不奇中。互戒家人彼此勿犯。鶴子婦晨起，方梳洗匀脂粉，忽鏡中一美少年，金冠緑袍，向之而笑。叟至告之，謝曰：「老朽數日他出，家人輩乃敢不遵戒約耶？」憤然去。少頃，承塵上飄一紙下，云：「舍甥自陝中隨母歸寧，不知外家法度，今已斬之。」鶴起入室，則院中槐樹上懸小狐首，淋漓未乾也。此狐可謂克己者矣。

## 祥符水怪

道光二十二年，河決祥符十三堡，大梁城不没者三板。有宋某奉諱家居期年，延相國寺僧至墳祠禮懺。时正酷暑，諸僧於午後赴禹王臺乘凉，河水驟至，各取門扉，連接登屋，以避須臾。水勢愈高，朱附板沈浮，遇大樹，攀援得上，見妻抱兒隨流而駛，相隔丈餘，竟莫能救。方悲楚間，忽巨鼋數百，昂頭先驅，後有物牛首一角，以蹄拍水，兩兩成對隨行。漸夜叉數百踏波至，最後一巨蛇，約數十丈，人首一角，白鬚長三四尺，隨諸物向南去，皆決隄之水怪也。朱遇救得生，已餓五日，歸則妻子皆葬魚腹，寺僧以避暑禹王臺獲免。

## 老婦殺夫

河南閿鄉縣郝翁，年七十餘，嫗亦望六，無子女。置田十餘頃，騾馬五六頭，稱小康焉。山西布客郁姓與翁交契，每來輒主其家。客死，子繼其業，往來如故。一日，所雇傭乞假去，翁以夜半喂畜乏人，託之郁子。終慮其少年失眠，乃夜起自往櫪下察之。見明燈掛壁，郁子方立槽上，與牝騾交，駭極歸寢，笑述於嫗。嫗曰：「少年無偶，情不自禁耳。未知渠已聘否，東村某新寡，何不爲之執柯？」旦起詢之，果未聘，因言作合意。郁欣然挽嫗，以布四匹媒定焉。閱月，婦忽抱布還嫗，欲退婚。驚問故，婦不肯言，再四研詰，婦曰：「前夜郁忽自至，言婚期尚遠，欲先野合。我因身已相屬，遂亦不拒。不意大爲鑿枘。似此偉男，實難爲偶，不願嫁也。」婦去，嫗自忖生平閱人多，皆猥瑣無當意者，不覺情動。瞰翁出，匿就郁，遂大爱慕，恨相見晚。久之，爲翁所窺，乃與郁謀，絞殺之。翁固客游時多，故鄰近不之疑也。一日鄰雞飛入嫗後圃，鄰婦隔垣呼雞，拍地不能起，似被縛者。過垣取之，至雞所，辮髮出土中，大呼。鄰衆畢集，發視，翁面色如生。嫗與郁皆伏法。

## 木龍

明中葉時，江西湯太守封翁，夜夢男婦數萬，執香跪門，曰：「我等皆浙江紹興府百姓，來迎恩官降生。」須臾，肩輿舁貴官至，向翁再拜。翁驚醒，而太守生，取名紹恩。年少成進士，以部曹出守紹興，善政備載郡志。山、會等邑沿海村莊，每苦海潮上泛，民田爲鹹鹵所灌，悉廢。太守親巡海塘，察看形勢，在山陰斗門創設石閘，長五六十丈，寬丈餘，横開二十八洞，海潮藉資捍御，視内河水之大小，以時豬泄。轉瘠爲沃，民生賴焉。先期爲文禱海神，求緩潮汐，以便施工，海潮果兩旬不至。密排樁石，而閘座被水沖激，功屢不成。太守憂甚，夜夢神謂：「非木龍血不可。」醒而異之。一日見皂隸莫龍，頓悟神語，遂命抱樁入水，即時死，閘告成。紳庶感湯恩德，殁後立廟斗門，肖莫像於廟側，今啟閉守令必具牢醴焉。能御災捍患、以死勤事者，則祭之，禮也。

## 鬼帳

江陰祝秀才，死七八年矣。向與陽湖莊迪甫秀才善。莊偶赴石塘灣，遇祝，忘其死，具道寒暄，邀莊至館，出近作就教。多詩詞，絶無制藝，極爲擊節。莊曰：「我輩寒士，非得微名，不能發跡，時文功令所尚，何乃置之？」祝愀然不答。臨行，出一布包裹，便衣三件，家信一函，番銀二十餅，懇帶歸，覓便寄家。莊行至半途，頓憶祝死已久，所遇得非爲鬼？而家信衣銀確係生人物，遂覓便寄去。其家發函，宛然祝手跡也，云：「余在此甚平安，家中弗念。」其妻大疑，屬兄詣莊探問，莊具告之。挽莊同往館中，居停曰：「祝先生在此五年，課兩兒甚勤，昨忽辭去，云阿兄將至，家書一緘，煩留付之。」拆書云：「頃有友邀至揚州，即日渡江，不及相待。番銀五十餅，可帶歸作家用。」兄大哭而返，發其塚，白骨儼然。

# 慘覩悟道

常郡東門毛竹匠妻，有色。毛常出外生理，婦與比鄰某屠通，毛不知也。一日，毛附舟往宜興，舟中有兩人，皆不識，相語曰：「東門毛某妻與某屠通，每伺毛出，以竿挑一履掛户外爲约。」毛歸，偵之確，乃詭言出門，夜分越垣入，伏暗陬伺。俄聞彈扉聲，婦啟屠入，已半醉，逕就榻臥索茶。婦往烹茶，毛徑入斷屠頭，仍伏窗外。婦持茶至，促屠起，不應，揭帳注目移時，乃哭曰：「不能復顧君矣。」遂起取刀碎割，赴廚投釜中，煮成糜，傾猪圈内，復碎其骨埋之。毛心膽爲寒，徐步入室。婦大驚。毛曰：「半夜經營，可謂心力交瘁。好爲之，我從此逝矣。」遂出門去。後二十餘年，有人見其在陽羡山茅蓬中，不飲不食不言，蓋已悟道矣。

# 蟲異

吾常東鄉丁堰黄秀才吉裳，訓蒙劉翁家。夏日田間閒步，群兒捉一蟲，長寸許，金碧璀璨，逾於繪畫。以一錢買歸，置諸器，傳觀以爲笑樂。其友張鐵甫秀才來訪，甫揭器，蟲入張鼻，立時倒地死。其家鳴官，劉翁大爲所累。

## 雁

沈學乾先生司鐸鳳陽時，買得一雁，籠畜之，置庭前。次年春，空中落一雁，繞籠悲鳴，守之勿去。先生解縱之。越數日，兩雁翔舞於庭，各吐金一錠而去，似來相酬者。嗚呼，微禽何知，圖報乃如是之速耶！

## 鬼畏孝子

吴中屠者劉四，有膽力。中年積資數千金，日與諸惡少飲博，無所不爲。然事母孝，每出妄爲，聞母呼立止。一日其徒謂郊外某舍有厲鬼，能往者願醵酒食。劉欣然獨往，衆恐其爲鬼困，伏户外以伺。霧色蒼茫，月光黯淡，忽聽有高唱《蓮花落》者前往推户，一鬼突前止之，曰：「劉孝子在內，速歸休。」瞥然而没。衆駭奔散，群鬼逐之，有墜溷者。

## 冥司重苦節

吾鄉吕季英農部振麒，少余二歲，總角至交。道光乙酉，與袁素珊大令俊同舉順天鄉試。丙戌春闈前，素珊之兄在里中，夢其祖彦方先生坐中堂，有客來訪。坐定，謂彦方先生曰：「有事相商，未知允否。」先生問：「何事？」客曰：「必賜允而後言。」先生曰：「可。」客曰：「令孫今科當中，然只一缺，當中者二人。吕氏兩代苦節，請讓之。」先生未及言，素珊之兄怒向客，欲詈之，私問客姓名，乃敦甫相國也，不敢發。醒而異其夢，亟以書述於素珊。是科吕果獲雋。吕卷已爲總裁盧榯石相國所棄，敦甫相國見而賞之，拔於落卷。素珊以己丑成進士，果後一科。

## 姑嫂保鏢

乾隆間，紹興某方伯開藩滇南，引疾將歸，而慮遠道金多，或遭不測，聘張某護送。張適遠出，其子婦及少女應招至，約酬金若干，各跨一健騾，懸鐵胎弓鞍旁，行萬里若涉坦途。既抵紹，方伯心謂女子有何武藝，徒以大言欺人，中悔，欲減半資。兩女變色，言曰：「我張氏鐵胎弓累代馳名，前在某山隘，皆盜藪，所以帖然者，以我兩人從耳。」遂策騾至教場，張弓取鐵丸對彈，但見兩彈相觸，錚然迸落，連發二十餘丸，無一參差者。觀者駭絶。方伯無言，付金如數而去。

## 亡妻禦侮

杭州孫某娶妻某氏，甚和好。未數年，妻病不起，抑鬱無聊。道光二十四年夏，赴友人小飲，夜半籠燈獨歸。抵家，家人見其神色改常，問之不語。忽瞪目作女音曰：「我母女二人同行，見汝從對面來，攜之急避，奈何將女踐斃？特索汝命。」孫即時仆地，口沫流出。正惶遽間，亡妻附孫，當即起立，向女鬼云：「陰陽一理，不知不罪。且汝不過受傷，亦不至死。依我勸解，酒食銀錢，唯爾所欲，否則我先向城隍處喊告。」因令家人用黄紙寫明原委，至城隍廟中焚化。女鬼氣懾，哀求息事。乃命焚紙錠一千，具食送出大門，孫醒。

## 某典史妻

臺灣鳳山縣典史某，抵任後遣其子迎其妻，附海艘渡臺，遇颶風，顛簸將覆，帆爲風所鼓，不能卸。舟人亟用利斧斷桅，船始獲全。飄流數晝夜，抵一處，彌望峰巒疊起，高接雲漢，峰上積雪如玉山。柁工大哭曰：「今番合死矣。嘗聞海客言黑水洋外有積雪山，其下皆礁石，海舶至此，鮮得完者。今值此，豈有生理耶？」舉舟聞之，皆哭失聲。忽見空中一鳥銜紅燈近，至船頭風即隨轉。南行數晝夜，燈忽不見，則船已抵岸。岸上人皆科頭跣足，醜黑如鬼，見舟至，争來問詢，語啁哳不可通。泊數日，衆舁一人至，形容稍皙，衣亦略長，黑布裹頭，似是其國官長。指揮將舟中人悉舁入一村。須臾，有二人至，蓋粵人爲通事者。詢知爲烏底國，從古不通中國，惟與暹羅國最近，常通貿易。國係女主，聞中國命婦至，甚尊禮，贈貽無算，皆奇珍瓌寶。送至暹羅國，王聞命婦，迎往官驛，所贈尤豐。自宰相以下各有所獻。隨其國貢使抵粵，白之大使，命權住省中，行文臺灣，俟回文至再行。因出其槖中物貨之，獲金無算。遂棄官攜其婦歸，以財雄一鄉焉。

## 算術

杭州姚某，每於新市攜絲赴湖廣，分給各鋪，貨值登載簿册，至冬按籍點收。父子三世矣，以誠信，故爲絲行所任，但效奔走而取贏焉。一歲收賬千餘金，自漢口啟行，至江西，有客欲附舟至杭。舟子不肯，姚曰何害，招之下舟中。客故自炊，姚即與同食。客感甚，同行月餘，頗深契洽。舟抵杭，其人欲去，向姚致謝曰：「有事可至巴子門竹林内王老娘家見訪。」姚歸，歲且逼，絲行索帳已久，啟篚，他物盡在而銀烏有。姚憶客言，急奔巴子門問王老娘，則客方起，俟盥沐畢，婉告以故，請卜之。客曰：「銀在君家祖先龕內，何卜爲？」姚疑信參半，急歸，啟龕，原銀存焉。再詣而客已杳。

## 天師符

青浦方氏婦，以金銀箔糊紙錠爲業，頗有姿色。一日方白晝，忽見黑氣一團，繞其裙下，盤旋不已。大懼，急入房閉户寢。漸癡迷，時而濃妝艷裹，時而曼聲嬌歌，作種種淫褻狀。其夫扃之樓中，即將所貯盌碟器什擲下，衣服無故灰燼，米麥皆變糠秕，日索酒食，供給稍不豐腆則擾益甚。其夫固貧士，不數日，遂致大困。適其族方芝香秀才自江西返，以其向館貴溪，遂共湊川資，囑攜其夫偕赴龍虎山，控之天師。天師曰：「此非妖魅，乃五通神。當贈一符，可以驅遣。」因言：「每歲除夕於上清宮祀老天師畢，即疊紙數十張，以玉印印之，直透紙背，以透過層數爲明年應用張數。去年印得十七張，尚餘四張未用。明日趙玄壇值日，當爲書符。君等今夜可虔誠叩禱。」如言請符而歸。未至家數日，魅抱婦哭曰：「江西人將歸，此間不可再住。」遂攜婦至一洞中，奇寒透骨。婦不能耐，出洞遍矚，忽見力士數人，尋至挈歸，則芝香等返里之日也。吴中自湯潛庵先生奏毀淫祠，久奉嚴禁，而近來村墟社屋漸設叢祠。鄉愚無知，已屬可笑，乃至郡邑薦紳亦復託名蜡祭，羅列牲牢，銀燭通宵，金尊迭獻，主人夫婦華冠盛服，殷勤勸酒，惟恐不食其餘。雖以內神如祖宗，外神如五祀，至尊至親，曾未聞設此盛筵，行此大禮也。世衰俗薄，奈之何哉，宜爲五通之所詐矣。

## 夢點名

族叔雨生都督貽汾言：初署三江營守備時，交卸後方欲回省，夜夢一騎持文書至，云：「請速往攝篆。」問何地，曰：「至自知之。」旋有人控馬至，扶策而上，藍旗一對，四卒跨刀前導。約半日程，見數千人跪道旁祇迎，類皆斷頭折足。旋抵一署，武士林立。就陞公座，一吏捧册唱名，即道傍跪者，約三千餘人。點畢退堂，而暖閣後皆牆壁，無旋身處。顧見旁一老吏，似曾相識，因問此間何所。吏方欲言，而前騎吏已白新任到矣。霍然而醒，細思老吏狀貌，乃督院兵房某也。

## 二目珠

孫淵如觀察星衍，洪稚存太史亮吉，未遇時同客陝撫畢秋帆先生幕中。適有長安縣生員某，揭咸陽縣生員某僞造妖書，陰結徒黨。捕置獄中，并搜得妖書名册。幕中刑友聳惠奏辦窮治之。二公聞有妖書，就請借觀，則皆剿襲佛氏福利之説以爲誘脅斂錢計，并無悖逆字樣，名册乃編造門牌底稿也。時方擁爐對飲，悉投諸火。次日白中丞，中丞坦然。二公旋夢一神，贈以目珠二顆。醒而不解，後皆以第二人及第，始知爲兩榜眼之兆云。

## 僵屍許女

紹興甲乙二人同幕中州，甚相得。後甲離豫十餘年，有親某令臨漳，招司刑名，遂復遊豫。將近湯陰，日暮騾病，借宿道旁古廟之西廂。廂先有寄櫬，朱書姓名里貫，則乙也，不勝駭悼，炷香哭酹。畢，將就枕，聞叩門聲。問爲誰，知是乙，大懼，齒振振不敢啟。乙曰：「以吾兩人至好，故不以鬼物自嫌。兄即不啟門，我獨無能入耶？」甲思言良是，啟入相持悲慟者久之，各訴衷曲，無異生平。既而乙言：「寒家事弟已盡知，惟十八齡季女尚未字人，殊不了。」甲曰：「僕次子齒相若，頗不鈍，以附婚姻，何如？」乙大喜，遂於懷中出玉墜一枚，甲亦解琥珀佩爲訂。乙復言生前未完某案，應如何辦，囑轉致居停，並懇其送柩返里。問居停何人，則湯陰某明府也。甲均允之。言畢，不言去。甲促之，陡覺冷氣侵人，面目亦漸青黑。甲窘甚，奔至户外，乙起追之。入殿，急登佛座，伏佛後。乙不敢上，持至雞鳴，鬼乃長嘯去。甲至湯陰署，見某明府，爲緬述乙所囑。明府差健役送其柩歸，將發，見棺四面有裂縫，揭視則顔貌如生。恐復出爲祟，焚之，歸骨其家焉。

## 逆婦變黿

崑山有農婦逆其姑，欲死之而未得間。聞村有買毒鼠藥者，婦問亦能毒人否，或言中有砒，云胡不能。婦喜，輓鄰婦購之，製餅十二枚，往喚姑。姑自鄰家返，至門，一丐向之求乞。姑曰：「我家新婦今日作餅大難，那有施汝？」丐即脱兩衣奉姑曰：「以此易餅。」姑視甚鮮潔，留之而付以餅。已，仍啜於鄰家。婦見姑攜衣歸，問之，告以故。婦喜，試著之，忽伏地化黿。姑驚呼，其子及四鄰共視，漸縮小，方廣尺餘。後因觀者衆，投之於河。

## 白龍娘娘

吾郡清明山有白龍娘娘廟，相傳明末山後村農家女。翁媪無子，甚愛之，年十七，將嫁，除夕夢一白鬚叟，星冠絳服，自空下，儀狀甚偉，授以二丸，大如卵。女受而攜歸，欲掩門上拴，手二丸，因不便，納口中。甫入，丸已下嚥。比醒，以告父母。嫁期將過，腹忽隆然。無以自明，夜赴清明山麓投井死。明日，土人見白雲一片覆井，異之。父亦尋至，忽二白龍自井騰出，攫拏空中。窺井，則女屍在焉。焚之，取骨塑像。每歲五月，龍必來朝，土人奉之，香火甚盛，祈晴雨極驗。有江西客過，竊像去，被龍追回。竊至再，終不能得，乃以穢物向龍潑之。像自空墮，客持之，急馳。回視兩龍，怒滾地上，附近村落皆爲邱墟。今龍母真身尚在江西，居民恐龍復來奪，盛以鐵龕。而清明山土偶，每僅一龍來朝，其一以怒殺人多，爲天曹所斬，墜山下。

## 縊鬼失繩不能討替

張若祖秀才設帳西鄉某大姓家。一夕踏月入城，半途見紅衣婦人冉冉前行。張自忖夜深安得有此，意必鬼物，促尾之。至一村，婦入，張亦入，而婦已進一門去。張從外窺，屋内隱隱有燈光，一女郎紡未輟。紅衣婦在其後舉圈作欲套狀，女郎即痛哭罷紡。張欲救之無術，頓憶所攜烟袋甚長，可由門縫探入，鬼出不意，其圈遂被掣出，乃麻綆也，以佩刀斷之，納懷中。急叩其門，家人驚出詢，告以狀。紡女蓋養媳也，不堪其姑挫辱，覓死者屢矣。張力勸其加意防範，遂仍循路歸。紅衣婦已在前横阻。張怒曰：「汝迷人而我救之，我何錯？今乃敢尋我耶？」以烟袋擊之，持至天明，鬼頓足長嘯數聲，入地没。

# 李鹿仔前身爲定果和尚

常州天寧寺爲江浙名刹，住持定果和尚有梵行，釋而參儒。乾隆間五次迎駕，賜賚優渥。定嫺於詩文而拙於書，與李棣原先生夢最契。李善書，定見其揮毫染翰，羡之。李五旬，偕夫人詣寺禮佛求子。定謂李曰：「明年此際，必可育麟。」李不爲意。届時，定忽謂其徒曰：「余世緣已盡，今去爲李翁子。」趺坐而逝。其徒掉舟訪之，李果舉男，即鹿仔明經。襁褓穎悟，六歲能擘窠書，年十一冠童子軍遊庠。及長，書名遍海內，而困於場屋。年逾大衍，以明經終。人謂定去來自如，宿根深固，乃轉世造就僅止於此，何哉？

徐子楞曰：定以一念歆羡轉世，享書名者五十年。前一念是因，後五十年是果，正其堅持道念，不昧前因處。富貴子孫，胡爲。明經與先侍御同補第子員，最相契。余家廳事「亦政堂」三字徑方八尺，乃其十七歲所書。

## 鵑紅

伯祖方伯公新宅在顧塘橋北岸。相傳本梁宮人叢葬處，後爲東坡先生舊宅，有手種紫藤一株，大合抱，花時香聞數里。方伯建樓三楹，爲燕憩之所。有蘇州計君者，至戚也。每姑蘇來，即樓西下榻焉。一夕月色如晝，計臥醒，忽聞嚶嚶細語出東樓下，音類女子。徐起窺之，見二美人宮樣粧束，一約三十許，一十六七，倚闌玩月。長者曰：「今夜月光奚似景陽？」少者曰：「不如。」方欲言，聞樓下呼曰：「華芝宮主喚汝。」長者應聲下樓去，少者獨留。趨窺，絶代姝也，遽出輓之，女不可。計曲意温慰，并謝唐突，女始就坐。計叩生平，女曰：「妾梁代宮人，名鵑紅，十七夭殂。」問華芝爲誰，曰：「渠給事永寧宮主，宮主死，以天鑒八年葬，華芝殉，與妾同瘞此耳。」生與嘔噱，繼以繾綣。由是來無虚夕。與談梁宮舊事，多與史不合。昭明之死，由元帝思奪嫡，囑僧宏智素饌進毒，武帝覺之，故立簡文爲儲。其後譽、詧、元帝相讎，蓋有積釁。溧陽宮主本邢妃所生，抱養宮中。朱异母少時曾給事武帝，與之有恩，故寵倖無比。此皆記載所無。鵑一夕謂計曰：「妾墮落千年，非得高僧懺拔，不能生天。聞果静禪師卓錫永寧寺，能求伊誦《金剛經》一藏乎？」計允之。百日經足，鵑來叩謝，曰：「妾從此轉生有期矣。」問華芝何往，曰：「永寧宫主現爲四府痘神，昨隨散痘去。」語畢，袖出金串二、玉盒一贈計，曰：「追薦之恩，銜結難忘。」倉皇下樓去，跡之已杳。

## 馬小堂

馬小堂，長隨也，後因戚某爲皖省監司，遂收而就幕，司錢穀事。險詐機巧，群目爲「笑面虎」。戚去皖，馬待聘省垣。有何孝廉者館臬署，與馬有舊，何戚某將赴休寧任，馬慫何力爲吹噓，聘定焉。既而何欲赴禮部試，某令適以事爲方伯所持，函致何，慫代緩頰。令德之，思酬謝何，馬力阻，謂前隙本何所搆，且設爲蜚語搆諸廉訪。廉訪持函示何，何無以自明，遂辭去。越十餘年，何選授壽陽令，馬已客死，一日忽夢馬黑衣叩伏曰：「我以生前多負心事，罰七世爲異類，以償宿孽。明晨當充公庖廚，幸垂憐赦之。」何醒，急問庖人，則方購一鱉欲解，命放之江。次年，何晉省，友人招飲，炰鱉甚佳。夜夢馬至，曰：「定數難逃，今席中所啖仍我也。」何驚醒，耳際猶聞嗚咽云。

## 松鼠

戴鬭寺松鼠能幻形。有龔生者讀書寺齋，僧告以故，龔頷之。一夕方展卷讀，忽梁上窸窣有聲，一小人長七寸，羽纓箭袍，旋走几上。龔不爲動。小人怒，以靴蹴其書墮地。擊以界尺，倒硯池中，墨汁淋漓，渾身皆黑。怪大呼：「夥計快來，共擊此無賴賊。」忽壁縫中鑽出小人無數，嚙衣攀領，嬲擾不休。龔四面揮擊，應手輒倒，愈聚愈多，不勝其擾。僧眾持械入，乃滅。明日遂移去。笥中衣服多被嚙云。

## 黄靖南

黄靖南侯得功，微時豢鴨池塘，每日輒少數鴨，久之幾盡。黄怒，涸水丈餘，得一巨鱓，大於盎，烹食之。體貌頓改，爲偉丈夫，力大絶倫，遂習武。以貧爲人策蹇。時楊龍友文驄方鄉捷，偕同年周新柞由貴州入都禮試，僱黄驢於浦口，中途突遇響馬六人。龍友本嫺弓馬，方欲抵禦，黄大呼：「看我殺賊！」已於驢背躍地，一手挾驢，一手持行囊撲盜。盜大驚，急止之。黄不顧，撲如故，盜下馬羅拜呼曰：「英雄，我輩願拜下風，勿失義氣。」黄乃止。因共邀黄入夥，黄堅拒。盜貽以金，不受。請姓氏，亦不答。盜遂拱手去。楊見其勇，奇之，待如兄弟。南歸，言於馬士英，士英爲之婚娶，延師教以兵法。及督鳳陽，拔爲旗鼓，建功河北，遂爲名將。

## 剌瓦而多

西洋有魚，形如鱷，長尾，鱗甲刀箭不能入，利爪鋸牙，狀甚獰惡。入水食魚，陸食人畜，百餘里遠近皆避。第其行甚遲，小魚百種常隨之，以避他魚吞噬。生子初如鵝卵，漸長且至二丈，吐涎於地，人畜踐之即仆，因就食。凡物皆動下頦，此獨動上齶。冬日不食，人見而却走，必逐，人返逐之，彼亦却走。其目入水則鈍，出水則明。見人遠則哭之，近則噬之，西洋人稱假慈悲爲剌瓦而多，故稱剌瓦而多魚云。獨有三物能制，一仁魚，通身鱗甲，惟腹下有竅處鬣甚利，遇之輒被刺死。一乙苟滿，鼠屬，其大如貓，善以泥塗身令滑，此魚開口，輒入其腹，吞食五臟，又能破壞其卵。一雜腹蘭，香草，此魚最喜食蜜，養蜂家四圍種雜腹蘭，則不敢近。

## 羅方伯

西洋崑甸國有沙喇蠻，地産金最旺，華人多往淘金。乾隆間，有粤人羅方伯貿易至此，其人豪放，善技擊，頗得衆心。是時土番窺諸商富厚，頻頻竊發，商貿不安其生，羅屢率衆平之。又鱷魚爲害，居民聞於國王，王不能制。羅爲壇於海濱，陳牲帛，朗誦昌黎祭文焚之，鱷一夕遁去。華夷敬畏，尊爲客長，廟食其地。吁！鱷頑物也，昌黎文驅之於千載以前，復徙之於千載以後，古聖賢語言文字昭如日星矣。

## 婢鬼索命

廣東黄叔華上舍之室張氏，浙之嘉定人。年三十餘，病癲，喃喃似與人語，一浙音，一吴音，自相詰責，作種種痛楚狀。自言前身爲蘇州富人子，私一婢，有娠七月，既而婢又與家僮某通，張怒，以足踢其腹，胎墮死。死後以淫孽重，受冥罰諸苦，罪滿出獄，尋來索命。臥榻半年，至今尚在，言冥中人證未全，尚未定讞也。

## 夢異

高翰卿鹺尹寶森，嘉慶戊辰科初赴金陵鄉試。封翁期之切，入闈日，虔祀梓潼神，與二三老友飲酒，微醺而臥。一人謂曰：「爾欲子中耶？非大將軍不可。」醒而意索然。後至戊寅，報捷至，始悟。蓋是科典試爲帥仙舟中丞也。族叔季淵貳尹，官獨石口，道光庚子，仲子枚生捷京兆，得信喜甚。夜夢見其業師惲翁，問曰：「小兒倖邀一第，不知尚能捷南宮否？」惲曰：「子何不細讀《聊齋誌異》？」醒而異之，隨手取閱，一條云：「湯公名聘，辛丑進士。」是科枚生果聯捷。

# 奇緣

皖城吴某，家不中資而性喜揮霍。年十七，父母俱歿，遂以飲博蕩其家。流轉至金陵，除夕宿蔣公廟，夢神謂曰：「起起！泰運來矣！」急起燭之，無所覩，復臥。又夢神促之，因遍矚殿四隅，神座下得一錢一紙條，係寫「幺二三四」字。心疑神得無示我博乎？次日入市，遇博徒，在一小屋共博，吴即以一錢照紙開字樣入局，下注輒勝，得錢十餘千。次日復往，又勝，不一月，獲數千金，鮮衣怒馬，頓復舊觀矣。一日，偕數友入某肆飲。先有二人在座，一修髯華服，一白面微髭。微髭者曰：「今日翁起何早？」曰：「夜夢蔣神謂：汝女壻現在三山街酒肆，宜速往。問壻何人，曰皖城吴某。」「即我是也。」翁諦視器宇軒昂，略叩縱迹，大喜，蓋翁即鹺商查某，坐擁數百萬，止一女，愛等掌珠，欲擇壻而難其人。既得吴，謂撮合自神，因緣天作，以女字焉。合巹夕，雲鬟香霧，貌若天人，伉儷綦篤。翁卒，吴繼其業，生一子，位至方伯，夫婦皆八十餘而終。

## 史翁遇仙

金壇史翁，家素封，淡泊寡營，鄉里推重。有叟僦居其鄰，粉糰爲業，每詣翁閒談。見几置棋枰，因與共奕。翁系夙嗜，藝亦精，遠邇目爲國手。與叟奕屢負，欲罷局。叟挽之曰：「翁藝自佳，特未晤脱刼之法。」因隨局爲之，口指手畫，但贏半子。翁喜過望，再局，則又負，乃慚服，願盡其技。叟曰：「此不可以躁得，久之自當有進。」翁出與常奕者共局，則已無能望其項背矣。如是一年，一夕局終，謂翁曰：「我修道有年，託跡闤闠，製粉糰大小，視人去取，以驗有緣與否。三年來皆争市其大者，而不知小者乃金丹也。衆生貪嗔，即小可見。翁宿根頗具，曷不棄人間事從我遊乎？」因贈藥一丸，翁置之床頭，倏失所在。次早叟來作别，翁訂後期。叟書數秘字，謂：「苟相念，依樣作字焚之，夢中可晤。」遂去。後翁欲卜地爲生壙，不能決，乃書字焚之。夢叟來，道裝負劍，謂翁曰：「東南山中有烏巢冬青樹，其下吉穴也，葬之當數百年書香不斷。」醒如其言往，果得地，至今科第相繼云。

## 兩世緣

重慶祝春海孝廉，生而能言，八歲盡十三經，九歲遊庠，十四舉於鄉。父母欲爲論婚，堅辭不願。固詰之，曰：「兒前身實山左菏澤丁蒔薌也。年十八以刻苦力學嘔血死。妻真氏，年十七，世家女，美而賢，臨死誓來生仍爲夫婦。今兒臂上朱痣，妻所志也。」父母駭曰：「果爾，妻年倍於汝，且世家女豈肯改適？」祝曰：「容俟計偕，便道訪之，不諧再議。」父母未能强。試事畢，詣曹訪丁，見前生母，細詰往事，無不印合。真避不肯見，令婢持一緘出，問曰：「試言之。」祝手書「願矢來生，仍爲夫婦」八字付之，果丁臨終時手筆也，真乃大哭。祝倩冰媒合，遂爲夫婦如初。真年雖差長，望之猶似十七八女郎。有《兩世緣》傳奇行世。

## 晴雲

如皋陳蘭雪，年十七遊庠，娶婦杨，甚賢淑。家住馬塘鄉，随父入城訪親，途遇女郎，扶一婢憩涼亭中，豐肌玉骨，妍麗非常，顧生而笑。生自忖得妻如此，於願斯慰。既訪親回，妻方歸寧。一夕獨坐書齋，一女郎翩然掩入，則途遇也。漫問何来，掩口笑曰：「妾胡氏晴雲，前已心與，奚姓氏爲？」生心動，抱置懷，偎傍之際，麝蘭襲人。欲求交歡，撑拒不可，遂辭去。越日妻歸，告之。妻曰：「是好守禮女子。」方共喧笑，女郎已入，向嫡朝拜，禮甚恭。妻挽坐，謙不敢抗。妻憐而愛之，爲之除室布榻。方督率婢媪灑掃，衾枕帷幕倏已陳設滿屋。楊治肴酒，諏吉合巹。次夜，即推生至楊所。家中所需，不求自至。顧獨生夫婦見之，他人對面不見也。生翁恐終爲子禍，每夕燈下誦《易》，意在鎮邪。女悄謂生某句某字誤，楊駭曰：「卿亦讀書耶？」女曰：「不讀書何能悟道？天下豈有不識字神仙？」楊素能詩，與女唱和，積久成帙。數月，女言：「母有訟事，將来候質，可備蔬筍以待。」次日果至，素服淡粧，貌甚嫻雅。生偕女進食，食已而去。數日復来，喜謂女曰：「案結矣。伏魔大帝怒妖狐無端誣累，已誅却，我以無辜釋免，惟爲神光所爍，當向空山精修百二十年方能復元耳。」遂去。忽一日婢至，向女云：「阿母傳語，郎家將有大難。」是夜婢伏門簷下。有群盜數十，執炬操刃，意將奪門肆劫。忽皆釋仗投地，不能起，遂被執。女皆縱之，盜叩謝去。年餘生一女，忽欲歸寧。前婢以二輿至，招生登之。輿行絶駛，須臾至一山，入洞府，琪落瑶草，遍滿山谷。媪知壻至，另掃石室，令生下榻。生住兩月餘，不言歸，女促之，生欲偕返。女許諾，行出洞中，崇巘疊嶂，屈曲盤旋，約半日許，忽謂生曰：「緣止此矣。從此出山，可回鄉里。」以一帕裹納生懷，聳身冉冉而上，須臾已杳。發帕視之，裹朱提一，栗數枚而已。買舟歸，後不復至。

## 潘媪

河南輝縣潘媪，年四十餘，忽瞑然若睡，凡九越月，寒暑不知。以其鼻有微息，支體亦温，子女爲之易衣，不忍遽殯。一日欠伸起，家人疑爲屍變，操杖欲撻之。媪驚竄出窻楞去，疾於飛鳥，至城外三官廟，伏神座後，向衆摇手曰：「勿動勿動，我實再生。」子女就視，語音無異平時，奉之歸。問何以能飛躍，曰：「我亦不知，神挈之行耳。」由是飲食起居如恒。而自復生後，目能視鬼，向不識字，忽能寫方，治病有奇驗。汲縣于氏兒病痞三年，媪略一按摩即愈。遠邇争延，賴致小康，今七十餘，尚在。

## 盧五峯明府

宜興盧五峯明府，忠肅公後裔也。盧氏入國朝，世業農，讀書亦不求聞達。五峯最聰穎，見同塾赴童子試，竊偕往，竟冠軍，旋領鄉薦，又擬計偕北上。族衆力阻，不得已，請命忠肅公祠，許之。時方纂《貳臣傳》，有人謂五峯曰：「君祖忠肅被楊宮詹某編之入傳矣。楊故嗣昌後，以先世宿嫌，意存報復。」盧大怒，伺楊出，痛毆之幾斃。楊以擅毆詞臣入奏，上命軍機大臣會同刑部嚴訊。盧具白楊污衊狀，且言：「公是公非，萬古理法，爲先臣實爲人心世道，況世廟賜謚忠肅。楊爲臣子，違悖先帝，大不敬。」上是其言，命改纂，楊竟落職。榜發登第，以二甲授知縣。出京至蘆溝橋，車覆受重傷，旋逝。跡其際會風雲，猋舉電發，一若連捷北上特爲辯冤地者。墨綬乍膺，遽遭覆轍，殆忠魂終不欲其入仕。今忠肅祠以五峯配。

## 方農部

桐城方農部，逸其名。未遇時，依來青制府保定節署。夜臥，聞磨墨隆隆然，既而振管擘箋，若有人據案作書者。曉起，見一紙書：「胡某頓首，久欽風雅。如許訂交，夜當奉詣。」方知爲狐，殊愜素願，作答焚之。是夕胡至，履聲橐然而形影殊杳，茗談良久始去。往來日稔，遂成莫逆。時方欲赴秋試，問之，胡書主試姓名、試題、中式名次。既皆不驗，咎胡。胡曰：「與君交契，奈何陷人違犯天曹乎？」方因陳願見意，胡許諾。旋入都，寓內城豐潤衚衕，忽有客來訪，車騎甚都，適方他出。及回保定，胡至，云：「某日奉詣不遇，可知無見面緣，以後勿相强也。」次年入闈，則主試文題皆符，是科果捷。明年成進士，觀政農部。胡時有借貸，後又引一友至，性粗暴，少不合，往往毀壞器物。方苦之，聞狐總管寓西直門樓，作詞控之。明早得一紙，云：「某等不知安分，流三千里。汝係素交，即偶有稱貸，並未相負，遽爾瀆控，亦屬可鄙。」

# 三河口李封翁

吾常三河口李賓賢先生，樂善好施，鄉里推重。歲正旦，天甫明，翁起，過廚下，見數人方酣臥，趨視，皆朱墨塗面，不可別識。喚訊之，則同里無賴子乘夜共商竊劫，適見酒饌羅列，大肆飲啖，遂醉臥，不知東方之既白也。翁贈錢數千，悉縱之去，終身未嘗言其人。鄰有處女，已訂嫁期而夫暴卒，女欲往守，母阻之，女嚙一指自矢。期年，夫之翁若弟以女美，謀鬻之。女微聞，麻衣哭祭其夫，自縊柩側。翁傷之，爲請旌表。子茀庭封翁，壯歲補博士弟子員，見義勇爲，一遵庭訓。居屋後有長溝，直達中港，每天陰路滑，行人往往失足淹斃。歲周甲，戚友欲稱觴，翁却曰：「吾以貲購石築隄，不逾於無益妄費乎？」隄成十餘里，凡費千金，至今人猶頌之。孫申耆先生甲子入闈，茀庭先生夢一淡妝女子贈以一蠏，無足，告之曰：「有足爲虫，無足爲解，皆而翁數十年培養所致也。」是科遂以第一人登賢書，聯捷成進士，散館改知縣，令鳳臺，一時有循吏之目。奉諱後絕意仕進，掌教暨陽書院者二十年，大江南北，翕然人望。

# 僧幻術

嘉慶壬申、癸酉間，從父雲村公家疾病顛連，死亡相繼，在笥之銀錢衣飾往往扃閉如故，啟視已失。有外來僧梵修静室，戒行極高，公往來有年，素加敬禮，因告之故，且詢是何作祟。邀僧至家，内外遍視，至密室，指一箱曰：「妖在此矣。」發之，得鑄金童子，長五寸，重二斤許，乃曾大母楊太夫人賜物也。僧潔一室爲壇，命設大缸，滿貯水，投金人於中，跏趺合目，似入定然。半時許，漸起徐步，誦咒喃喃，繞缸數十匝，命一童女探手缸中，問水熱否，曰如沸湯。僧乃戟指向缸作符，水面忽焰發，金童浮出，啾啾作聲，經一時許，鎔化沈缸底。僧書篆封缸口訖，戒過七日始開，則不能爲幻。届時啟封傾水，所鎔化者悉成水銀，而金烏有矣。此事衆目共覩，實無搬運之蹟，以此不之疑。始悟金童實其幻術攝去，并家中屢屢耗失，亦其往來所祟云。

## 祈晴

嘉慶六年，京師大雨竟月，昆明湖泛漲，水高於隄丈許，如一傾瀉，則直灌禁城矣。有二龍守之，不溢涓滴。欽天監奏：「積陰之後，陽氣必亢，恐虞地震。」詔道侶於大高殿祈晴，未應。有一全真道者詣禮部自請，奏聞，命南郊設壇。禮部問應用祭品，皆云無需。惟焚沈檀一鑪，升壇趺坐，閉目誦經。俄見香烟一縷，直衝霄漢，濕雲解散，須臾天色開朗。聖情大悦，命重賚之，辭不受，曰：「晴雨由天，何能增減？特移之山谷，保衛京師耳。」給以布疋，叩謝飄然去。

## 汪芝生太守

鳳陽府汪芝生太守霖，浙之秀水人。生平樂善好施，政尚寬和，吏民愛戴。病亟，謂家人曰：「三太爺來未？速往邀，俟其至，交代畢，即返圓明園水神任矣。」三太爺者，已故胞叔某也。須臾自言：「三叔來極好，此間一切奉託，姪且到任去。」遂卒。

家有老僕，年七十餘，謂人云：「昔封翁官京秩，無子，太夫人禱於圓明園白衣庵，夢大士抱一兒與之，遂生太守云。」

## 顧生

太原顧生，世家子，讀書別墅。一日閑步門間，一女子披髮跣足，奔至乞救，憐之，匿於門內。猝有旋風蓬蓬，一神持鞭問生曰：「適有女子過此否？」生紿以南向去，神即馭風疾追。生入門，女挽髮蹲坐於地，驚魂甫定，嬌稚可憐，向之叩謝。自言偕二三女伴踏青，陡遇惡神驅逼，非見君子，碎鞭下矣。生意爲狐，而心悦其美，邀入小憩，酌茗飲之。漸與攀談，吐屬温雅。方談笑間，蒼頭控衛來尋，見女無恙，大喜，扶挾乘騎將行。生詰里居，則東村黄翁女。黄富甲一鄉，素耳其名。越日，黄翁款段登門，贈貽優渥，委婉申謝。生初疑非人，至是釋然。然傾想容華，至縈夢寢。秋夕獨坐，聞門外彈指聲，啟視，女已掩入。問何夜行至此，曰：「近居姊家，離此不遠，貪看月色，不覺來到耳。」斜倚生榻，以手支頤，入以游詞，亦不甚拒，遂相歡愛。未幾，爲僮所窺，因詰生。生告之故，并戒勿洩。父母至，見生羸瘠，大駭。僮不敢隱，具以實告，舁歸家，醫藥年餘始痊。一夜門户未啟，失生所在，遍尋不獲，因詣黄詰蹤跡。黄駭曰：「僕固無女，烏得有詣謝之事？」顧始知爲魅所憑。然已無如何，惟懸購冀得確耗，年餘杳然。顧因喪子無聊，訪其婦翁於陜州。薄暮行亂山中，渴甚，見道旁蘭若，試入覓飲，則一空寺。尋向後殿，聞噥噥作兒女私語。私念荒山古刹，何來眷屬，入之，見一女郎並一少年坐，則生也。生見父欲起，女郎抱持之，疾馳去，瞥然不見。至陜，婦翁謂：「此間某寺有異僧，君能誠求，當有驗。」顧乃詣寺跪禱七日，僧首肯，偕至空寺。僧跏趺頌咒良久，有金剛神負生至。神云：「魅爲飛天夜叉，神通廣大，非韋陀不能降伏。」俄一神持杵對僧立，若稟令狀，不半日，擒一赤髮藍面、渾身如靛者嗥臥亭下。僧持鉢咒畢，魅化白氣，投入鉢中，納諸袖，與顧舁生歸戚所。生迷惘若癡，研服硃砂，七日後始能言，然神氣索然，舉業遂廢。

## 賀生

昌化賀生，其岳翁令蜀某邑，往贅焉，新婦固絶代姝也。經年攜歸，至蕪湖，泊巨艦旁。一少年科頭昂然坐艦外，列侍武士二十餘人，意必貴官，婦偶探望，爲少年所見。須臾解纜，甫達江心，巨艦揚帆追至。武士徑登舟，推賀墮江，掠女及所有資裝去。賀附片板遇救，得不死，欲鳴官，而去縣治遠，無資斧可達。擬覓死，有白髮翁急止之，曰：「子無然。吴楚千里江面，醜類皆鹺匪王玉齡所轄，其法止準私販，不許傷命劫掠，以故江湖遊客多感頌之。王鎮人，駐老虎頸，子亟往訴，盜可得。控官非計，輕生更非計也。」助以少資。賀如言往，痛哭陳訴，王慰藉交至，掃榻款留。夜聚其徒曰：「孰爲暴者？縶之來！」翌日，其胞姪王細狗自縛跪王前。王大怒，命戮之。其寡嫂哭而至，長跪乞命。王謂嫂曰：「屬爲衆人所推者，公道服人耳。今立法而自壞之，何以令衆？重以嫂故，可令全屍。」乃縛而投之江。出新婦及所掠還賀，更具五百金爲謝。王卒以私販爲蔣礪堂相國奏請伏法。

# 蟋蟀

青浦嚴生，附漕艘入都應京兆試，過任城。待啟闈，登岸閒步。見一人橫臥草間，撫之尚有微息。問何至此，曰：「曹姓，華亭武孝廉，會試下第，附船南歸。中途抱病，同人恐其死，委棄於此。」生惻然，商於旗丁，欲舉之上船。丁亦恐其死，嚴曰：「生則厚酬舟金，死則余自殯殮，不以相累。」遂毅然留之。沿途爲具醫藥，半月霍然，贈資斧而遣之。入都，聯捷成進士，觀政工部。奉諱歸里，偶觀里人鬬蟋蟀，悦之，購數頭試鬬輒勝，遂癖嗜之，益購佳蟲，不惜重值。一日夜臥，聞鳴聲甚異，急起寂聽，音出左廡階石下。發石求之，跳入手中。燈下審視，巨首方額，短項修尾，腿琵琶而翅梅花也。試鬬，則他蟲盡靡，里中無敢與角者。吴俗立秋後搢紳子弟設局，抽分籌頭，謂之開栅。栅鏤竹爲之，面刻直楞似栅，中及兩頭皆立閘，可啟閉，兩頭爲鬬時各蟲所出入，中閘以限兩頭，若鴻溝然，須鬬乃啟。鬬法先以蟲付栅主，平其銖兩，言定花數。每百文或百二十爲花一枝。上臺，蟲各從栅頭入，兩人執捽草撩撥良久，俟蟲性起，啟中閘，乃合陣，勝負分其中矣。嚴至蘇，屢鬬屢勝，所獲甚多。一日，有巨商攜盆至，蟲大逾拇指，赤項金翅，不類常物。商出萬金於庭，問有角者否，衆相覷無敢聲。嚴自揣屢勝，姑與一角，勝固佳，負亦非解囊也，遂定議。既合，赤項者奮躍而前，蟲伏如怒雞，屹不爲動。赤項者復振動作勢，奔至，蟲猛起相格，騰掉數周，一腿已被嚙折，赤項者方欲鼓翼矜鳴，蟲直躍登其頭，昂首長鳴，以示得意，視赤頸者已落其護項矣。嚴喜出望外，視蟲腿已斷，爲之痛惜。夜夢曹至，曰：「向受厚恩，附蟲以報，克敵致果，皆我所爲，足償所願。余亦從此逝矣。」醒而啟盆，則蟲已死，盛以檀盒，爲築小冢，題曰「故將軍曹侯之墓」。

## 陸生遇仙

奉賢陸雲衢秀才，性好玄理，凡衛生導引諸書，悉心研究。每遇道流，虛衷咨訪，冀得真傳。道光二十年，遊安慶，偶登臨江寺塔頂，慨然有出世想。殿旁遇一道流，頭挽雙髻，修眉疎髯，飄飄有凌雲之概。陸揖叩仙蹤。道人曰：「何所見而仙我？」曰：「仰瞻道貌，不類塵世間人耳。」叩玄旨，對以不知。邀至臨江酒肆，登樓共飲。道人出腰間壺盧，傾之，汁如墨瀋，陸嗅之有異味，辭不飲。道人立盡數爵。適道旁梅花盛開，折一枝贈生，拱手去。陸持花回寓，隨手插於園之石畔。其秋赴試金陵，偶避雨巨紳門前，忽主人出問曰：「客得毋陸姓號雲衢否？」曰：「然。」邀之入，見諸人方扶乩。鍾離祖師降壇，判曰：「陸雲衢避雨在門，可速喚入。」陸再拜。乩書曰：「十年小別臨江寺，今日何期見故人。記否三升清酒後，道旁親贈一枝春。」方知前遇真仙，悔失交臂。乩又曰：「勿灰心，汝尚是富貴中人，但能道念不移，夙願尚可酬也。」陸戊己成進士，觀政户部，手插梅今已成林。

## 趙孟汸

常熟館師趙某，課徒極嚴。子孟汸十四歲，讀書家塾，少不中程，輒被撻楚。汸不堪其苦，逃之潤州，入一道院。住持赤霞者，視其人頗清俊，細問蹤跡，知爲舊家子，遂收録列諸門牆。王固善琴，試授挑撥，布指了然。年餘，盡傳其藝。赤霞死，僧徒恐汸争産，逐之歸。汸憚父，不敢入問，仍攜琴赴杭。偶游孤山，遇一僧芒鞋布衲，囊琴於背，憩石畔。玻觸所好，借觀。僧欣然脱囊授之，翻覆細玩，斷紋斑駁，魏晉物也，試一勾撥，清越異常。僧問：「居士亦擅此乎？」玻席地爲鼓一曲，僧傾聽未畢，遽曰：「王赤霞，子師耶？」玻駭何遂見知，曰：「天下善此者三人，赤霞與余及韓香雪耳。觀子手法，便知淵源。」玻叩請受業。僧攜赴石洞，凡三月，臨行并琴贈之，自此遂成絶技。遊無錫，主於顧生家。有華翁者延之歸，時蘭花甚開，華遍邀邑中諸名士圍花列坐，聽玻鼓琴。簾内隱約有麗人窺，風吹簾動，絶代姝也。趙目眩心摇，幾不自主，夜分乃别。翌日顧至，告以所見。顧曰：「聞華女亦善琴，明當爲君執柯，應無不諧。」次日往，則女已前字中表黄某。玻聞懊喪欲死，顧已無可如何，移寓惠山，聊借泉石消遣。一夕琴聲自作，雖不成調，頗殊凡響。細聆之，似出纖指。心知狐女，自是每夕輒焚香，爲鼓數行。而華女聞琴後，亦抑抑死。玻聞駭悼，方哭之哀，忽一女掩入，曰：「意中人至矣。」急掖生至一瘞所，棺已啟，女顔色如生，曰：「此華女，君佳耦也。」布之以氣，秋波湛然，令負歸，臥之榻，復出藥一丸，研灌之，數日如常。爲述前事，共涉疑怪。忽空中墮一簡云：「妾狐女也，感君指教，且恐陽春白雲，屬和乏人，委曲求全，居然撮合，欣幸如何！」嗣是遂杳。生瘞空棺，封如故。攜女歸，其父亦爲霽威云。

# 丁文若

丹徒丁生文若，赴大梁探親，憚陸行之苦，由黄河泝流而上。入歸德界，遇大風雨，顛簸中流，舟幾覆。驚魂甫定，忽一人附片板隨流下。急呼舟人撈救，則一十七八娟麗女郎。撫之未絕，營救至夜，始能出聲。詢知爲彰德張太守女，隨母赴任，至武陟渡河，全家皆溺，幸遇救拯。生乃出己衣暫令易著，賃車送回。太守義之，酬以千金。至大梁，則其戚已任固始。有同鄉某窺其囊有巨金，誘之爲狎邪遊。丁少年未歷艱難，性復揮霍，不一年，囊金已盡，兼染惡疾，困臥旅邸。不得已，匐伏而行，擬往固邑。誤向北去，未二十里，見道旁有破屋，困臥其中。晡時，天驟雨，一嫗年約三十以來，牽驢避雨驟入。生餒甚，試呼乞食。嫗停睇久之，謂丁曰：「觀子狀貌，似非蓬蒿中人。」丁縷述並乞救援。嫗就帕裏中出餅數枚授之，問：「曾習算否？」曰：「亦略諳之。」嫗曰：「我家主人現乏一主計僕，今當引進，何如？」丁喜申謝，遂偕行。不二三里，入一村，漚釘獸環，宛然世家門第。引之入，一四十許中年婦倚隱囊坐，丁伏謁不敢仰視。婦詢邦族，丁詳訴之。婦命挽之起，曰：「乃丁先生耶？息女向蒙拯救，何期邂逅至此。」

掃室下榻，款洽備至。次早，嫗出藥三丸，令服之。數日痂落，病頓愈。詣婦申謝，則贈行酒筵已設。婦出，指一女曰：「此婢自幼相從，頗知規矩，特以奉贈。」又出赤金一盤助裝。食畢，丁叩謝出，輿已在門。挾婢登車，其行甚駛，日未晡，已抵袁江，賃舟而歸。途中詢婢，始知所遇即張太守夫人也。抵家，妻見丁攜艷婢歸，大怒，輒施鞭撻。婢大恚，曰：「千里相從，詎知若此，何可朝夕居！」大哭頓足而滅。

# 稀見筆記叢刊

## 已出版

獪園　〔明〕錢希言 著

鬼董　〔宋〕佚名 著　夜航船　〔清〕破額山人 著

妄妄録　〔清〕朱海 著

古禾雜識　〔清〕項映薇 著　鐙窗瑣話　〔清〕于源 著

續耳譚　〔明〕劉忭等 仝撰

集異新抄　〔明〕佚名 著　〔清〕李振青 抄　高辛硯齋雜著　〔清〕俞鳳翰 撰

**翼駉稗編　〔清〕湯用中 著**

籜廊瑣記　〔清〕王守毅 著

風世類編　〔明〕程時用 撰　闇然堂類纂　〔明〕潘士藻 撰

新鐫金像評釋古今清談萬選　〔明〕泰華山人 編選

疑耀　〔明〕張萱 撰

退庵隨筆　〔清〕梁章鉅 編

述異記　〔清〕東軒主人 撰　鸝砭軒質言　〔清〕戴蓮芬 撰

仙媛紀事　〔明〕楊爾曾 輯

## 即將出版

藏山稿外編 〔清〕徐 芳 著
在 野 邇 言 〔清〕王嘉楨 著 薫蕕并載 〔清〕佚 名 著
魏塘紀勝·續 〔清〕曹廷棟 著 東畬雜記 附 幽湖百詠 〔清〕沈廷瑞 著 鴛鴦湖小志 〔民國〕陶元鏞 輯
見聞隨筆 〔清〕齊學裘 撰
見聞續筆 〔清〕齊學裘 撰
狐媚叢談 〔明〕墨浪子 編
松蔭庵漫録 〔民國〕尊聞閣主 輯